사주팔자

사주팔자 四柱八字

2

서자영 장편소설

고즈넉 이엔티

사주팔자 2

개정판 1쇄 발행 2021년 6월 11일

지은이 서자영
펴낸이 배선아
편　집 박미애
디자인 엄인경
펴낸곳 (주)고즈넉이엔티

출판등록 2017년 3월 13일 제2021-000008호
주소 서울특별시 중구 청계천로 40, 1203호
대표전화 02-6269-8166 **팩스** 02-6166-9199
이메일 gozknockent@gozknock.com

ISBN 979-11-6316-173-8 04810
979-11-6316-171-4 (전2권)

표지이미지 Designed by Getty Images Bank, Freepik
내지이미지 Designed by Getty Images Bank, Freepik

물의 여자, 해명

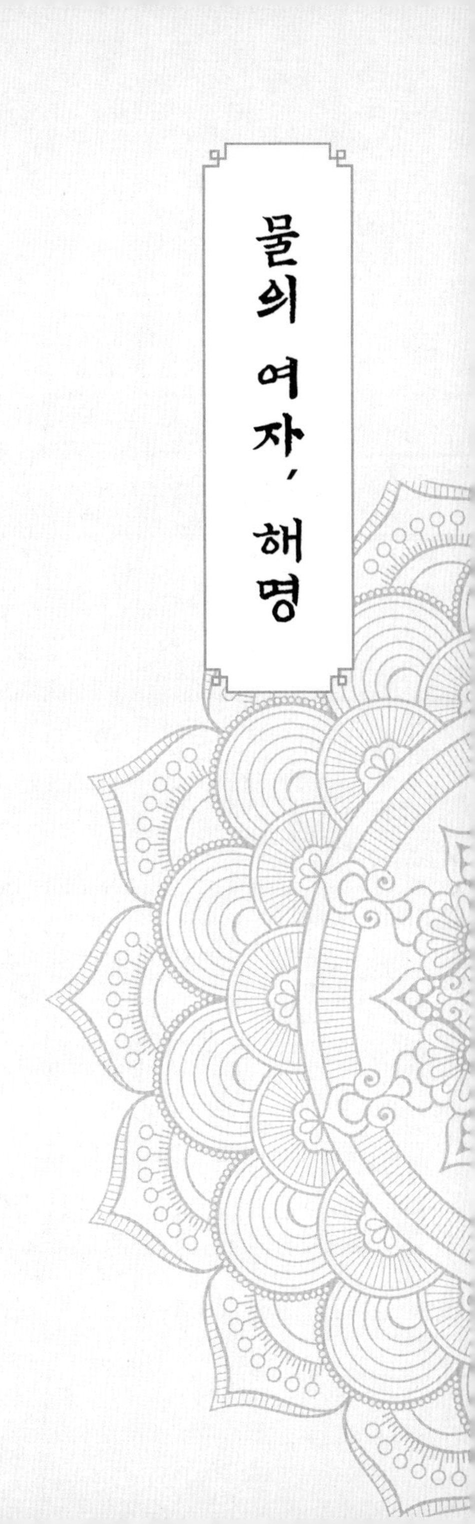

6장

뒤바뀐 팔자

산길로 접어들면서 운은 고삐를 느슨히 해 속도를 늦추었다. 한동안 둘은 아무 말도 하지 않은 까닭에 언 땅을 밟는 말발굽 소리만 조용한 산 속을 울렸다. 그동안 한 번도 돌아보지 않는 해명의 뒤통수를 보고 있자니 운은 슬슬 걱정이 들기 시작했다.

장난이 과했나, 설마 화가 나기라도 한 건가, 온갖 생각이 다 떠올라서 머릿속이 복잡했다. 그러다 문득 그러고 있는 스스로가 황당해서 헛웃음이 났다. 누군가의 기척을 살피고 눈치를 보고 고민하다니, 천하의 이운이 말이다.

있을 수 없는 일이었다. 유내관이 안다면 기절초풍할 것이다.

"진짜 사주쟁이가 되러 가는 거요?"

"그렇소."

아무렇지 않은 척 말을 건네면서도 대답하지 않으면 어쩌나 했는데 의외로 곧장 돌아온 답이 유순해서 지금까지 맘을 졸였던 게 어이없을 정도였다. 그제야 마음이 놓인 운이 편히 떠들기 시작했다.

"진짜 사주쟁이가 될 거요?"

"그렇다니까."

"부모님께 허락은 받았소?"

"편지를 써두고 나왔소."

"보아하니 학문도 깊고 총명해 보이는데 벼슬을 하지 웬 사주쟁이요? 과거에 떨어질까 두려워서 그러오? 그럼 내가……."

손을 써주겠다, 라고 할 뻔한 운이 급히 입을 다물었다.

"꼭 입신양명만이 전부는 아니잖소."

다행히 해명은 운의 뒷말은 듣지 못한 모양이었다. 어깨를 으쓱일 뿐 대수롭지 않게 말을 잇는 해명을 보며 운이 혼자 조용히 가슴을 쓸어내렸다.

"그냥 한번 그리 살아보고 싶어서 가는 거요. 살면서 사주쟁이를 꿈꿔본 적이 없으니 사주쟁이의 삶이 어떤 건지는 나도 잘 모르겠소. 하지만 그런 삶도 있다고 하니, 그런 삶은 어떤가 한 번 살아보고 싶소. 살다 영 아니다 싶을 때 돌아오면 되는 거 아니겠소."

어머니께 남기는 편지를 쓰면서 해명은 마지막으로 제 마음을 확실히 정리했다. 삶이 어찌 흘러갈지 알 수 없는 노릇이었다. 제가 생과부가 될 줄 몰랐고, 아버지가 귀양 갈 줄 몰랐고, 집에 그리 산송장으로 갇히게 될 줄 몰랐다. 그러니까 그런 것들 모두 다 해명이 예상치 못한 일들이었다.

허니 지금 사주쟁이가 되고 싶다고 가출한들 진짜 사주쟁이가 될지 안 될지는 여전히 알 수 없는 일이었다.

하다 지쳐 그만둘 수도 있고, 못 한다고 쫓겨날 수도 있었다. 꼭 사주쟁이가 되고 싶다거나 반드시 돼야겠다는 의지가 강한 건 아니었다.

중요한 건 평생 별당에 갇혀서 살다 죽을 줄 알았던 해명의 인생에 새로운 선택지가 나타났다는 것이다. 놓치기 싫으니 일단은 그것을 택하고 볼 일이었다.

다시 또 얼마든지 바뀔 수 있었다. 그리 생각하니 출가가 무겁게도 대단하게도 느껴지지 않았다. 그저 잠깐의 외출이었다.

해명은 가볍게 생각하기로 했다. 언제 어떤 식으로 닥쳐올지 모르는 제 삶의 파도 앞에서 좌절하거나 슬퍼하지 않고 그냥 흐름에 몸을 맡기기로 마음먹은 것이다.

"생각해보면 내 동생이 불행했던 것도 삶은 정해져 있다고, 정해진 대로 살아야만 한다고 거기서 어긋나면 잘못된 거라고 여겼기 때문인 거요. 또 생각해보면 우리가 아는 삶이란 건 틀에 박힌 것처럼 정해져 있잖소. 그게 세상 삶의 전부는 아닐 텐데 말이오. 어쩌면 전혀 생각지 못한 삶이 의외로 좋을 수도 있잖소. 사주쟁이 삶이 어떤지 아직 살아보지 않았으니 모를 일 아니오? 그러니 미리 걱정하여 못 하겠다 하는 것도 참으로 우스운 일이지. 나는 그저 한번 겪어보러 가오. 겪다가 아니면 돌아오면 되고, 또 그 일을 하다 다른 삶이 내게 올 수도 있고. 어차피 이러나저러나 한 번 사는 인생, 이리저리 살아 보는 것도 재밌지 않겠소? 거 왜 시조도 있잖소. 이런들 어떠하리, 저런들 어떠하리."

해명의 대답에 운은 잠시 멍해졌다. 해명의 이야기는 운에겐 너무나 신선한 충격이었다. 운의 삶은 태어나면서부터 정해져 있었다. 그 외의 다른 삶은 생각할 수도 없었고 꿈꿔본 적조차 없었다.

운은 다른 이들 역시 당연히 그런 줄 알았다. 사내면 입신양명해 가문을 드높이고 나라에 충성해야 하고, 여인이면 시집 가 내조하고 자식을 잘 길러내는 것, 그게 전부라고 생각했다. 그래서 세상엔 여러 삶이 있으니 이런 삶도 저런 삶도 한 번 살아보겠다는 해명의 이야기는 운에겐 놀라움 그 자체였다.

운이 그동안 노력했던 것은 모습이나 형태가 고만고만한 삶 중에서 가장 잘 살고 있다고 평가 받고 싶었기 때문이다. 훌륭한 왕이 되고 싶었다. 최고의 세자라 인정받아야 했다. 좋은 아들이어야 했다. 빈궁이 세상 둘도 없는 남편을 뒀다는 부러움을 사길 바랐다. 그러면서도 삶의 즐거움을 놓치고 싶지도 않았다.

그래서 매 순간 최선을 다해 살았다. 공부와 무예도 누구와 비교해도 지지 않을 만큼 해냈고, 풍류도 빠짐없이 즐겼으며 남편 노릇도 아들 노릇도 세자 노릇도 성실히 했다. 누군가와 비교해도 자신 있었다.

인생이란 당연히 그리 살아야 하는 줄 알았다.

단 한 번 주어진 삶이니 가장 멋있게, 가장 근사하게, 가장 이름 높게 살고 싶었다. 이런 삶도 있고 저런 삶도 있으니 이리도 살아보고, 저리도 살아보는 것이 가능하다는 건 조금도 생각지 못했다.

돋보이고 최고가 되고 싶어 그렇게 노력을 했는데, 그것이 애초에 단순 비교가 불가능할 수도 있는 영역일 줄은 몰랐다.

해명의 말대로 사주쟁이의 삶이 어떤지 운도 잘 알지 못했다. 잘 알지도 못하면서 그런 일을 하면 큰일 나는 것처럼 지금까지 해명을 말렸다. 되짚어보면 참으로 우스운 일이 아닐 수 없었다.

어제 제가 겪은 일만 떠올려봐도 그렇다. 이미 백성들의 삶 자체가 운에게는 상상할 수 있는 범위를 넘어서는 것이었는데 말이다. 정작 철없는 우물 안 개구리는 자기 자신이면서 지금까지 해명에게 열심히 훈수를 뒀다고 생각하니 얼굴이 화끈거렸다.

이런 저런 생각을 하면서 자신도 모르게 하늘을 보고 땅을 보고 한숨을 쉬었다가 고개를 젓고 부끄러워했다가, 미친 사람처럼 허허 웃던 운이 해명과 눈이 딱 마주쳤다. 대체 언제부터 보고 있었는지 해명이 경악스런 표정으로 운을 아래위로 훑었다.

"왜 그러오?"

"뭐가 말이오?"

모른 척 시치미를 떼었으나 이미 귓가로 열이 오르고 있었다.

"아니, 혼자서 난리를 쳤잖소. 측간이라도 가고 싶은 게요? 아님 실성한 게요?"

"쓸데없는 소리. 그냥 잠시 딴 생각 좀 한 거 가지고."

"아니, 그쪽은 뭔 생각도 그리 요란스럽게 하오? 참 희한하네."

고개를 갸웃거리며 해명이 몸을 돌렸다. 무안하고 민망한 와중에도 그걸 굳이 다 지적한 해명이 원망스러운 운은 눈을 세모로 뜬 채 입말을 궁시렁거렸다.

그 사이 어느새 꽤 산세가 험한 길로 접어들었다. 말의 걸음이 느려졌다. 그 순간 제가 당한 무안을 갚아줄 수 있는 꽤 좋은 생각이 운의 머릿속에 떠올랐다.

갑자기 말을 멈춘 운이 훌쩍 아래로 뛰어내렸다. 그리고 영문을 모른 채 멀뚱히 앉아 있는 해명을 계집애 안듯이 안았다.

얼결에 운에게 몸을 맡겼던 해명은 뒤늦게 정신을 차리고 화들짝 놀라며 운을 밀어냈다.

"이게 뭐하는 거요?"

"뭐가 말이오?"

운은 아무것도 모르겠다는 듯 천연덕스러운 표정으로 해명을 보았다.

"이제부터 산세가 험해 걸어가야 한단 말이오. 내가 내려도 멍하니 있기에 도와준 거 아니오?"

"도와주긴 무슨. 혼자 내릴 수 있소."

"누가 혼자 못 내릴까 봐 그런 거요?"

"그럼 대체 왜 그런 거요?"

"그대가 나보다 키가 작고 약하니 친절을 베푼 거잖소? 거 사람이 꼬였나, 왜 친절도 친절로 못 받아들이시오?"

퉁명스럽게 말하며 운이 해명에게 한 걸음 성큼 다가갔다. 놀란 해명이 뒤로 물러섰으나 등 뒤는 말이라, 더 이상 움직일 수가 없었다. 당황한 기색을 모두 숨기지 못하는 해명을 뚫어져라 쳐다보면서 운이 손을 뻗었다. 긴장한 해명이 어깨를 움츠렸다.

"갑시다."

태연한 얼굴로 운이 다시 뒤로 물러섰다. 손에는 말고삐가 들려 있었다. 아직까지 멍해 있는 해명을 두고 혼자 걷기 시작했다.

"뭐요! 같이 가야지!"

뒤늦게 사태를 파악한 해명이 황급히 운의 뒤를 따라갔다.

등 뒤에서 해명의 발걸음 소리가 들리자 운이 씩 웃었다. 아마 해명이 보았다면 사악하다고 했을 게 분명한 그런 미소였다.

***

금혼령이 내려지고 곧 가례청이 설치되었다.

가례청은 예조 관할이긴 하나 예조는 단지 겉으로 치러지는 예식의 절차에 관여할 뿐, 실질적으로 왕가의 혼례에 가장 깊이 관계되어 있는 부서는 관상감이었다. 처녀단자가 올라오면 일단 관상감에서 그것들을 모두 살피는 것으로 왕실의 혼례는 시작되었기 때문이다.

정치적인 이유로 미리 어느 집 여식이 낙점되어 있다 하더라도 사주가 극단적으로 맞지 않으면 탈락이었다. 그래서 어느 시대든 권력에 눈 밝은 벼슬아치들은 가장 먼저 관상감의 명과학 교수들을 제 편으로 만들기 위해 공을 들이곤 했다. 사실상 왕실의 가장 은밀하고 핵심적인 일들은 모두 관상감에서 이루어졌기 때문이다.

"대감, 관상감의 서교수께서 드셨습니다."

"뫼셔라."

왕은 어차피 내정자가 있으니 빨리 일을 진행하여 달포 안에 삼간택까지 끝나기를 바랐다.

보통 금혼령이 내려진 뒤 양반가에서 왕실에 올리는 처녀단자를 수합해보면 서른에서 마흔 개 정도 되니, 제대로 그것들을 모두 살피자면 한 달이라는 기간은 턱없이 부족한 시간이었다. 허니 왕의 뜻대로 달포 안에 끝내려면 관상감 명과학 관리들의 협조가 필요했다.

"찾으셨습니까?"

"앉으시오. 내 처녀단자 때문에 의논할 게 있어 불렀소."

"아, 안 그래도 저도 그 문제 때문에 대감을 뵈려던 참이었습니다. 이번에도 지난번처럼 대감께서 직접 살피실 것입니까?"

지난번이라 함은 운의 초혼을 뜻했다.

그때는 국환이 직접 모든 처녀단자를 살핀 뒤 초간택을 올렸다. 운의 사주를 관상감 명과학 관리들이 제대로 해석해내지 못한다는 것이 그 이유였다.

십 년이 지난 지금도 운의 사주는 여전히 그들에겐 해석 불가능한 영역이니, 아마 이번에도 국환이 처녀단자를 대신 봐주기를 은근히 바라는 모양이었다. 허나 이번에 간택되어야 하는 여인은 국환의 여식이니 그리할 순 없는 노릇이었다.

국환이 처녀단자를 살핀 뒤 제 여식을 빈궁으로 밀어 넣었다고 말이 돌면 분명 정쟁으로 번질 것이다. 굳이 그런 위험을 감수할 이유가 국환에겐 없었다.

"전엔 내가 여유가 있어 그리했으나 이번엔 바빠 그럴 수가 없네. 게다가 전하께서 후사를 빨리 보고 싶으시다며 달포 안에 삼간택까지 끝내라 하시는데 내가 어찌 그 일을 다 하겠나."

"달포요? 아니 어떻게 달포 안에 모든 일을 끝낸단 말입니까?"

서교수가 펄쩍 뛰며 손사래를 쳤다.

"아시다시피 세자저하의 사주가 아주 어려운데 그에 맞는 여인을 찾으려면……."

국환이 고개를 저어 서교수의 말을 가로막았다.

"저하의 사주와 맞추지 마시게."

"네? 그게 무슨 말씀이시온지?"

"저하의 사주와 굳이 합을 보지 마시고 들어온 처녀 단자 중 사주가 좋은 걸 고르란 말씀이네. 그럼 일을 빨리 진행시킬 수 있지 않겠나."

"부부의 합을 보는 일인데 어찌 한 사람의 사주만 보란 말씀이십니까?"

"어차피 저하의 사주는 해석 불가능이지 않나. 저하의 사주를 볼 수 없는데 어찌 두 사람의 합을 맞춘단 말인가."

"그렇긴 하옵니다만……. 아무리 맞지 않는다 해도 저하의 사주이니 그 사주와 합이 맞는 여인을 찾아야 하지 않겠습니까."

"맞지 않는데 어찌 그것이 저하의 사주라 하겠나. 그냥 좋은 여인을 찾으시게. 그럼 저하에게도 좋겠지. 전하께서 저리 독촉하시는데 어찌하겠나."

영 찝찝한 얼굴의 서교수가 어쩔 수 없다는 듯 체념한 태도로 고개를 끄덕였다.

"뭐 영상께서 그리하라 하시니, 그리해야지요. 세자 저하의 사주를 못 푸는 것은 모두 저의 불찰이니 제가 무슨 할 말이 있겠습니까. 저도 대대로 관상감을 지낸 가문에서 태어나 제대로 사사를 받았다면 이런 일은 없었을 터인데……."

"그런 말 마시게. 충분히 잘하고 있네."

왕실의 비밀을 많이 아는 만큼, 정국이 혼란스러울 때 가장 먼저 그리고 가장 많이 시시되는 관직이 바로 관상감의 명과학 관리들이었다.

왕의 여자부터 후계자 문제까지 모두 명과학 교수들이 관여되어 있었으니, 당연히 왕실의 권력이 바뀔 때마다 명과학 관리들도 함께 바뀔 수밖에 없었다.

선대 세자였던 충헌이 죽고 대군이었던 금창이 새로이 세자 책봉을 받는 과정에서 선대왕은 관상감 관리들을 대거 역모로 몰아 사사했다.

그 결과 몇 년에 걸친 긴 전쟁에 이어 정국의 혼란까지 겹쳐지면서 대대로 관상감을 지내던 가문은 모두 몰락하고 말았다. 그리하여 관상감은 새로운 젊은이들로 채워질 수밖에 없었는데 현 명과학겸교수인 서교수 역시 그런 이들 중 하나였다.

이들은 대부분 스스로 책을 통해 공부해왔기에 학문에 한계가 있었다. 그래서 자신들이 세자의 사주를 못 푸는 것을 자책할 뿐 세자의 사주 자체에 대해 크게 의문을 품지 않았다. 국환에겐 매우 다행한 일이 아닐 수 없었다.

"아, 참! 오늘 세자저하께서 대감을 찾지 않으셨습니까?"

"세자께서? 아니, 찾지 않으셨네."

"어제는 당장 급한 것처럼 하시더니, 그새 잊으셨나. 저하께서 어제 사주에 대해 하문하실 게 있다고 저를 부르시더니 이것저것 물으셨습니다. 그러다 영상대감 이야기도 나왔거든요."

"그랬나?"

혼인을 하기 싫어서 또 사주로 튄 모양이었다. 몇 년 전에도 그랬다. 저러다 제 풀에 지치면 지나갈 게 분명했다. 국환은 무심히 넘겼다.

"예, 이번엔 제법 진지하시더이다. 오행에 대한 것도 다 물으시고, 서자평은 아무래도 그냥 보기 쉽지 않다며 제게 입문서가 없냐 하셔서 제 책도 빌려드렸습니다. 이전처럼 불러서 화를 내실까 봐 긴장했는데 제대로 공부를 하고 싶다 하시며 하문하시는 내용이 꽤 구체적이어서 놀랐습니다."

허나 이것은 그냥 넘길 수 없었다. 운이 그저 명리학의 표피만 보는 게 아니라 속을 궁금해하고 들여다보려 한다면, 이것은 위험신호였다.

긴장한 기색을 감추기 위해 국환이 손톱으로 엄지 아래를 지그시 누른 채 서교수를 보았다.

"무슨 책을 빌려드렸나?"

"십신과 오행에 대해서 정리해둔 것입니다. 특히 오행을 궁금해하시더이다. 어떤 성격인지, 그게 겉으로 드러나 외모도 그에 따라 다르게 나타나는지 뭐 그런 것들을요."

순간 목 뒤가 서늘해지는 느낌에 국환이 자신도 모르게 어깨를 으쓱했다.

"왜 그러십니까?"

"아니네. 그래서 자네에게 여쭙는 것들을 다 답해 드렸나?"

"예, 허나 저는 스승으로 삼기에 부족하니 자세한 건 영상대감께 물어보시라고 아뢰었습니다. 그러다 대감께서 청나라에서 사주 공부한 것을 말씀드렸더니, 영상께서 청나라 사주까지 공부하셨는데 어찌 본인 사주는 못 푸시는 거냐고 궁금해하시더이다."

"그래서 날 찾으신 게로군."

"예."

"뭐 언제든 찾고 싶으실 때 찾으시겠지. 알겠네. 그만 나가보시게."

"예."

서교수가 나가고 문이 닫히자마자, 국환의 표정이 무섭게 굳었다. 운이 사주에 그 정도로 구체적인 관심을 가질 줄 몰랐다. 국환에게 이것은 분명 적신호였다.

몇 년 전 빈궁 때문에 운이 관상감을 발칵 뒤집어놓았을 때 왕과 중전은 저러다 운이 자신들에게 제 사주에 대해 따지면 어쩌나 전전긍긍하며 걱정했으나 국환은 조금도 염려하지 않았다. 국환은 저러다가 말 거라 확신했고, 실제로 운은 그렇게 몇 번 난리를 치다 말았다.

왕과 중전은 또다시 국환이 운의 성격을 맞추었음에 놀라워했으나 그건 별로 놀랄 일도 아니었다.

국환이 봤을 때 인간은 명리학을 이해할 수 있는 사람과 명리학을 이해할 수 없는 사람, 두 부류로 나눌 수 있었다. 왜냐하면 명리학은 대단히 독특한 학문이었기 때문이다. 단순히 책을 읽는다고 해서 그 학문을 안다고 할 수 없었다.

운은 아무리 책을 읽어도 명리학을 이해할 수 없는 부류였다. 운은 현실을 사는 이였다. 운은 눈앞에 보이는 것을 사랑했다. 그러니 하늘을 읽는, 절대로 눈에 보이지 않는 이야기를 늘어놓는 학문을 이해할 리 만무했다.

특히 운이 접근할 수 있는 명리학 서적들은 대부분 오행을 기초로 한 십신을 바탕으로 하여 실제 명식을 가지고 사주풀이를 하는 것이 주 내용이었다. 오행이 뭔지도 모르는 운이었으니, 사람의 명식을 보고 하늘의 뜻을 안다는 것은 더더욱 불가능한 일이었다.

운은 책을 한 권도 채 읽지 못하고 두 손을 들었고, 국환은 사주에 대해 조금의 호기심도 느끼지 않는 운의 모습에 내심 안도했다.

헌데 그런 운이 오행에 대해 물었다.

오행은 눈앞에 존재하는 현상이었다. 시시각각 변하는 자연이었다. 운이 그토록 사랑하는, 눈으로 볼 수 있는 것들과 그것의 변화가 곧 오행이었다.

만약 오행에서부터 시작한다면 운은 사주에 흥미를 느낄 것이다. 그렇게 된다면 가장 먼저 제 사주에 의문을 품게 될 것이다. 그리하여 만에 하나 자신의 사주를 제대로 풀 수 있게 된다면…….

국환이 벌떡 자리에서 일어나 초조하게 빈청을 서성였다.

대체 누가 운에게 오행에 대해서 말해줬단 말인가.

어떻게 오행에서부터 사주를 접근할 생각을 했단 말인가.

운이 만날 만한 사람들 중에 운에게 오행에 대해 이야기할 만한 이가 있을 리 없었다. 허면 대체 어디서 누구에게 어떻게 무슨 말을 듣고 알게 된 것이란 말인가.

궁금한 것이 많았다. 허나 그것들을 하나하나 따져 묻기 이전에 운이 더 이상 사주에 대해 아는 것부터 말리는 게 우선이었다. 국환이 다급한 발걸음으로 빈청을 나갔다.

***

"어르신은 계룡산으로 떠나셨수."

암자 앞에 앉아 있던 꺽쇠가 어그적거리며 둘에게 다가왔다.

"진짜 귀신 같으네. 떠나시기 전에 그쪽이 찾아올 테니 계룡산으로 떠났다는 말을 전하라 하셨는데, 진짜 올 줄이야."

꺽쇠가 혀를 내두르며 감탄했다. 놀라기는 운과 해명도 마찬가지였다.

"내가 올 거라고 하셨소?"

"그렇대두. 그쪽이 오늘 찾아올 거라더오. 찾아오면 계룡산으로 오라고 전하라 하셨소. 그 말을 전하느라 내가 여기서 기다리고 있었던 거요. 설마설마 했는데 진짜 오늘 올 줄은 몰랐네."

"오늘? 오늘 올 거라고 하셨단 말이오?"

꺽쇠가 고개를 끄덕였다.

"정오쯤 온다고 하시었소."

분명 확답을 하지 아니하고 헤어졌다. 헌데 어찌 정오에 오는 것까지 맞췄을까. 해명이 놀라서 잠시 멍해졌다. 운 역시 말을 잇지 못했다.

"여튼 난 전했으니 가오."

손을 저으며 인사를 하고 난 꺽쇠가 어느새 저 멀리 사라졌다.

멍하니 서 있던 해명과 운의 눈이 마주쳤다. 그제야 뒤늦게 둘 다 정신을 차렸다.

"계룡산으로 갈 거요?"

"어차피 가기로 했으니 가야지요. 그쪽으로 오라는 연유가 있지 않겠소."

해명의 말에 운이 순하게 고개를 끄덕였다.

돌팔이라고 어제 버럭거린 것이 민망하지 않을 수 없었다. 문득 정말 이자가 진짜 도사라면, 왜 제 사주가 이리 다 어긋나는지도 알 수 있지 않을까, 라는 생각이 들었다.

진짜 도사라면 제 사주와 같은 예외도 해석할 수 있을지 모른다.

"그대는 어디까지 데려다주면 되오? 어쨌거나 나 때문에 말을 잃어버렸으니 데려다 달라는 곳까지 데려다주고 난 출발하겠소."

"그럴 필요 없소."

단호한 대답에 놀란 해명이 의아한 얼굴로 운을 보았다.

"같이 갑시다. 계룡산까지."

"계룡산까지 같이 가자고?"

놀란 해명이 저도 모르게 고함을 질렀다.

운이 어깨를 으쓱했다.

"같이 갑시다. 나도 묻고 싶은 게 생겼소. 어제 나는 제대로 못 물었잖소."

"여기서 계룡산까지 가려면 하루는 더 걸릴 것이오. 나처럼 가출을 한 것도 아닐 텐데 부모님께 허락받지 않고 외박을 해도 괜찮소?"

"아, 그렇구나."

궐에서 나올 때도 난리를 치고 나왔는데 아무 연통도 하지 않고 오늘 돌아가지 않는다면 궐이 발칵 뒤집힐 게 분명했다. 고민하느라 잠시 머뭇거리던 운이 이내 고개를 끄덕였다.

"그래도 뭐 괜찮소. 갑시다, 계룡산."

이대로 돌아가고 싶지 않았다. 불려가 혼이 나더라도 상관없었다. 무엇 하나 제 뜻대로 되는 게 없었다. 그러니 제 몸뚱아리로 움직이는 일쯤은 제 맘대로 하고 싶었다.

"정말 괜찮소?"

해명이 거듭 되물었다. 운이 씩 웃었다.

"괜찮소."

"나쁜 짓은 안 한다더니?"

"이거 나쁜 짓이 아니오."

"허락 안 받은 외박이 나쁜 짓 아니오?"

"이건 나쁜 짓이 아니라 반항이오. 내 말을 들어주지 않는 부모님에 대한 반항. 그러니 나쁜 짓은 아니오."

기막힌 궤변에 해명이 헛웃음을 터뜨렸다. 그러거나 말거나 성큼성큼 걸어간 운이 말에 훌쩍 올라탔다.

"갈 길이 먼데 얼른 갑시다."

마치 제 말인 양 당당히 자리한 운이 해명을 향해 손을 내밀었다. 해명이 그 손을 잡고 말에 올라탔다.

***

동궁전으로 들어서는 국환을 보고 유내관이 화들짝 놀라 달려갔다.

"영상께서 여기까지 어인 일이십니까."

"세자저하께서 어젯밤에 날 찾으셨다기에 뵈러 왔네."

"아, 그것은 별일 아니었사옵니다."

국환의 걸음을 가로막은 유내관이 난처한 얼굴로 웃었다. 당장에 국환은 이상한 낌새를 눈치 챘다.

"아무리 별일이 아니었어도 저하께서 찾으셨다는데 모른 척하는 것은 신하된 도리가 아니지 않나. 고하시게."

"대감."

"왜 그러시나? 저하께서 혹시 아니 계신가?"

"영상께서 여기 어쩐 일이십니까?"

중전의 고함소리에 마주선 채 실랑이를 벌이던 유내관과 국환이 놀라 뒤를 돌아보았다.

굳은 얼굴로 다가오는 중전을 향해 국환이 얼른 예를 갖추었다.

"혹시 벌써 따님의 일로 따지러 오신 겁니까?"

"예?"

대체 여기서 갑자기 수진의 얘기가 왜 나오는 건지 이해할 수 없어 국환이 멍한 표정으로 중전을 보았다. 허나 이미 흥분한 중전에게 의아해하는 상대의 표정 같은 것이 보일 리 없었다.

"아무리 철없는 외동딸이라지만 궐 안의 일을 이리 빨리 사가의 아비에게 이르다니요. 또 아무리 귀한 고명딸의 일이라지만 신하된 도리로서 그것을 동궁에게 따지러 오시다니요. 이래서야 궐 안의 법도가 어찌 되겠습니까."

"마마, 도무지 무슨 말씀이신지……."

"마마, 그것이 아니오라."

화가 난 중전과 당황하는 국환 사이에서 유내관만 양쪽을 번갈아보며 난리가 났다.

"모른 척하지 마세요. 대감도 참으로……."

"마마, 그것이 아니오라 어제 저하께서 영상대감을 찾으셔서 대감께서 오늘 오신 것입니다."

웃전의 말을 가로막는 것은 죽을죄이나, 지금 상황에선 가만히 있는 것이 더 큰 죄였다. 눈을 질끈 감은 유내관이 숨도 쉬지 않고 빠르게 말을 내뱉었다.

그제야 사태를 파악한 중전이 무안해하며 입을 다물었다.

어쩔 줄 몰라 하는 중전 앞에 국환이 허리를 숙여 절했다.

"허면 신은 이만 가보겠습니다."

"대감."

돌아서는 국환을 중전이 다급하게 불러 세웠다. 허나 급한 마음에 일단 내지른 것일 뿐, 막상 할 말은 없었다. 오해해서 미안하다고 사과라도 해야 하나, 중전이 머뭇거리는 사이 국환이 먼저 입을 열었다.

"마마, 저는 마마와 전하와 저하를 믿고 하나밖에 없는 딸을 궐에 보낸 것입니다. 허나 이미 궐에 보낸 이상 이제 품안의 자식이 아니라는 것을 잘 압니다. 허니 심려치 마십시오."

"오해해서 미안합니다."

그제야 중전이 사과했다.

"아닙니다. 허면 이만."

국환이 다시 절한 뒤 물러났다.

국환의 모습이 완전히 사라지는 걸 확인한 뒤 몸에 힘이 풀린 중전이 비틀거렸다. 유내관이 얼른 다가와 부축했다.

"마마."

유내관을 밀쳐내며 중전이 버럭 역정을 냈다.

"대체 동궁께서는 어제 영상을 왜 찾으신 게냐? 또 혼인 때문이야?"

"아니옵니다. 사주 공부를 하시느라 관상감 서교수를 불렀는데 서교수가 자신보다 영상대감이 사주를 잘 보시다고 하시어, 사주를 여쭤보신다고 찾으신 것입니다."

"사주를? 또 왜?"

"걱정하시는 그런 것 아니옵니다. 공부하셨습니다. 서자평이란 책의 내용이 궁금하시다구요. 그뿐입니다."

그제야 중전이 긴 한숨을 내쉬었다.

"동궁은 아직 안 오신 게냐?"

"네."

"어디 가신 줄도 모르고?"

"네."

대답할수록 유내관의 고개가 점점 아래로 기울어 땅에 이마가 닿을 판이었다. 중전이 혀를 끌끌 찼다.

"자네가 잘 모셔야지. 대체 어찌 된 사람이 웃전이 가는 곳도 모르는가! 그러고 나갔다가 무슨 일이라도 생기면 다 자네 책임인 걸 몰라?"

"망극하옵니다."

"동궁께서 오시면 가장 먼저 내게 알려야 하네. 알겠나?"

"예, 그리하겠나이다."

닫힌 문을 물끄러미 보던 중전이 기운 없이 돌아섰다. 발걸음에 힘이 하나도 없어 옆에 있던 송상궁이 얼른 중전의 팔을 붙잡았다.

송상궁에게 온몸을 기대다시피 한 중전이 느리게 걷기 시작했다.

***

"산 아래 주막까지 가기엔 힘들 것 같소."

"해가 이리 빨리 질 줄은 몰랐구려."

입춘이 지났어도 해는 아직 짧았다. 거기다 이렇게 멀리 외지로 돌아다녀본. 경험이 없는 운과 해명은 해가 떠 있는 동안 얼마나 움직일 수 있는지 계산하는 데 미숙하기도 했다.

산을 하나 더 넘을 수 있을 줄 알았는데 산 중턱에 이르자 이미 주위가 어둑어둑했다. 잘못했다가는 영락없이 노숙을 해야 할 판이었다.

"이 근처에 어디 묵을 곳이 없나 인가를 찾아봅시다. 과객이 되어야지, 어쩌겠소?"

"그럽시다."

운과 해명이 각자 목을 길게 빼고 주위를 두리번거렸다. 다행히 얼마 지나지 않아 산 언덕배기에 옹기종기 모여 있는 자그마한 마을을 발견할 수 있었다. 점점 어두워져 눈앞이 캄캄하려던 찰나, 멀리서 반짝이는 불빛이 보이자 해명과 운은 누가 먼저랄 것도 없이 부둥켜안고 뛸 듯이 기뻐했다.

"찾았다!"

"살았다!"

마음이 급한 운이 한 손엔 말을 끌고 한 손에 해명의 손을 붙잡은 채 나는 듯이 뛰기 시작했다. 어찌나 빠른지 해명은 제가 발로 땅을 딛고 있다는 것을 모를 정도였다. 덕분에 눈 깜짝할 사이 둘은 마을 초입에 들어설 수 있었다.

마을을 지키는 장승을 보고 나서야 운이 걸음을 멈추었다.

"이 중 제일 큰 집에 가야 대접이 좋지 않겠소? 어디가 제일 크나."

신이 난 운과 달리 숨을 몰아쉬기 바쁜 해명은 대꾸할 기력도 없었다. 옆에서 들리는 쌕쌕거리는 숨소리에 뒤늦게 운이 해명을 멀뚱히 쳐다보았다.

“거 사내가 그거 좀 뛰었다고 씩씩거리기는.”

“그거 좀? 아까 난 도포가 벗겨지는 줄 알았소!”

“그 정도는 아니었소. 과장이 너무 심한 거 아니오?”

운이 웃으며 해명을 툭 쳤다. 그 순간, 이미 다리에 힘이 풀려 비틀거리던 해명이 몸의 균형을 잃고 아래로 고꾸라졌다.

운이 다급하게 해명을 붙잡았다.

“아니 뭐요! 그리 넘어지면 어쩌오? 다칠 뻔했잖소!”

“그러길래 치긴 왜 치오! 나야말로 놀랐잖소!”

뒤늦게 정신을 차린 해명이 지지 않고 고개를 쳐든 채 바락거렸다.

둘의 코끝이 금세라도 닿을 것처럼 가까웠다. 고꾸라지는 몸을 서둘러 붙잡느라 운이 해명을 제 쪽으로 바싹 끌어당긴 탓이었다.

뒤늦게 조금의 틈도 없이 붙어 서 있다는 것을 깨달은 두 사람이 머쓱해하며 서로에게서 떨어졌다.

한동안 둘은 딴청을 피우며 옷매무새를 가다듬었다. 헛기침을 하며 먼 산을 바라보던 운의 시선 끝에 작고 동그란 머리통이 걸렸다.

“거 힘든데 빨리 어느 집이든 들어갑시다.”

헛기침과 함께 내놓은 운의 말에 해명이 순순히 고개를 끄덕였다. 혹여나 분위기가 어색해질까 걱정했던 운은 그제야 안심하며 가슴을 쓸어내렸다.

“그럽시다. 어디가 좋겠소?”

“저기, 저쪽 집이 이 동네에선 제일 큰 집이구려. 그리로 갑시다.”

마음이 놓이면서 기분이 좋아졌는지 운이 앞장서며 손가락으로 한 집을 가리켰다.

운이 가리킨 곳은 마을 가장 안쪽 깊숙이 자리한 기와집이었다.

다 합쳐서 채 스무 집이 될까 말까 하는 작고 소박한 마을이라 개 중 제일 좋은 집이라고 해봤자 그저 기와를 올린 것일 뿐, 조금도 크거나 화려하지 않았다. 그래도 깨끗하고 단정한 모양새가 집주인의 성품을 말해주는 듯했다.

“이리 오너라.”

대문 앞에 서서 운이 목청껏 외쳤다.

무방비로 있던 해명이 화들짝 놀랄 정도로 꽤 큰 소리였으니 분명 못 들었을 리가 없는데 안에선 아무런 기척이 없었다.

운이 당황한 얼굴로 해명을 보았다.

“사람이 없나?”

“그럴 리가 있소? 딱 봐도 사람 사는 집인데.”

“그럼 어떡하오?”

“다시 외쳐보시오.”

운이 헛기침을 한 뒤 아까보다 더 큰 소리로 외쳤다.

“이리 오너라!”

헌데 여전히 안에선 죽은 듯이 기척이 없었다.

답답한 해명이 대문을 두드리려는 순간, 스르르 문이 열렸다. 두 사람 다 놀라서 헙, 하고 숨을 들이켰다. 산 속 마을의 인기척 없는 집에서 문이 저절로 열린 건 결코 달가운 일이 아니었다. 문이 열렸다고 선뜻 들어가기가 영 찜찜했다.

헌데 돌아가자고 먼저 말하기엔 또 겁쟁이가 되는 것 같아 자존심이 상했다.

해명과 운은 상대의 눈치만 살피며 행동을 정하지 못하고 머뭇거렸다. 결국 크게 심호흡한 해명이 먼저 발걸음을 옮겼다.

"들어갈 거요?"

저를 스쳐 지나가는 해명의 팔을 운이 붙잡았다.

해명은 부러 더 의연한 척 굴기 위해 목을 빳빳이 세웠다.

"그럼 안 들어갈 거요? 문이 열렸는데?"

해명이 이리 나오자 운도 어쩔 수 없었다. 말고삐를 단단히 손에 쥔 운이 해명을 따라 안으로 들어갔다.

사람이 사는 집인 듯 집 안은 깨끗하게 정돈되어 있었다. 해명은 조심조심 걷느라 온 신경을 다 쏟고 있었고, 운은 고개를 뺀 채 주변을 두리번거리기 바빴다.

바로 그때 운의 눈에 창호지에 비친 그림자로 방 안의 풍경이 보였다.

그 모습을 본 운이 얼른 몸을 돌려 해명의 앞을 가로막고 섰다.

"왜 그러오?"

"돌아서시오."

"뭐요?"

"돌아서란 말이오!"

버럭 고함을 지르며 무섭게 화를 내는데 그 기세가 얼마나 대단한지 왜 그러는 거냐고 더 물을 수가 없었다.

처음 보는 격한 모습에 놀라 해명이 머뭇거리는 사이 운이 억지로 어깨를 잡고 뒤로 돌려세웠다. 그리고 제가 쥐고 있던 말고삐를 해명의 손에 쥐어주었다.

"이대로 계시오. 절대로 움직이면 안 되오."

해명에게 단단히 당부한 운이 방을 향해 걸어가며 칼을 뽑았다.

손에 칼을 쥔 채 크게 심호흡한 후 방문을 벌컥 열었다.

"네 이놈!"

운의 고함소리에 해명은 자신도 모르게 몸이 돌아갔다. 그러자 무어라 딱히 설명하기 어려운, 대단히 기묘한 광경이 눈앞에서 펼쳐지고 있었다.

방 안엔 두 사내가 있었다. 젊은 사내는 누워 있었고 늙은 사내가 그 몸 위에 걸터앉아서 단도를 겨누며 금방이라도 죽이려는 태세를 취하는 중이었다.

헌데 죽이려는 쪽은 우느라 얼굴이 엉망이었고, 죽음을 당하는 쪽은 오히려 담담하기 짝이 없었다. 칼을 들고 결의에 차서 뛰어든 운 역시 방 안의 풍경에 당황하여 어쩔 줄을 몰랐다.

살인현장을 들킨 상황인데 정작 죽이려는 자나, 죽임을 당하는 자 모두 낯선 침입자에겐 아랑곳하지 않은 채 여전히 제 할 일에 열중하고 있었다. 그 모습을 본 해명이 얼른 방 안으로 뛰어 들어가 늙은 사내의 손에서 칼을 빼앗았다.

"뭐하는 거요? 칼을 뽑을 일이 아니라 사람을 먼저 살려야 할 거 아니오?"

해명의 호통에 그제야 운은 아차, 하는 얼굴로 급히 칼을 집어넣은 뒤 누워 있는 사내를 일으켜 앉혔다.

해명이 품에서 손수건을 꺼내어 울고 있는 사내에게 건넸다.

"무슨 일이십니까. 왜 이러고 계신 것입니까?"

다정하게 위로하는 해명의 말에 울컥한 듯 늙은 사내가 어린아이처럼 엉엉 울기 시작했다.

젊은 사내는 바닥을 바라보며 묵묵부답이었다.

한참을 운 뒤 겨우 마음을 추스른 늙은 사내가 입을 열었다.

"나는 유안형이라고 하오. 이 아이는 내 아들 유득수요. 하도 기막힌 꼴을 당하게 되어 두 눈 뜨고 그 꼴을 보느니 차라리 죽자고 마음먹었던 거요. 헌데 아들놈이 부모가 보는 앞에서 제 손으로 자결하는 것은 차마 못할 짓이라 하여……."

안형이 더 말을 잇지 못하고 다시 울음을 터뜨렸다.

"대체 얼마나 괴로운 일이기에 차라리 죽으려고 하신단 말입니까?"

조심스럽게 묻는 말투가 너무나 음전하고 부드러워서 운이 낯설 지경이었다. 해명이 저런 말투와 목소리로 말할 수도 있다는 건 처음 알았다.

운과 있을 때 해명은 툭툭 내뱉는 무심한 말투에 종종 비아냥거렸고 꽤 자주 비꼬거나 놀리기 일쑤라서 늘 운은 대화를 하다 번번이 말리곤 했다. 헌데 지금 안형을 위로하며 건네는 말은 어찌나 다정하고 따뜻한지 한겨울에 두껍게 언 강 얼음도 녹일 판이었다.

안형 역시 해명의 위로에 큰 위안을 얻은 듯 봇물 터진 둑처럼 제 이야기를 늘어놓기 시작했다.

본래 안형은 이 서당 훈장으로 마을 사람들에게 덕망 높은 인물이었다. 아들 득수 역시 초시에 합격한 후 아버지를 도와 아이들을 가르치고 있었다. 그러던 중 아내와 사별한 득수가 최근에 재가하였는데 그 어린 아내가 대단히 빼어난 미색이라 근방에서 단숨에 유명해졌다.

그 소문을 들은 건넛마을 최고 부자인 고씨가 궁금증을 참지 못하고 근처에 와 직접 득수 아내의 얼굴을 보고는 한눈에 반했다. 그 후 고씨는 득수의 아내를 탐내었다.

몸이 달은 고씨는 결국 제 아내와 득수가 간통을 저질렀다는 몹쓸 소문을 내어 죄 없는 아내를 집에서 내쫓고는 곧장 불한당들을 끌고 쳐들어와 득수의 아내를 납치해갔다.

근린에 사는 사람들은 모두 고씨가 득수의 아내를 탐해 일을 꾸몄다는 것을 알고 있었다. 허나 다들 고씨의 땅을 경작하는 처지에 줄 수 있는 도움이 없어 안타까워할 뿐이었다.

"내일이 혼례날이랍니다. 보란 듯이 큰 잔치를 연다고 하는데 살아 어찌 그 꼴을 보겠습니까. 그래서 오늘 밤이 가기 전에 차라리 죽으려 한 것인데……."

안형이 바닥을 치며 울었다. 끝내 득수의 눈에서도 눈물이 흘러나왔다.

“아니, 사또는 대체 뭐하기에 이러한 풍기문란을 두고만 본단 말이오?”

“이미 고씨의 뇌물을 받아 챙긴 사또는 고씨 편으로 돌아선 지 오래입니다.”

말문이 막힌 운이 멀거니 천장을 쳐다보았다. 기가 막혔다. 이 정도로 윤리의 질서가 다 무너졌을 줄은 몰랐다.

왜 백성들이 땅을 버리고 산 속으로 숨어드는지 알 것 같았다. 인간으로서 지켜야 하는 최소한의 예나 도리 같은 게 이미 사라진 지 오래니 더 이상 이곳에서 살 수가 없는 것이다. 비단 생존뿐만 아니라 인간답게 살기 위해서라도 오히려 산 속으로 숨어들어가야 하는 기막힌 현실이었다.

“기다리시오. 내 해결해주겠소.”

분기탱천한 운이 자리에서 벌떡 일어나 밖으로 뛰쳐나갔다. 당장 고을 원으로 달려가 이것들을 다 작살내야겠단 생각밖엔 들지 않았다.

씨근덕거리며 운이 말에 올라타려는 순간, 뒤쫓아온 해명이 운의 팔을 붙잡았다.

“뭐하는 거요?”

“당장 원에 달려가 이 모든 걸 바로 잡으려 하오.”

“그대가 대체 어찌 이 모든 걸 바로 잡는다는 거요?”

“그것이…….”

이쯤 되자 이젠 자신이 누군지 솔직히 밝혀야 하나 싶었다. 어차피 고을 원에 달려가 난리를 치기 위해선 운이 세자라는 것을 밝힐 수밖에 없었다. 그렇다면 원에 가기 전에 해명에게 먼저 제가 누군지 알리는 것이 맞는 순서였다.

문제는, 이제 와서 그 모든 걸 고백하자니 참으로 민망하여 차마 입이 떨어지지 않는다는 것이었다.

"그러니까 그게 말이오."

운이 머뭇거리는 사이, 해명이 운에게서 말고삐를 빼앗았다.

"대단한 부잣집이라 뭐 든든한 연줄이라도 있는 모양인데, 아무 소용없소. 그대가 왕이라도 이 일은 그리해서 바로 잡을 수 있는 게 아니오."

'왕이라도'라며 단언하는 말에, 운은 제 정체가 발각된 것도 아닌데 괜히 움찔했다.

"왜, 왜 왕이라도 안 된다는 거요?"

"왕이 와서 이 일을 바로잡는다 해도 그것은 일시적인 해결책일 뿐이오. 왕이 가면 그뿐 아니오? 눈앞의 불호령이 무서워 당장은 부인을 돌려줄 수는 있으나 미봉책일 뿐, 다시 빼앗아가면 그때는 어쩔 것이오? 그때마다 왕이 내려올 거요?"

"결국 이 모든 것은 사또가 일을 제대로 못 봐서 생긴 일 아니오? 지금 사또는 탐관오리이니 물러나게 하고……."

"답답한 소리! 사또도 결국 몇 년 머물다 가는 떠돌이에 불과하오. 사또도 지방에서 일을 제대로 하려면 어쩔 수 없이 토호들의 눈치를 볼 수밖에 없단 말이오. 허니 이 문제에서 사또에게 모든 책임을 전가하는 것도 어리석은 일이오. 그 사또를 쫓아내고 다른 이를 내려 보낸다 해도 근본적인 문제가 해결되지 않고서는 말짱 도루묵이오."

"왕이 내려와도 안 된다면서 그럼 대체 근본적인 문제의 해결이 뭐란 말이오?"

기막혀하며 운이 다그치듯 묻자 해명이 어깨를 으쓱했다.

"더 깊이 들어가면 그것은 정치적인 문제이니, 우리가 여기서 논할 일은 아니고, 우린 일단 이 일이나 근본적으로 해결합시다."

꽤나 자신만만한 말투였다. 무언가 대책이 있긴 한 모양이다. 운이 눈을 가늘게 떴다.

"생각해둔 게 있소?"

"따라오시오."

해명이 일단 다시 방으로 돌아갔다.

조금 진정된 듯 안형과 득수가 벽에 등을 기댄 채 앉아 있었다.

"어르신, 내일이 혼례면 사당패가 왔겠네요."

"그렇겠지요."

"사당패들은 이곳에 오면 주로 어디서 머뭅니까?"

"여기서 쭉 내려가면 하천이 나옵니다. 그 하천 근처에 움막을 친다고 들었소."

"감사합니다."

꾸벅 인사한 해명이 제 뒤에 선 운을 부엌 앞으로 끌고 갔다.

"거 장작 패서 방에 불 좀 때고 계시오. 난 밖에 좀 다녀올 테니."

"난 여기 있으란 말이오?"

"두 분이 또 허튼 생각하지 못하게 잘 지키고 계시오. 금방 다녀올 터이니."

눈을 부릅뜨며 해명이 엄하게 말했다. 마음 같아서는 따라가고 싶었으나 두 사람만 두고 집을 비울수도 없는 노릇이라 운이 억지로 고개를 끄덕였다.

"그러리다."

"그럼 그대만 믿고 다녀오겠소."

씩 웃으며 해명이 운의 어깨를 두드린 뒤 돌아섰다.

그런 식으로 자신의 몸에 손을 댄 사람은 태어나 처음이라 운은 한참을 멍하니 해명이 나간 문만 쳐다보며 서 있었다. 그러다 뒤늦게 정신을 차린 운이 돌아서며 자신도 모르게 해명이 두드린 어깨를 만져보았다.

그리고 해명이 그리했듯이 자신 역시 제 어깨를 두드려보았다.

아까와 같은 느낌이 아니었다.

해명이 제게 해줬던 것은 무언가 으쓱하게 하는 따뜻하고 다정한 손길이었다.

"이상하네."

몇 번이나 제 어깨를 두드려보았지만 무엇 때문에 이리 느낌이 다른 건지 원인을 찾을 순 없었다. 운이 몸을 부르르 떨며 뒤뜰로 향했다. 무언가 이상한데 왜 이상한지 따지고 들면 지금보다 더 이상해질 것 같아 무서웠다.

***

배종하는 이들을 모두 물린 강이 조심스럽게 주변을 살피며 후원으로 들어섰다.

새카만 어둠이 내려앉은 후원엔 등불 하나 없어 오로지 달빛에만 의지해야 했다.

흐릿한 달빛을 의지해 더듬거리며 앞으로 나아가던 강이 저 멀리 있는 여인의 모습을 발견하고 씩 웃었다.

조심스레 발뒤꿈치를 들고 한 걸음씩 걸어간 강이 뒤에서 여인을 와락 껴안았다.

"꺅!"

헌데 자지러지며 나오는 고함소리가 영 낯설었다.

놀란 강이 황급히 뒤로 물러났다. 그러자 여인이 그대로 자리에 주저앉았다.

"저기."

"악!"

강이 말을 걸자 다시 한 번 여인이 고함을 지르며 몸을 웅크렸다.

어둠에 익숙해지면서 비로소 여인의 모습이 제대로 눈에 들어왔다. 궁녀 옷이 아니었다. 사가에서 여인들이 입는 옷이었다.

이 밤에 사가에서 입는 옷을 입고 궐 안에 있을 이는 제가 알기로 단 한 사람밖에 없었다. 수진이었다!

세상에, 그동안 돌다리도 두드려가며 얼마나 조심히 몸을 사리며 살았는데 이리 어이없는 실수를 저지를 줄이야! 강은 눈앞이

깜깜했다.

수진은 여전히 몸을 웅크린 채 덜덜 떨고 있었다. 두어 번 눈을 끔뻑여 흐릿한 시선을 바로잡은 강이 재빨리 머리를 굴렸다. 어떻게든 상황을 모면해야 했다. 여기서 잘못하면 진짜 끝장이었다.

제 형님은 일국의 세자로 보위에 오를 몸이었다. 형님과 혼인할 여자는 국본의 아내가 되어 장차 국모가 될 이였다. 그런 여자를 건드렸다. 수습하지 못한다면 대역 죄인으로 참수를 당한다 해도 할 말이 없었다.

"많이 놀랐느냐? 오라비가 장난 좀 쳤기로서니 그리 소스라칠 게 무에 있느냐?"

심장은 튀어나올 것처럼 뛰고 입은 바싹 말랐으나 강은 내색하지 않고 웃음기 섞인 목소리로 태연하게 말을 건넸다.

효과가 있었던 건지 내내 고개를 숙인 채 벌벌 떨던 수진의 떨림이 천천히 멈췄다.

"선혜야?"

강이 한 걸음 가까이 다가가며 수진의 어깨에 손을 댔다.

수진이 화들짝 놀라며 고개를 들었다. 둘의 눈이 마주쳤다. 강이 이제야 알았다는 듯이 소스라치게 놀라며 고개를 숙였다.

"망극합니다. 명안옹주인 줄 알고 그만……. 죽을죄를 지었습니다."

허리를 깊게 숙인 채 강이 과장되게 벌벌 떨며 사과했다. 사시나무처럼 떠는 강을 보고서야 겨우 마음이 놓인 수진이 몸을 일으켰다.

"가끔 잠이 오지 않으면 명안옹주가 후원에 나오곤 하거든요. 그래서 당연히 옹주인 줄 알고, 망극합니다."

"아닙니다. 실수하실 수도 있지요."

어두운 궐에서 길을 잃어 얼마나 막막했는지 모른다. 게다가 웬 낯선 이가 제 몸을 껴안아, 꼼짝없이 몹쓸 짓을 당하는 줄만 알았다. 강을 보고 비로소 마음을 쓸어내린 수진이 그제야 자리에서 일어났다.

강은 여전히 고개를 들지 못하고 있었다. 민망해 어쩔 줄 몰라 하는 모습을 보자 뒤늦게 웃음이 났다. 아까는 내가 겁을 먹었는데, 이젠 저 이가 겁을 먹었구나 싶어 조금 안쓰럽기까지 했다.

수진이 나지막한 목소리로 강을 위로했다.

"궐 안을 허락 없이 돌아다닌 제 잘못도 있는걸요. 괜찮습니다."

"어찌 배종하는 이도 하나 없이."

"아, 그것이."

아직 궐이 익숙지 않은 수진은 제가 볼일을 보는 동안 측간 앞에서 궁녀들이 기다리는 게 불편해 견딜 수가 없었다. 절대로 안 된다는 상궁에게 눈물이 날 정도로 빌어서 겨우 돌려보내고 혼자 측간에 갔다.

헌데 일을 마치고 측간에서 나왔을 땐 어둠이 짙게 내려 어디로 가야 할지 길을 찾을 수가 없었다. 그래서 이리저리 헤매다가 여기까지 온 것이다. 허나 강에게 이런 말을 구구절절 늘어놓기는 민망했다. 수진이 난처한 얼굴로 웃었다.

"모두 제 잘못입니다. 허니 상궁들에게 뭐라 하지 말아주세요."

수진의 부탁에 강이 고개를 끄덕였다. 제가 지은 죄도 있는지라 어차피 상궁들에게 아무 말도 할 수 없는 처지였다.

"데려다 드리겠습니다."

"감사합니다."

강이 앞장섰다. 멀리서 어른거리는 도나인이 보였다.

강이 얼른 저리 가라 손짓했다. 도나인이 쏜살같이 후원을 빠져나갔다.

"헌데 여기는 어디입니까?"

"후원입니다. 어두워서 잘 안 보이시지요? 연못 가운데 있는 정자가 보이십니까? 저것이 바로 취로정입니다. 전하께서 직접 경작하시는 논밭이 있는 곳이 바로 여기입니다."

"그렇군요. 궐은 너무 넓어 밤이 되니 무섭습니다."

"예, 익숙하지 않은 사람은 길을 잃기 쉬운 곳이지요."

단지 익숙하지 않은 것만이 문제는 아니었다. 캄캄하고 앞이 보이지 않아 암담했던 기분은 실은 제 마음에서 비롯되었을 것이다. 혼자 후원에 남았을 때 느꼈던 그 막막함은 실제 길을 잃었기 때문이 아니라 평생을 이리 어둠 속에 갇힌 채 살아야 할지도 모른다는 절망감 때문이었다.

단 하루, 그것도 옹주의 놀이친구로 있었을 뿐이지만 궐 생활은 수진이 생각했던 것보다 훨씬 더 녹록치 않았다. 왕은 자신을 보고 반색했으나 중전은 싸늘했고, 명안옹주나 석천군은 친절했으나 운은 그리 나가서 다시 얼굴을 볼 수도 없었다.

궁 생활을 하면서 가장 가까이서 지내야 하는 사람들에게 외면

당하니, 수진은 자신의 처지가 고립무원이라고 느꼈다.

“하지만 빛이 없는 밤에도 아름다운 곳이 궐 안에 있답니다.”

앞서 걷던 강이 돌아보며 다정하게 웃었다. 마치 수진의 마음을 다 헤아리고 있는 듯한 미소였다.

“그곳은 어두워도 아름다운 곳이지요. 아니, 어두우면 또 다른 아름다움을 풍기는 곳이라고 해야 옳겠지요.”

“거기가 어딥니까?”

“아씨!”

강이 막 대답하려는 순간 저 멀리서 등불을 든 상궁이 달려왔다.

수진이 없어진 것을 알고 놀라 온 궐 안을 다 찾아다닌 모양인지 헐떡이는 숨소리가 멀리서도 느껴질 정도였다.

“궁금하시면 내일 이곳으로 오세요. 모시고 가서 보여드리겠습니다.”

궁녀들이 다가오기 직전, 강이 낮고 빠르게 속삭였다.

수진이 놀라 강을 쳐다보는 순간, 어느새 한 걸음 뒤로 물러선 강은 깍듯하게 예의를 갖추고 있었다.

“지나는 길에 만나서 데려다 드리는 길이네. 마침 자네들이 마중을 나와 다행이야.”

“저희는 아씨께서 사라지신 줄 알고.”

걱정스러워하는 문상궁을 보던 강이 싱긋 웃더니 허리를 굽혀 작은 목소리로 속삭였다.

“형님에 대해 이것저것 언질을 드리느라 후원에서 조용히 이야기를 나누었다네. 법도엔 어긋나지만 눈감아주시게.”

"그럼요. 여부가 있겠습니까."

아씨를 홀로 보내 궐 안을 헤매게 했다고 치도곤을 당하는 건 아닌가 걱정했던 문상궁은 강의 말에 비로소 마음이 놓인 듯 활짝 웃었다.

"그럼 가시지요."

"네, 그럼."

강이 허리를 숙여 수진에게 인사했다. 수진 역시 강에게 절한 뒤 돌아섰다.

등불을 든 문상궁을 따라 걸어가던 수진이 힐끔 뒤를 돌아보았다. 강이 여전히 그 자리에 서서 자신을 보고 있었다.

기분이 이상했다. 몸을 돌려 다시 앞을 보고 걸어가다 또 돌아보았다.

여전히 그 자리에 강이 서 있었다.

가만히 선 채로 강이 수진을 향해 손을 흔들었다. 저도 모르게 손을 들어 인사할 뻔한 수진이 민망해하며 획 몸을 돌렸다. 무엇 때문인지 어느새 가슴이 뛰고 있었다.

***

"대체 이게 다 뭐요?"

어디를 간다는 말도 없이 나갔던 해명은 뭐가 들었는지 모를 짐 한 꾸러미를 들고 돌아왔다. 해명이 어떤 해결책을 가져올지 대단히 기대했던 운은 보따리만 달랑 들고 온 것을 보고 크게 실망했다.

점입가경으로 그 보따리에서 나온 건 광대들이 쓸 법한 갑옷과 칼들이라 더더욱 운을 당황케 했다.

“거 서보시오.”

“뭐요?”

황당한 얼굴로 멀거니 보는 운을 답답해하며 해명이 일으켜 세웠다. 그리고 가져온 갑옷을 그의 턱 아래 가져다댔다.

“키가 커서 안 맞으면 어쩌나 걱정했는데, 다행히 맞겠네.”

“이게 뭐요, 대체? 뭐하자는 거요?”

“우린 내일 오방신이 될 거요.”

“오방신?”

“음, 뭐 하고 싶소? 동, 서, 남, 북, 중앙 중에서?”

“아니 대체 뭔지 설명을 해줘야 할 거 아니오!”

결국 참다못한 운이 버럭 고함을 질렀다. 그 모습을 보고 해명이 웃음을 터뜨렸다.

“그렇지! 내일 그렇게 화를 내는 거요. 사람들 앞에서.”

“하!”

기가 막히고 코가 막힌 운은 머리 위로 열이 뻗쳐 당장이라도 천장을 뚫고 나갈 기세였으나 해명은 태연했다.

“사당패들이랑 다 말을 맞춰놓았소. 우린 내일 잔치 집에 오방신장으로 꾸미고 쳐들어갈 거요. 그쪽이 몸이 제일 좋으니 앞장서시오. 그래서 엄히 벌을 주고 신부를 데리고 나오는 거요.”

“그게 무슨 미친 소리요? 장난치는 거요, 지금?”

짜증이 나 역정을 버럭 내는 운을 해명이 물끄러미 쳐다보았다.

되돌아오는 반응이 없으니 혼자 화를 내기도 뭣한 운이 결국 졌다는 듯 바닥에 털썩 주저앉았다.

"하나하나 차근차근 설명해보시오. 들어나 봅시다."

"그대는 고씨가 나빠서, 혹은 고을 원이 탐욕스러워서 저런 짓을 저지르는 줄 아시오? 만약 그저 한 인간이 나빠서 일으킨 문제라면 벌을 주면 되오. 허나 인간이 나빠질 수밖에 없는 세상이라면 그 사람을 벌준다고 해도 아무 소용이 없지. 아무리 벌을 준다한들 계속 나쁜 인간이 나올 테니 말이오. 더 이상 인간의 힘으로 단죄할 수 없다면 이젠 신이 내려올 차례인 거요."

뜬구름 잡는 소리긴 했으나 이해할 수 없는 와중에도 뭔가 알 것 같기도 했다. 운이 더 이상 재촉하지 않고 해명의 뒷말을 기다렸다.

"수령이 새로 임명 받고자 대궐에 들어와 왕에게 인사를 드리는 날에는 궁중 및 승정원의 하인들이 궐내행하를 내라고 요구하오. 암묵적인 관례지. 만일 음관이나 무관이 수령으로 임명 받고도 만족스럽게 주지 않을 경우 공공연히 욕지거리를 하거나 창피를 주곤 하기 때문에 이때 많으면 수백 냥이고 적어도 오륙십 냥은 그들 손에 쥐어줘야 하오. 그러니까 벼슬아치가 되는 순간, 이미 빚을 지고 시작하는 거요."

"어찌 그런 악습이!"

난생 처음 들어보는 소리에 아연실색한 운이 발끈하였다. 해명이 침착한 표정으로 고개를 저었다.

"악습이라고만 할 수 없소. 그런 돈이 없으면 또 궐 내 하인들은 수입이 줄어들게 되어 호가호위라, 권력을 등에 업고 육조거리에 사는 백성들의 돈을 뜯을 수도 있으니, 그것보다야 벼슬아치의 돈을 뜯는 게 낫다 하여 내버려두는 관습인 거요. 뭐, 사실 이건 새 발의 피요. 더 큰 문제는 과거를 통해 입신양명했을 경우 들이는 노력에 비해 얻을 수 있는 소득이 매우 적다는 거요. 본디 여유로운 집안이 아니라면 과거 공부 하느라 몇 년이나 식솔들 등골을 빼먹었을 텐데 관직에 나가본들 손에 쥐는 녹봉은 턱없이 적은 게 현실이란 말이오. 부양해야 할 가족은 수두룩하고 갚아야 할 빚도 한없는데 녹봉은 넉넉지 않으니, 미욱한 대부분의 인간들은 가렴주구를 할 수밖에 없지 않겠소? 또한 이런 욕심 많은 수령들을 달래주지 않으면 몹쓸 짓을 당할 수도 있으니 그것을 걱정한 지방 토호들이 먼저 앞장서서 뇌물을 바치는 것을 어찌 손가락질만 할 수 있겠소? 최소한의 사회적인 보장을 받지 못하면 인간은 짐승이 될 수밖에 없소. 전쟁 직후 나라꼴이 흉흉하니 고씨나 고을 원 같은 인간 같지 않은 놈들이 나타난 거란 말이오. 이 마을엔 고씨지만 다른 마을엔 이씨일 거고 산 너머엔 박씨일 거요. 수 없이 많소. 그러니 한두 놈 벌주는 건 미봉책이지. 지금 그자들을 물러나게 한들 새로 나타난 놈이 그보다 나으리란 보장은 또 어디 있겠소? 이미 질서가 다 무너진 상황에서 법과 규율은 무용지물일 뿐이오."

기가 막힌 소리였으나 따지고 들면 하나같이 맞는 말이라 무어라 반박할 수도 없었다.

"그래서 그대 계획은 대체 무엇이란 말이오?"

이제 운은 화가 나는 게 아니라 절박해졌다. 운은 어느새 해명의 해결책이 훌륭하기만을 바라고 있었다.

"양반이나 상놈이나 모두 간절히 바라는 게 있을 때 가장 먼저 하는 일이 뭔지 아시오?"

"모르오."

다시 모른다는 대답을 하면서 운은 마음 속 깊이 좌절을 느꼈다. 궐 밖의 세상에 대해 운이 아는 것은 단 하나도 없었다. 왕이 될 거라면서 정작 운은 백성에 대해, 백성들의 삶에 대해, 백성들의 현실에 대해 아무것도 몰랐다.

"정한수를 떠놓고 비오. 멀리 있는 왕보다 신이 백성들에겐 더 가까운 존재거든. 그래서 우리는 내일 신이 될 거요. 신이 돼서 저 몹쓸 놈들을 혼꾸멍내줄 거요. 신은 보이지 않아도 가까이 있고, 사라져도 무서운 존재이니 우리가 내일 신이 된다며 그자들은 제대로 겁을 먹을 것이고 다시는 엄한 생각을 못할 거란 말이지. 이게 건넛마을까지 소문이 난다면 겁을 먹은 몹쓸 놈들이 한동안은 몸을 사려 나쁜 짓을 덜하게 될 것이오. 어떻소? 사또 하나를 갈아치우는 것보다 이게 훨씬 더 효과가 좋지 않겠소?"

"그들이 우리가 신이란 걸 믿겠소? 고작 이런 남사당패나 입는 낡은 갑옷을 입고 신이라고 하면 비웃지 않겠소?"

"그러니 해뜨기 전 어두운 새벽에 해치워버리려는 것 아니오. 신이 대낮에 날 훤할 때 나타나는 거 봤소? 자고로 신은 해 뜨기 전에 나타나서 모든 일을 해결하고 사라지는 법이오. 잠이 덜 깬 자에게 나타나 우당탕탕!"

고함을 크게 지르며 발을 구르는 해명에게 놀란 운이 자신도 모르게 움찔했다. 그 모습을 보고 해명이 만족스럽게 씩 웃었다.

"치고 빠진다면 정신없는 이들은 감쪽같이 속을게요. 걱정 마시오. 남사당패는 그런 것의 전문이오. 양반을 골려준다니 아주 신이 나서 벌써 집의 구조까지 다 알아왔더이다. 아주 잘될 것이오."

더 이상 반박할 수가 없었다. 운이 기운 없이 고개를 주억거렸다.

"그러니 이제 이 옷을 입어보시오. 칼도 제대로 잡아보시고. 아주 엄하게 보여야 한단 말이오."

"내 역할은 뭐요?"

"그대가 맨 앞에 서야지. 덩치가 제일 좋으니 그대가 가장 앞에서 바람을 잡으면 다들 겁을 집어먹을 거요. 이따 사당패들과 밤에 산에서 만나기로 했소. 실수를 하면 아니 되니 미리 맞춰보기로 했다오."

"혹시 그들에게서 말이 새면."

"어허, 양반 놈을 치도곤 한다니까 신이 나서 돈을 안 받아도 하겠다고 했다니까? 그런데 거기다 돈까지 넉넉히 쥐어주었소. 허니 그쪽에서 말이 샐 리 절대 없소. 걱정 마시오."

상황을 완벽히 수긍한 운이 얌전히 자리에서 일어나 양팔을 벌렸다. 평소 하던 습관이 무의식 중에 나온 것이다.

다행히도 옷이 맞는지 확인하는 것에 정신이 팔린 해명은 별 말 하지 않고 자연스레 운의 몸에 갑옷을 걸쳐주었다.

등과 가슴팍에 갑옷을 댄 뒤 끈으로 단단히 조이기 위해 해명의 팔과 머리가 운의 양 팔 사이를 바쁘게 오갔다.

마지막 끈을 조이다 고개를 드니 해명의 앞에 운의 턱이 있었다. 조금만 고개를 잘못 들었다가는 부딪힐 뻔했다. 놀란 해명이 후다닥 운에게서 떨어졌다.

"이제 마무리는 그대가 하시오."

해명이 무안해 헛기침을 하며 딴청을 피웠다.

운이 무심히 옷매무새를 정리했다.

제대로 옷을 갖춰 입자 위풍이 당당한 것이 정말 하늘에서 내려온 오방신과 견주어도 뒤지지 않을 풍채였다. 해명이 저도 모르게 입을 딱 벌렸다.

제 모습을 알 리 없는 운은 해명의 표정이 어떤 의미인지 해석하기 위해 열심히 눈치를 살폈다.

"이상하오? 어울리지 않는 거요?"

"아니오. 매우 그럴싸하오."

"다행이구만. 그대도 어서 입어보시오."

고개를 끄덕이며 해명이 갑옷을 집어 들었다. 헌데 이게 무거운 데다 익숙하지도 않은 옷이라 혼자 입기엔 영 불편했다. 이리저리 들고 낑낑거리는 해명을 보다 못한 운이 가까이 다가갔다.

"뭐 그쪽도 어지간히 귀하게 자랐구만. 갑옷도 혼자 못 입고."

가볍게 타박한 운은 아까 해명이 제게 했던 것처럼 갑옷 입는 것을 도와주었다.

해명은 마른 까닭에 끈을 제일 세게 조여야 했다. 바싹 끈을 당기자 해명의 가슴팍이 운의 가슴팍에 닿았다.

짤랑, 하는 쇳소리와 함께 딱딱한 느낌이 들자 해명이 놀라 운을 보았다.

날카롭게 깎아지른 콧대가 눈앞에 있었다. 해명이 저도 모르게 숨을 들이켰다.

운은 아무것도 모른 채 해명의 옷을 제대로 입히는 데 여념이 없었다.

어느새 해명은 운의 얼굴을 홀린 듯이 보고 있었다. 반듯한 콧날, 짙은 눈썹, 사내답게 각진 턱, 두툼한 입술을 해명의 눈이 어지러이 오갔다.

그 사이 끈을 모두 묶은 운이 해명을 툭 놓았다.

"다 됐소."

다 끝났으니 떨어지는 게 당연한데 왠지 모르게 밀려난 느낌이라 서운했다. 괜스레 무안한 해명이 바닥을 발로 툭툭 치며 딴청을 피웠다.

운은 갑옷을 입고 제 앞에 선 해명을 찬찬히 관찰했다.

워낙에 말라서 볼품이 없을 줄 알았는데, 큰 키 덕분인지 갑옷을 입혀놓자 몸매가 날렵한 것이 그 나름의 멋이 있었다.

군더더기 없이 딱 떨어지는 모양새가 썩 보기 괜찮다고 생각을 하면서도 막상 말은 그와 반대로 나갔다.

"그쪽은 너무 말라서 옷태가 별로요."

"뭐요?"

발끈한 해명이 고개를 들자 운이 씩 웃고 있었다.

새삼 기분 좋게 호선을 그리며 올라가는 그의 입술이 눈에 들어왔다. 참으로 사내답게 시원스런 미소란 생각이 처음으로 들었다.

"거 장난에 발끈하기는. 뒷산 어디로 가면 되오? 갑시다."

운이 성큼성큼 걸어 방 안을 나섰다.

안 그래도 큰 덩치인데 갑옷까지 입혀놓으니 어깨가 태산과 같이 넓어 보였다. 방 안을 꽉 채우는 너른 어깨에 감탄하며 해명이 운을 얼른 뒤따라갔다.

***

모퉁이를 돌아 불빛이 완전히 사라질 때까지 강은 그 자리에 가만히 서 있었다.

이상하게 발이 떨어지지 않았다. 왜냐고 묻는다면 답할 수 없었다. 그냥 제 마음이 그랬다.

"마마."

바로 그때, 도나인이 뒤에서 강의 허리를 와락 껴안았다. 아마 구석에서 숨죽인 채 숨어 있다가 모두가 사라진 것을 보고 나온 모양이다.

어디서 찍어 바른 건지 연한 분 냄새가 풍겼다. 평소라면 환장했을 그 냄새가 지금은 영 역했다. 강이 부드럽게 도나인을 떼어

냈다.

"들어가 보거라."

"네?"

도나인이 당황하여 강을 쳐다보았다. 몰래 빠져나오느라 얼마나 고생을 했는데, 그러고도 다른 사람이 있어서 몸을 웅그리고 숨어 있느라 얼마나 힘들었는데, 들어가라니 대체 이게 무슨 소리인지 이해할 수 없었다.

도나인이 교태를 부리며 다시 강의 품으로 파고들었다.

"마마, 무슨 말씀이십니까. 제가 얼마나 기다렸……."

"몸이 좋지 않다. 다음에 보자."

거절당하는지도 모르게 거절하던 평소의 강이 아니었다.

딱딱하게 굳은 얼굴로 매몰차게 밀어내는 강의 모습에 놀란 도나인이 얼떨떨한 표정으로 밀려났다.

도나인이 어쩔 줄을 몰라 하며 제 얼굴만 살피고 있는 걸 알지만 신경 쓰고 싶지 않았다.

사실은 방금 제 곁에서 온몸으로 쓸쓸해하던 한 여자가 머릿속을 어지럽혀서 아무것도 신경 쓸 수가 없었다.

왜 하필 형의 부인이 될 여자가 이리 제 신경을 긁는지 알다가도 모를 일이었다.

미색이긴 하지만 그 정도야 수도 없이 봤다. 게다가 딱히 여인으로서의 흥미를 끄는 어떤 구석이 있는 것도 아니었다. 헌데 견딜 수 없이 마음이 쓰였다.

어미 잃은 새끼 고양이마냥 잔뜩 겁먹은 두 눈으로 강을 올려

보던 그 순간이 머릿속에서 떠나지 않았다.

자꾸 떠올릴수록 제 마음마저 헛헛해지는 기분이 전혀 유쾌하지 않은데 그렇다고 지우고 없던 일로 하고 싶지 않았다.

불쌍한 여자라고 이미 생각하고 있기에 마음 깊이 동정하는 건지도 몰랐다. 강은 운이 어떤 성격인지 너무나 잘 알았다. 운은 제 사람이라고 생각하면 끔찍할 정도로 챙겼지만, 마음이 가지 않으면 신경 쓰는 척조차 하지 않는 사람이었다.

호불호가 확실했고 첫인상이 끝 인상이라, 한 번 아니면 끝까지 아니었지 중간에 생각을 바꾸는 일조차 거의 없었다. 허니 처음부터 이미 마음에 안 든 저 여인에게 조금이나마 정을 줄 리 만무했다.

거기다 누군가의 눈치를 보는 성격도 아니니 정말 최소한의 노력조차 하지 않을 게 뻔했다.

어쩌면 기본적인 예의조차 차리지 않을 수도 있었다. 앞날이 뻔한 여자였다. 궐에 갇힌 채 평생 그 어떤 관심이나 사랑도 못 받고 시들어갈 꽃이었다.

아마 그걸 누구보다 잘 알아서 그 행동거지가 유독 마음에 박히고 안쓰럽게 생각되는 걸 거다.

묵묵히 바닥만 보며 걸어가던 강이 한숨을 내쉬며 걸음을 멈추었다.

고개를 들어 하늘을 보자 어두운 밤하늘에 별이 밝았다. 생각을 비우기 위해 강은 한참 동안 그 자리에 선 채 별을 세었다.

***

잠이 오지 않았다.

자리에 누워 한없이 몸을 뒤척이다 모로 눕자 맞은편의 해명이 보였다.

어두운 방에 어슴푸레 새어 들어온 달빛이 마치 이불처럼 해명의 몸 위를 덮고 있었다.

흐릿한 빛이 드러내는 몸은 낮에 보던 것보다 더 가늘고 약했다. 아무리 봐도 키만 삐죽하니 클 뿐, 어디 하나 사내다운 구석이라곤 없었다.

이불 위로 드러난 손목과 발목이 한손에 잡고도 남을 만큼 가늘어서 운의 반도 안 될 듯싶었다. 게다가 수염은커녕 아직 솜털이 보송한 얼굴은 달빛에 반사되자 투명하리만큼 하얗다.

계집이었다면 뽀얀 복숭아 살결이라고 불렀을 법한 피부를 사내가 가졌으니 여간 여상스럽지 않았다.

그나마 짙은 눈썹이 조금 사내다운가, 싶지만 그 아래 내려앉은 속눈썹이 긴 그림자를 양 볼에 드리우고 있는 것을 보면 또 고개가 저어졌다.

가늘고 긴 눈은 꼭 붓으로 그린 것처럼 고왔는데, 치켜뜨면 날카로웠고 놀라면 동그래져서 눈의 모양새만으로도 능히 감정을 알아차릴 수 있었다.

어느새 운은 누워 있는 해명을 보면서 히죽히죽 웃고 있었다.

그러다 문득, 그런 자신을 깨닫자 스스로가 오싹했다. 대체 누운 이를 보고 뭔 생각을 하는 건가 싶어 정신이 번쩍 들었다. 괜스레 혼자 무안해진 운이 헛기침을 큼큼했다.

그럼에도 해명은 아무 뒤척임이 없었다.

어찌 보면 깊은 잠이 든 것 같기도 하고, 다시 보면 아예 안 자는데 자는 척을 하는 것 같기도 했다. 몇 번 입술을 달싹이던 운이 겨우 목소리를 냈다.

"이보시오."

미동도 없었다. 그래도 왠지 한 번으로 포기하기는 아쉬웠다.

"자는 거요?"

여전히 그대로였다. 이쯤 되면 삼세판이었다.

"진짜 자는 거요? 어? 자는 거냐고!"

"아니 내일 아침 일찍 깨야 하는데 왜 안 자는 거요?"

해명이 누운 채 버럭 짜증을 냈다.

짜증 섞인 구박을 들었음에도 운의 얼굴은 좋아서 헤 벌어졌다. 운이 손을 뻗어 해명의 이불을 제 쪽으로 당겼다.

순식간에 해명이 운 가까이 바싹 붙었다. 해명의 눈이 휘둥그레졌다. 평소엔 가늘고 긴 눈이 놀라면 어찌 이리 보름달처럼 동그래지는지, 신기할 정도였다.

동그란 해명의 눈과 마주친 운이 씩 웃었다.

"그쪽도 안 자면 얘기나 좀 합시다."

"무슨 얘기를 하려고 이러오?"

해명이 멀어지려고 이불을 꿈쩍거려보았으나 한 팔로 잡고 있는 데도 어찌나 힘이 좋은지 꼼짝도 하지 않았다.

어두운 밤에 바싹 붙어서 마주보고 누우니 해명의 입장에선 이보다 더 곤욕일 수가 없었다.

숨이 턱 막힐 정도로 너른 사내의 어깨가 눈앞에 있으니 여간 당황스러운 게 아니었다.

아무리 남장을 하고 가출을 하고 새로운 삶을 살겠다고 결심을 했어도 어쨌거나 이십여 년 가까운 세월을 양갓집 규수로 교육받으며 자란 해명이었다. 그러니 아무 짓도 안 한다 해도 사내와 한 방에 누워 있다는 것 자체가 심란할 수밖에 없었다.

아무것도 한 게 없지만 괜스레 죄짓는 기분이 드는 데다 뭐라 말할 수는 없으나 어딘가가 찝찝하고 불안해서 잠이 안 오는데 바싹 붙어 얼굴을 마주보기까지 하니 정말 이상했다.

차마 겉으로 제 기분을 내색할 수 없는 해명이 초조함에 자신도 모르게 발을 비볐다.

"뭐요? 추운 거요?"

그 모습을 본 운이 제가 덮고 있던 이불을 해명의 위에 덮으며 더 가까이 끌어당겼다. 그러자 이건 뭐 영락없이 품에 안긴 꼴이었다.

하지 말라고 하고 싶은데 괜히 그랬다가 제가 여자인 게 들킬 것 같았다.

도둑이 제 발 저린 꼴이라, 해명은 뻣뻣이 굳은 채 가만히 있는 게 할 수 있는 전부였다. 거기다 조금만 더 움직였다간 운의 몸 어딘가 닿을 것만 같아서, 그것 역시 두려워 옴짝달싹 할 수 없었다.

"궁금한 게 있어서 말이오."

어두운 방에 마주 누워 금세라도 닿을 것처럼 얼굴을 마주 댄 것도 이상한데, 밤이라 그런지 잔뜩 가라앉은 데다 낮게 속삭이기까지 하는 운의 목소리는 한층 더 해명을 싱숭생숭하게 했다. 제 마음이 왜 이런지 저도 모를 일이었다.

"뭐가 말이오?"

잠긴 목을 애써 풀며, 해명이 의연한 얼굴로 되물었다.

"어찌 그대는 그런 걸 다 아는 거요? 궐내행하나 수령들과 토호들 간의 관계나 뭐 그런 것들 말이오."

신기했다. 생긴 모습이나 하는 행동을 보면 해명 역시 넉넉한 집안에서 곱게 자란 자식이었다. 헌데 이 곱상한 도령이 어찌 매번 제 뒤통수를 치는 건지 운은 도무지 이해할 수 없었다.

"아, 일 년 넘게 장바닥을 돌아다닌 덕이오."

"아니, 산에서 공부했다더니 언제 장바닥도 돌아다녔소?"

날카로운 운의 지적에 해명이 입술을 깨물었다.

남장을 하고서 장바닥을 돌아다닌 건 '진짜' 해명이 한 일이었다. 헌데 운에게 말할 때 자신은 산에서 공부를 하다 내려온 '가짜' 해명의 오라비인 척했다.

제가 한 말의 앞뒤도 못 맞추는 실수를 저지르다니, 너무 멍청해서 한심했다. 최대한 빨리 수습해야 했다. 해명이 재빨리 머리를 굴렸다.

"아, 내가 말한 장바닥은 장터라는 의미가 아니오. 내가 머물던 산 근처에 사찰이 있었소. 거기 백성들이 많이 왔지. 온갖 사연을 가진 사람들이 다 찾아와서 부처님께 제 처지를 늘어놓았다오. 공부하다 심심하면 그곳에 가서 사람들 사는 얘길 들었지. 그걸 장바닥이라고 표현한 거요."

대충 둘러댄 말은 제가 생각해도 허접했다. 혹시 자세히 캐물으면 어쩌나 걱정하고 있는데 다행히도 운은 고개를 끄덕이며 쉬이 수긍했다. 그 모습에 해명이 가슴을 쓸어내렸다.

약간의 왜곡이 있긴 하나 해명이 한 말은 사실에 가까웠다.

일 년 넘게 사주를 본단 핑계로 장바닥을 돌아다녔다. 그러면서 자연스레 사주 볼 차례를 기다리는 사람들의 이야기를 엿듣게 되었다.

사주쟁이에게 사주를 보러 오는 이들의 사연은 기구하기 짝이 없었다. 도무지 어찌할 방도가 없어서 지푸라기라도 잡는 심경으로 사주쟁이를 찾아오는 것이기 때문이었다.

그 수많은 사연들을 귀동냥한 덕분에 해명은 담장 안 별당아씨에서 벗어날 수 있었다.

"아니, 근데 부처님께 빌어봤자 실제로 나아지는 건 없을 텐데 거길 뭐 하러 가는 거요?"

"그냥 그리 가는 것만으로도 위로가 되기 때문이오."

"가는 것만으로 위로가 된다?"

"가슴속이 막혀 터질 것 같은데 해결책이 없는 사람들은 그럼 어째야 하겠소? 죽을 수 없으니 살아야 하는데, 그 사람들이 숨 쉬고 살려면 숨구멍이 있어야 하는 거 아니오? 절에 오는 건 그 숨구멍 찾으러 오는 거요. 거기 와서 이말 저말 다 털어놓고 나면 훨씬 낫단 말이오. 그러다 스님에게 위로도 받고, 또 조언도 듣고 그럼 더 좋은 거고."

장터에 있는 사주쟁이들은 대부분 실력이 그냥 그랬다. 개중 정말 돌팔이인 이도 왕왕 있었다. 처음엔 사주를 맞추지도 못하면서 돈을 버는 이들을 보고 해명은 분개했다. 허나 시간이 흐른 뒤 찬찬히 살펴보자 사주가 맞든 맞지 않든, 장터의 사주쟁이들은 그들 나름대로 돈값을 하고 있었다.

사람들은 그들에게 꼭 자신의 앞날을 알기 위해 오는 것만은 아니었다. 그들은 넋두리를 하러 왔고, 위로를 구하러 왔고, 격려를 들으러 왔다.

한 치 앞이 안 보이는 깜깜한 하루하루를 사는 이들에게 그래도 앞으로는 좀 더 괜찮아질 거라는 사주쟁이의 한마디는 대단한 위로였다.

그것을 알게 된 후 해명은 더 이상 장터의 사주쟁이들을 욕하지 않았다. 다만 그 사주쟁이에게 위로를 구하러 오는 백성들이 안쓰러웠고, 삶의 희망을 그들의 말 한마디에 걸어야 하는 작금의 현실이 슬펐다.

"그러니까 고을 원에게 가서 고하는 것보다, 신문고를 울리는 것보다 절에 가서 있는지 없는지도 모를 부처님을 만나는 게 더 낫다……."

혼자 조용히 읊조리는 운의 얼굴이 그 어느 때보다 어두웠다. 생각하면 할수록 참으로 갑갑하여 가슴이 답답할 지경이었다.

"정말 그것 외엔 아무 희망이 없는 거요? 그대가 말했듯이 사회의 질서가 무너져서 생긴 문제잖소. 그럼 사회를 바로 세우면 해결될 수 있잖소? 어찌하면 그 질서를 바로 세울 수 있겠소?"

"글쎄, 그걸 나 같은 이가 어찌 다 알겠소. 그건 삼정승과 판서들이 고민해야 할 문제지요. 다만."

"다만?"

"이 마을처럼 고을 사또와 토호가 결합하여 생기는 문제는 중앙에서 감시를 강화하면 어느 정도 해결되지 않을까 싶소."

"이미 감찰사가 있잖소?"

"감찰사 역시 지역의 일을 하려면 토호들과의 결속에서 완전히 자유로울 수 없소. 내 생각엔 암행어사 제도를 강화하는 게 더 좋은 방법 아닐까 하오. 왕의 대리인으로서 어사의 권한을 강화시켜 틈틈이 지방 곳곳에 내려 보내는 거지요. 언제 어디서 감시자가 튀어나올지도 모른다고 생각하면 사또들이나 토호들이 함부로 횡포를 부리지 못하지 않겠소? 사람들이 신을 무서워하는 이유는 언제 어디서 어떻게 나타날지 모르기 때문이오. 언제 나타날지 모르는 암행어사가 사또들과 토호들에게 신과 같은 존재가 된다면 유씨 일가와 같이 억울한 일을 당하는 백성들의 숫자가 많이 줄어들 것이라 생각하오."

해명의 말은 하나 그른 것이 없었다. 젊은이가 어찌 이런 생각을 할 수 있는지, 운은 그의 혜안이 놀라웠다. 그리고 동시에 왜 자신은 왕재 교육을 받았으면서도 이런 건 조금도 몰랐던 것인지 스스로가 한심했다.

"그댄 어떻게 이런 생각을 다 한 거요?"

"그냥 나는 잡생각이 원래 많소."

"나도 잡생각을 많이 하고 싶구려."

몸을 돌린 운이 팔로 제 눈을 가렸다.

해명이 운의 눈치를 살핀 뒤 발로 슬쩍 밀어 운에게서 떨어졌다.

"어서 잡시다. 내일 새벽같이 일어나야 하잖소."

"그럽시다. 잘 자구려."

순식간에 운의 분위기가 확 달라진 것 같은데 대체 왜인지는 알 수 없었다.

잠시 운의 기척을 살피던 해명이 반듯이 누운 뒤 눈을 감았다. 그래도 이런 저런 얘기를 나눈 덕분인지 긴장이 풀려 졸음이 살살 쏟아졌다. 어느새 해명이 입을 작게 벌린 채 잠에 빠졌다.

해명의 숨소리가 쌕쌕거릴 때까지도 운은 잠들지 못했다.

궐 안 그 어떤 스승에게도 해명이 했던 말과 같은 이야기를 들어본 적이 없었다. 성군이 되어야 한다, 학문을 많이 해야 한다, 그런 이야기를 귀에 못이 박히게 들었으나 그건 궐 안의 이야기에 불과했다. 정작 제가 다스려야 하는 궐 밖의 세상에 대해서 이야기해준 이는 한 사람도 없었다.

어쩌면 그들도 잘 몰랐거나 관심이 없었을 수도 있다. 그래서 운에게 해줄 말이 없었던 건지도 모르겠다. 그들의 관심사는 벼슬아치들을 다스리는 왕이었지, 백성들의 왕은 아니었을 테니 말이다.

몰랐다면 모르지만 이미 안 이상, 더 이상 궐 안의 왕이 되고 싶지 않았다.

궐 밖의 왕이 되고 싶었다. 이리 수많은 사람들을 무기력한 절망 속에서 살다 가게 한다면 대체 왕이 되어서 무엇할 것인가.

언제나 좋은 왕이 되겠다고 생각했다. 부끄럽게도 그 '좋은'의 기준이 무엇인지 구체적으로 생각해보진 않았다. 이제 '어떤' 좋은 왕이 될지 생각해볼 차례였다.

어느새 사주 같은 설 다 잊어버린 운의 머릿속엔 당장 이 사회의 모순을 어찌 해결할지, 제가 무슨 일을 할 수 있을지에 대한 고민으로 가득했다.

7장

기이한 팔자

"아이고, 고씨 고놈, 얼굴이 허옇게 떠서는 덜덜 떠는 꼴이 얼마나 볼만하던지."

"바닥에 오줌을 질질 싸는 걸 동네 사람들이 다 봤어야 하는디 말이여."

"불알은 안 떨어졌나 몰라."

"세상 좋은 구경을 우리끼리만 했으니 아까워 죽겄네."

모여 앉은 사당패들이 분장을 한 얼굴을 씻어내며 배를 잡고 낄낄거렸다.

무거운 갑옷을 벗어내는 해명 역시 상기되어 볼이 발갰다.

어둑새벽의 기습은 대성공이었다.

본래 기골이 장대한 데다 갑옷까지 입어 어깨가 산 한 마지기는 된 운이 대문을 발로 차며 안으로 들어가자, 그 모습만 보고도 이미 기가 질린 고씨는 바닥에 주저앉아 벌벌 떨었다.

집 안 하인들 역시 운의 모습을 보자마자 대경실색하며 놀라

땅에 머리를 처박은 채 숨도 제대로 쉬지 못했다.

뒷산에서 연습을 할 때 제대로 하지 못해 해명에게 욕을 들어 먹었던 운은 막상 실전에 들어가자 온몸에 위엄이 넘치고 목소리가 우렁차서 모두를 기함하게 했던 것이다.

그렇게 단숨에 기선을 제압한 운은 곧장 별당으로 향했다.

갇혀 있던 유득수의 처는 운을 보자마자 놀라서 혼절했다. 정신을 잃은 유득수의 처를 안고 운이 가장 먼저 고씨의 집을 빠져나갔다.

그사이 해명은 고씨를 꿇어앉힌 뒤 다시는 그런 짓을 하지 않겠다고 맹세를 시켰다. 사당패들은 집안을 헤집고 다니며 난장판을 만들었다. 실제로 누군가 다녀갔음을 증좌로 남기기 위해 부러 그런 행동을 한 것이다.

"고생들 하셨소."

"아닙니다요. 진짜 재밌었는데요. 사당패 생활 이십 년이지만 이리 재밌는 놀이판은 오늘이 처음이었습니다요."

"아마 그놈 겁먹어서 당분간은 측간도 못 갈 걸요?"

"그대들 덕분이오. 정말 고맙소."

해명이 소매에서 두툼한 주머니를 꺼내 꽉두쇠에게 건넸다.

"아이구, 어제도 주셨는데 오늘도 이리 많이 주십니까요?"

"혹시 모르니 어서 빨리 이곳을 떠나시오. 오래 머물다 덜미를 잡힐 수도 있소. 고씨는 악독한 자요."

"압니다. 이제 가야지요. 나으리도 조심하십시오."

"정말 고맙소. 그리고 바람에도 귀가 있으니 오늘 일은 지금 이 순간부터 더 이상 말하지 않아야 하오. 혹시나 말이 새면."

"제일 먼저 저희가 죽지요. 저희 같은 천것이 양반을 농락했는데 어찌 살겠습니까. 염려 마십시오. 이곳을 떠나는 순간 다 잊을 것입니다요."

"우린 본 적 없는 사람들이오."

"아무렴요. 여부가 있겠습니까요."

해명이 인사한 뒤 돌아섰다.

멀리서 운이 말고삐를 쥔 채 서 있었다.

아까 갑옷을 입은 채 위엄 있게 행동하던 모습이 아직 생생해서인지 서 있는 운이 오늘따라 유독 늠름해 보였다. 새삼 운의 키와 덩치에 탄복하며 해명이 가까이 다가갔다.

"유득수의 처는?"

"깨지 않게 조심히 마루에 내려두고 왔소. 지체했다가 유득수가 깨서 마주칠까 봐 얼른 집을 빠져나왔소."

"잘했소. 오다가 마을 사람들을 만나진 않았소?"

"산길에서 사람들을 마주칠 뻔했는데."

"했는데?"

놀란 해명이 눈이 휘둥그레진 채 운을 올려다보았다.

"말을 끌고 윗길로 올라가 나무 뒤에 숨었다가 그들이 다 지나가고 난 뒤 내려왔소. 걱정 마시오."

씩 웃으며 하는 말에 해명이 가슴을 쓸어내렸다.

"요 강을 따라 가다 보면 다리가 나오는데, 그것을 건넌 뒤 길을 따라 올라가면 계룡산이 보인다고 하오. 갑시다."

해명이 가벼이 말 위에 올라탔다.

헌데 말고삐를 쥔 채 아무리 기다려도 등 뒤가 묵직해지는 느낌이 없었다. 무언가 이상하여 고개를 돌리자 운이 자리에 가만히 선 채 해명을 보고 있었다.

"안 타오?"

"가시오. 우린 이만 여기서 헤어집시다."

전혀 예상치 못한 말에 해명이 놀라 입을 딱 벌렸다.

"아니, 대체, 여기서, 왜?"

당황스러움에 제대로 문장이 되지 못한 말이 두서없이 튀어나왔다.

운이 성큼 한 걸음 가까이 다가오더니 해명의 손목을 턱하니 잡았다.

"이리 약해서야 원, 계룡산까지 잘 갈 수 있을까 걱정이구만."

한손에 그러쥐고도 넉넉히 남는 손목을 운이 잘잘 흔들자 가느다란 해명의 손목이 갈대마냥 힘없이 흔들렸다. 그제야 정신이 든 해명이 팩하니 토라진 얼굴로 손을 뿌리쳤다.

"뭐하는 거요?"

"말고삐 단단히 쥐시오. 산엔 늘 산적이 있으니 인적 없는 산길에선 절대 말에서 내려선 안 되오. 혹시 도적떼를 만나면 당황하지 말고 몸을 낮게 숙인 뒤 발을 굴려 재빨리 도망치시오. 아무리 봐도 나는 그대가 산에서 오랫동안 수학했다는 걸 도무지 믿을 수가 없소. 손이 계집보다 더 고운데 어찌 산 생활을 했는지 이해가 안 가오. 게다가 이리 약해빠진 몸으로 대체 뭘 믿고 간 크게 출가를 했는지도 모르겠고 말이오. 허니 제발, 제발 몸조심 하시오."

운이 해명의 손에 고삐를 쥐어주며 엄히 타일렀다.

처음 보는 모습이었다. 누굴 어린애로 보느냐 발끈해야 하는데, 꼭 오라비가 어린 여동생을 걱정하는 것 같은 진심어린 말투와 표정에 차마 대거리를 할 수 없어 해명은 입을 꾹 다물었다.

그리 걱정이 되면 같이 가지 왜 여기서 헤어지냐고 하고 싶은데, 그런 말까지 하면 스스로가 너무 구차할 것 같아서 차마 입이 떨어지지 않았다.

"계룡산까지 가고 싶은데, 아무리 생각해봐도 연통도 없이 이틀이나 집을 비우는 건 너무 불효일 것 같아서 말이오."

헌데 해명의 그런 속내를 마치 다 알고 있기라도 한 것처럼 운이 다정히 제 사정을 설명했다. 그제야 마음이 풀린 해명이 얌전히 고개를 끄덕였다.

"곧 찾아갈 거요. 계룡산에서 만납시다."

"계룡산으로 온단 말이오?"

놀란 해명이 저도 모르게 목소리를 높였다가 뒤늦게 무안해하며 어깨를 움츠렸다. 그 모습에 운이 웃음을 터뜨렸다.

"뭐요, 헤어지는 게 그리 서운한 거요?"

"누가 서운하다고 그러오?"

"얼굴에 서운하다고 적혀 있는데 무얼. 다시 만났음 싶은 거 아니오?"

"뭘! 혼자 지레 짐작하지 마시오."

발끈했지만 이미 한 발 늦은 반박이었다. 좋은 건수를 잡았으니 빙글거리며 더 짓궂게 놀리겠구나 싶어 해명이 인상을 찌푸렸다. 허나 예상과 달리 운은 다정한 얼굴로 빙긋 웃기만 했다.

"다시 만날 거요. 허니 계룡산에 잘 도착해서 기다리고 있으시오. 꼭 갈 것이니."

약속이라는 게 얼마나 덧없는지 알면서, 삶이 뜻대로 계획대로 되는 게 아니라는 걸 누구보다 잘 알면서, 어느새 자신도 모르는 사이 힘차게 고개를 끄덕이고 말았다.

"그럼 잘 가시오."

가벼이 두어 번 해명의 어깨를 주무른 운이 뒷걸음질 치더니 말의 궁둥이를 세게 쳤다.

"이랴!"

힝, 하며 콧김을 내뿜은 말이 달리기 시작했다.

돌아보고 싶어 몸이 움찔하는 순간, 해명이 고삐를 세게 그러쥐었다.

속세의 덧없는 인연을 모두 끊어내기로 결심해놓고선 고작 우연히 만나 하룻밤을 같이 보냈을 뿐인 짧은 인연에 연연하는 것은 출가의 자격이 없는 짓이었다.

"이랴!"

해명이 말의 옆구리를 차며 크게 소리쳤다. 말이 더 빨리 달리기 시작했다.

***

"거 한 번 돌아보지도 않네. 냉정하기는."

멀어지는 말 뒤꽁무니를 보며 운이 괜스레 툴툴거렸다.

"계룡산엔 제대로 가려나."

방금 전까지 쥐고 있던 손은 굳은 살 하나 없이 부드러웠다. 길고 가는 손은 여리고 말랑해서 눈을 감고 만졌다면 계집의 섬섬옥수라 착각할 만했다.

거기다 한손에 잡히고도 남는 어깨는 가늘고 약해서 세게 힘을 주면 부러질 것 같았다. 경화자제임이 분명했다.

어쩌면 본인이 말한 것보다 훨씬 더 귀한 집의 도련님일 수도 있었다. 당연히 고생 한 번 안 하고 곱게 자랐을 거다. 헌데 어찌 사주쟁이가 되어 험한 산 생활을 한단 건지, 제 일도 아닌데 걱정이 되어 발걸음이 쉬이 떨어지지 않았다.

당연히 계룡산까지 함께 가고 싶었다. 하루 외박하나 이틀 외박하나, 운에겐 크게 다를 바가 없었다. 허나 지금 당장 함께 갈 수 없었다. 어젯밤 뜬 눈으로 밤을 지새우며 오늘 어디로 가서 무엇을 해야 할지 제 마음을 정했기 때문이다. 그래서 해명과는 일단 여기서 헤어져야 했다.

해명이 탄 말이 시야에서 다 사라지고 나서도 한참을 돌아서지 못하던 운이 크게 심호흡한 뒤 손으로 얼굴을 부비며 몸을 돌렸다.

왜인지 코가 시큰하고 눈이 시렸다.

허나 여기서 괜한 감상에 빠져 머뭇거릴 수 없었다. 빨리 움직여야 했다. 운이 서둘러 걷기 시작했다.

***

고려시대 나라의 기강이 해이해지고, 백성들의 생활이 도탄에 빠졌던 이유 중 하나는 지방 호족들의 횡포 때문이었다.

그랬기에 고려를 무너뜨리고 새로이 건국한 조선은 그 정당성을 위해서라도 그들이 백성들을 괴롭히지 못하도록 여러 제도적 장치를 마련해야만 했나.

먼저 사병을 혁파하고 과거제도를 확대해 토호들이 누리던 권력을 빼앗았다. 뿐만 아니라 각 지방을 다스리는 모든 관리들은 중앙에서 파견했고, 그 관리들이 지방의 유지들과 결탁하는 것을 감시, 감독하기 위한 관찰사까지 8도에 배치해 국가의 기강이 흐트러지지 않도록 최선의 노력을 다했다.

관찰사의 부정부패까지도 염려하여 감사들의 임기를 360일로 엄격히 제한하였고, 사명감 넘치는 젊은 신료들을 그 자리에 임명했다.

뿐만 아니라 감사들의 의견은 왕에게 직접 상주할 수 있도록 하여 최대한 왕의 힘이 구석구석까지 미칠 수 있도록 애를 썼다.

공부하면서 운은 제도의 완벽함에 감탄했다. 왕이 할 일은 이 완벽한 제도에 맞는 인재를 적재적소에 보내는 것인 줄 알았다. 운의 스승들 역시 사람을 쓰는 정치에 대해서 주로 이야기 했을 뿐 국가의 근간이라 할 수 있는 제도가 언제든 흔들릴 수 있으니 늘 주의해야 한다는 말은 누구도 한 적이 없었다.

"저하! 여기 어쩐 일이시옵니까?"

“오랜만입니다. 잘 지내셨습니까.”

과거 세자시강원의 문학이었고, 현재 충청감사로 있는 박문열은 운이 가장 좋아한 스승이었다.

세자시강원을 거쳐 갔던 이들은 모두 운의 총명함에는 이견 없이 동의했으나 그것이 득일지 독일지에 대해선 모두 고개를 갸우뚱했다. 허나 문열만은 운이 성군이 될 자질이 충분하다고 단언했다.

그 누구보다 문열의 말은 믿을 만하다며 왕 역시 그를 높게 평가했다. 그럴 만도 한 것이, 문열은 약관도 되기 전에 장원급제를 한 대단히 총명한 인재인 데다 그 어느 당파에도 속하지 않은 청렴결백한 인물이었기 때문이다.

누구의 눈치를 보고 아부를 하거나 자신의 앞날을 도모하는 부류가 아니었기에 언제나 소신껏 행동했고, 덕분에 모두가 신뢰했다.

운도 스승들 중 문열을 가장 좋아했고, 문열 역시 운을 친동기간처럼 매우 아꼈다. 그는 운의 잦은 출궁까지도 대단히 긍정적으로 보고 왕에게 그 행동을 두둔해줄 정도였다.

심지어 문열은 나간 김에 백성들의 삶도 둘러보고 오라고 운에게 권하곤 했다. 물론 당시 운은 그것을 무심히 넘겼다. 그저 놀러 나가는 제자를 편들기 위해 스승이 겉보기에 그럴싸해 보이는 변명을 만들어주는 건 줄 알았다.

“제가 마침 자리를 비우거나 했으면 아랫것들에게 욕을 볼 뻔하지 않으셨습니까. 혈연단신으로 세자저하께서 충청도 땅에 나타나시다니, 누가 감히 믿겠습니까."

하지만 이젠 그가 왜 그런 이야기를 했는지 알 것 같았다. 그는 운이 직접 백성들의 삶을 살피고 거기서 무엇인가를 깨닫기를 바랐던 것이다. 문열은 이미 오래전부터 백성들의 삶이 무너져 있음을 알고 있었던 거다.

"여쭙고 싶은 게 있어 이리 찾아왔습니다."

출세가 보장된 도승지 자리 대신 지방으로 가길 자청하여 충청 감사로 부임했다. 다들 중앙의 요직을 맡지 못해 난리인데 심지어 왕의 최측근 자리를 마다한 이면엔 분명 남다른 이유가 있을 것이라 짐작해 캐물었으나 그때 문열은 운에게 아무 말도 하지 않았다. 이제야 비로소 그가 왜 그랬는지 알 것 같았다.

헌데 답을 찾은 자리엔 새로운 의문이 자라났다.

왜 그때 문열은 운에게 아무런 말도 하지 않았던 것일까. 왜 운에게 이러한 문제에 대해 미리 가르쳐주지 않았던 걸까.

"무엇입니까?"

"고을의 사또는 토호들과 결탁하고 있습니다. 백성들은 더 이상 나라의 법과 제도를 신뢰하지 않고, 국가가 자신들을 보호해주리라 믿지 않습니다. 관리들에 대한 불신은 드높고, 모든 기강은 해이해졌으며, 최소한의 도덕적인 규율마저 무너졌습니다. 전쟁이 끝난 뒤 이십여 년이 지났지만 복구된 것은 겉모습일 뿐, 속은 썩어 문드러진 지 오래입니다. 아무리 청렴결백한 감사가 부임해도 그가 모든 것을 바로잡기는 역부족입니다. 맞습니까?"

밤새 잠을 이루지 못하고 뒤척이던 중 문열이 떠올랐다. 그가 충청감사로 부임 중이라는 것을 깨달은 순간, 계룡산에 가지 않기로 결심했다.

스스로 답을 구하고, 이 일을 제대로 마무리 짓고 싶었다.

운은 세자였다. 허니 신이 아닌 인간이 해줄 수 있는 일을 찾아야 할 의무가 있었다. 운은 신이 될 수 없었으나 신과 같은 전지전능함으로 백성들을 보살필 수 있어야 했다. 그것이 운이 생각하는 왕의 역할이었다.

"갑자기 그게 무슨 말씀이십니까?"

갑자기 나타나 쏟아내는 질문이 어지간히 당황스러운지, 감정을 쉬이 드러내지 않는 문열도 동요하는 기색을 감추지 못했다.

반년 만에 만나 제대로 된 안부 인사도 나누지 않고 대뜸 선문답 같은 이야기를 늘어놓으니 그럴 만도 했다. 황망해하는 문열의 표정에 그제야 운이 웃으며 긴장을 풀었다. 제가 너무 마음이 급했구나 싶었다.

"스승님께서 제게 자연의 변화만 보지 말고 백성들의 삶도 계절마다 어찌 변하는지 들여다보라고 하지 않으셨습니까. 그래서 들여다보니, 엉망이더이다. 분명 궐 안에서 배운 정치와 제도는 그렇지 않았는데, 제가 살펴본 결과 현실에서 제대로 시행되는 것이 없었습니다. 오죽하면 살기가 힘들어 살던 터전을 버리고 산으로 숨어드는 이들이 셀 수도 없을 지경입니다. 궐 안에선 꿈에도 생각지 못했던 처참한 현실을 목도하니 놀라움을 금할 수가 없었습니다. 그 참혹함을 목도하자 스승님이 떠올랐습니다. 제게 왜 궐 밖에 나가 백성들의 생활을 보라고 했는지 이제야 알았습니다. 스승님은 감사가 되기 전부터 이미 알고 계셨던 것입니다. 그래서 도승지를 마다하고 충청도 관찰사로 온 것이 아닙니까? 얼마나 오래된 것입니까? 얼마만큼이나 망가진 겝니까? 헌데 왜 제게 직접 말씀해주시지 않았습니까? 어찌 이런 현실을 제대로 고변하는 이가 하나도 없단 말입니까?"

침착하려 애를 썼지만 그럼에도 얼른 대답을 구하고 싶은 초조한 마음은 쉬이 눌러지지가 않았다. 머릿속에는 차고 넘칠 정도로 생각이 많아 그나마 정리하여 말을 고른 게 이 정도였다.

겨우 숨을 고르며 말을 마친 운은 여전히 조금은 초조한 얼굴이었다. 마주앉은 문열 역시 사뭇 상기되어 기쁜 듯도 하고 감격한 듯도 하고 벅찬 듯도 한 묘한 표정을 짓고 있었다.

"어찌하여 그런 것을 모두 아신 것입니까? 시강원에 새로 들어온 젊은 관리가 말씀 올렸습니까?"

"아니오. 그런 것 아닙니다. 그저 오가다 우연히."

운의 대답에 문열이 고개를 저었다.

"오가다 우연히 아실 수 없는 내용입니다. 누군지 모르겠습니다만, 저하께 그러한 것을 고한 이는 매우 똑똑하고 용감한 인물입니다. 가까이 두고 쓰세요."

"어찌하여 본 적도 없는 이를 어찌 그리 평하십니까?"

"그러니까 누가 있긴 있는 모양이군요."

어느새 긴장이 좀 풀렸는지 여유가 넘치는 평소의 모습으로 돌아온 문열이 장난스럽게 눈을 찡긋했다.

괜스레 찔린 운이 헛기침을 하며 눈을 피했다. 순간 찰랑거리는 찻물 위로 해명의 말간 얼굴이 떠올랐다가 사라졌다.

"저하는 국본이십니다. 저하가 곧 나라의 근간이자 미래이지요. 허나 미래란 언제든지 바뀔 수 있는 변화무쌍한 것이기에 현실에선 아무런 힘이 없습니다. 따라서 미래를 잘 가꾸기 위해 노력해야 하지만 그것에 모든 것을 걸어선 아니 됩니다. 그래서 국본께는 모든 것을 말씀드릴 수 없고, 다 말씀드려서도 안 됩니다. 특히 현실에 대해 조언을 드릴 땐 더더욱 조심해야 합니다. 자칫하면 그것은 주상전하에 대한 비방이 될 수도 있기 때문입니다."

백성들이 현재 고통 받고 있다는 말의 의미는 곧, 지금의 왕이 정치를 잘못하고 있다는 것과 같았다.

기존의 제도가 오류가 있다고 세자에게 가르치는 것은 왕이 어리석어 그것을 모른다고 말하는 것과 다를 바가 없었다. 그래서 세자에게 이상적인 완벽함에 대해 가르칠 순 있으나 현실의 구차함을 알려줄 순 없었다.

문열의 말뜻을 이해한 운이 고개를 끄덕였다.

"허니 세자시강원의 누군가가 저하에게 이 현실을 고했다는 것은 역적으로 몰릴 수 있는 일신의 위험을 무릅쓴 것입니다. 권력에 굴하지 않고 현실에 안주하지 않는 인물이니 대단히 용감하고 당찬 인재일 게 분명하지요. 허니 가까이 두고 쓰시라는 것입니다."

해명은 운이 세자인 줄 모르고 그러한 이야기를 했다. 세자인 줄 알았더라도 모든 이야기를 해줬을까.

가만히 해명을 떠올리던 운이 자신도 모르게 피식 웃음을 터뜨렸다.

자신이 세자라는 것을 알았다면 해명은, 세자가 대체 여기서 무얼 하고 있느냐고 더 크게 호통을 쳤을지도 모르겠다. 아직 벼슬길에 오르지 않아 정치나 권력을 몰라 순진한 탓일 수도 있지만, 그것보다 더 큰 이유는 순수하고 이상적인 기본 성향 때문일 거다.

긴 시간 함께 지내진 않았으나 운은 해명이 맑고 깨끗하다는 것을 알 수 있었다. 어딘가에 미혹됨이 없었기에 본질을 가장 날카롭게 꿰뚫어볼 수 있었던 것이다.

따라서 해명은 문열의 말대로 가까이 두고 쓰고 싶은 인재였다.

종종 귀찮고 짜증날 테지만, 해명과 같은 인물이 가까이서 저를 지켜본다면 그에게 부끄럽지 않기 위해서라도 바짝 긴장한 채 살게 될 거다. 그 덕분에 좋은 왕이 될 수 있을 거고 말이다.

얻기 힘들 테지만, 한번 제 편으로 만든다면 쉬이 배신하지 않을 이였다. 함께 있었던 시간은 길지 않았으나 해명은 꽤 신뢰할 수 있고 의지되는 사람이었다.

"왜 그러십니까?"

어느새 혼자 생각에 빠진 운의 안색을 문열이 조심스레 살폈다. 운이 웃으며 손사래를 쳤다.

"아무것도 아닙니다. 스승님의 생각과 달리 제게 그 말을 해준 이는 세자시강원의 사람이 아닙니다. 사가에서 만난 이입니다. 그는 제가 세자인 줄도 모릅니다."

"그렇군요."

"충청감사로 지내면서 살펴본 민심은 어떻습니까?"

운의 질문에 문열이 선뜻 대답하지 못하고 말을 망설였다.

"저는 이 자리에 국본이 아니라 아직 정치에 미숙한 스승님의 제자로서 여쭙는 것입니다."

"정국은 아직 혼란스럽습니다. 안정시키기 위해 많은 노력을 기울이고 있습니다만."

"만약 빠른 시일 내에 정국이 안정되지 않는다면 민심은 동요할 테고 혼란은 더 극심해지겠지요. 이미 백성들은 지도자를 잃었다고 생각하고 있구요."

문열이 물끄러미 운을 보았다. 복잡한 표정이었다.

"왜 그러십니까."

"국본은 미래의 왕입니다. 그는 이상을 배웁니다. 헌데 그 이상이 제대로 무르익지 않은 채 현실과 마주치면 어찌 되는지 아십니까?"

"어찌 됩니까?"

"현실을 부정합니다. 늘 이상보다 현실은 지저분한 법이니, 잘못하면 정치가 잘못되고 있다고 나라가 위태롭다고 생각하기도 쉽지요. 그러다보면 어느 순간 현실의 모든 것들이 부정하게 보일 것입니다. 그리되면 선택할 수 있는 건 단 하나밖에 남지 않게 됩니다."

"그게 무엇입니까?"

문열이 침을 꿀꺽 삼켰다.

"역모입니다."

"스승님!"

자리에서 펄쩍 뛸 정도로 운은 놀랐으나 맞은편에 앉은 문열은 담담하기만 했다.

눈 하나 깜짝하지 않은 문열이 태연하게 말을 이었다.

“저하는 자연의 변화를 보는 것을 좋아하셨습니다. 현실적이셨지요. 미래를 위해 현실의 고통은 감내해야 하는 것이라고 생각하는 전하보다, 지금 이 순간을 중시하는 저하께서 더 좋은 왕이 될 거라고 생각했습니다. 허나 저하께서 미리 모든 것을 알길 바라지 않았습니다. 저하께서 섣불리 많은 것을 아시게 되면 모두가 위험해질 테니까요.”

“저는 단 한 번도 역심을 품은 적이 없습니다.”

억울했다. 단지 해명을 만나 꿈에도 몰랐던 현실을 알았고, 그를 바로잡기 위해 자신이 할 일을 알고 싶었을 뿐이다. 헌데 역심이라니, 기막힐 노릇이었다. 허나 운의 항변에도 문열은 단호하기만 했다.

“역심은 작정하고 품는 것이 아닙니다. 자라나는 것이지요. 이보다 잘해보고 싶다, 나라면 이보다 잘할 것이다, 거기서부터 시작된 마음이 점점 커져서 내가 직접 해보고 싶은 순간, 역심이 되는 것입니다. 자중하세요. 아직 저하께서는 국본이실 뿐, 왕은 아닙니다.”

방 안의 공기가 무겁게 가라앉았다.

대체 무슨 말을 어찌해야 할지 몰라서 운은 쉬이 입이 떨어지지 않았다.

말주변이 좋지 못한 스스로가 답답했다. 이럴 때 해명이었다면 무슨 말을 했을까, 운은 애써 떠올려 보려 노력했다.

혼란스러움을 감추지 못한 운의 불안한 시선이 한참 동안 정처 없이 여기저기를 떠돌다가 결심한 듯 문열에게 닿았다.

“우연히 사주를 잘 본다는 이를 찾아 산에 있는 암자에 가게 되었습니다. 거기서 저는 더 이상 그 누구에게도 자신들의 미래를 기대할 수가 없어 사주에 매달리는 백성들을 보았습니다. 자연의 변화 따위나 볼 줄 알았던 저는 조금도 몰랐던 현실의 삶이 거기 있었습니다. 그 전까지 저는 백성들이 어찌 사는지 꿈에도 몰랐습니다. 나라를 다스리겠다는 자가 실제 민초들의 생활에 대해 아는 것이라곤 단 하나도 없었습니다. 그래서 알고 싶었습니다. 무엇이 어찌 잘못되었는지, 저는 어찌해야 할지, 무엇이 진정 좋은 왕인지를요. 어찌 그게 역심이란 말입니까? 국본으로서 나라의 미래를 위해 제가 해야 할 일을 알고 싶었을 따름입니다. 궐 안에서만 산 것이 우물 안 개구리 같아 사가의 삶에 대해 알고 싶었습니다. 그래서 스승님께 조언을 구하려고 이곳까지 찾아온 거구요. 제가 잘못 생각한 겁니까?”

계룡산에 해명을 혼자 보내고 내키지 않는 발걸음을 돌려 쉬지 않고 걸어서 여기까지 왔는데, 고작 이런 이야기나 들으려고 그 고생을 한 거라고 생각하자 억울할 지경이었다.

이럴 바엔 그냥 해명을 따라 곧장 계룡산으로 가는 게 나았다는, 뒤늦은 후회가 밀려왔다.

“권력은 자식과도 나누는 것이 아니라 했습니다. 충헌세자께서 어찌하여 돌아가셨는지, 그 죽음에 대해 얼마나 많은 이야기가 떠도는지 모르십니까. 전하께서 돌아가시기 전엔 좋은 왕이 되겠다는 마음을 드러내기만 해도 저하는 역심으로 몰릴 수 있습니다."

"기우이십니다. 아바마마께서 저를 그리 오해하실 리 없습니다."

단호히 대답하는 운을 문열이 물끄러미 쳐다보았다.

십여 년 전 처음 만났을 때부터 문열은 운을 좋아했다. 운은 솔직하고 열정적이었으며 순수했다. 인간이 얼마나 음흉할 수 있는지, 운은 몰랐다. 아니 상상조차 하지 못했다.

그는 겉과 속이 같았다. 그게 설혹 제게 불리할지라도 숨기거나 꾸미는 일 같은 건 할 줄 몰랐다. 언제나 정공법을 택했고 조금의 거짓도 없었다.

닳고 닳은 이들이 넘쳐나는 궐 안에서 흔히 보기 힘든 인물이었다. 그래서 문열은 음전하다 평가받는 강보다 운의 성정을 더 높이 평가했다.

허나 대부분의 관리들은 운을 불편해했다. 문열은 그것이 뒤가 구린 이들이 자신의 본 모습을 운에게 들킬까 봐 두려워하는 것이라 생각했다.

문열은 운이 제 성품을 잘 갈고 닦기만 한다면 좋은 왕이 될 거라 믿어 의심치 않았다.

"전하는 물론 선왕과는 다르십니다만."

왕이 운을 얼마나 아끼는지 누구보다 잘 알았다. 세자시강원에 있는 관리들 중 가장 고속 승진을 한 게 문열이었다. 문열이 운을 잘 지도한 데다 진심으로 운에게 애정을 기울인 것이 왕의 눈에

띄었기 때문이었다.

왕은 문열이 다른 누구도 제대로 보지 못한 운의 이면을 잘 봐주었다며 기뻐했다. 권력을 탐했던 선왕과 지금의 왕은 당연히 달랐다. 왕은 형의 죽음에 대해서 죄책감이 컸고, 그로 인해 더 나은 나라를 만들어야 한다는 강박을 가지고 있었다. 그랬기에 진심으로 자신보다 운이 더 좋은 왕이 되기를 바랐다.

허나 자식이 진정으로 잘난 것을 곱게 볼 수만은 없는 것이 권력의 비정함이었다.

성장하는 자식은 기특하지만 장성한 자식은 부담스러운 것이 권력자의 모순이었다. 그때의 왕이 지금의 왕과 같으리라, 문열은 확신하기 어려웠다. 선왕도 처음부터 충헌을 탐탁치 않게 여긴 것은 아니었으니 말이다.

제 앞에 앉아 눈을 빛내는 운을 보며 문열은 어찌해야 하나, 고민에 빠졌다.

운은 무엇인가를 보고 배웠다. 이것은 운에게 대단한 도약의 계기였다. 영민한 운이 지금 이 깨달음을 밀고 나가 더 많은 것을 배울 수 있다면, 운은 단언컨대 좋은 왕이 될 것이다.

스승 박문열은 많은 것을 보고 배워 성장할 운이 궁금했고, 신하 박문열은 성숙해진 운이 펼칠 정치가 알고 싶었다. 허나 과연 그러한 기회를 가지라고 운에게 간언하는 것이 진정한 충심일지 알 수 없었다. 잘못했다간 위험해질 수도 있었다.

정치가 얼마나 냉정한지 잘 알았다. 제 아비도 사화에 휩쓸려 목숨을 잃었다. 중앙에서 떨어져 나와 지방의 감사를 자청한 것은 그러한 무자비한 날것 그대로의 현실을 너무 이른 나이에 알아 이미 질렸기 때문이다.

"제가 어찌 해드리길 원하십니까."

하지만 그렇다고 해서 무조건 아무것도 하지 말고 기다리라고만 할 순 없었다. 위험할 수 있는 운의 성정까지도 문열은 좋아했다. 좋은 과실을 얻기 위해서 어느 정도의 위험은 수반될 수밖에 없었다. 관직에 나온 이상 제 한 몸의 안위보다 더 중요한 것은 나라와 백성이었다. 문열이 흔들리는 마음을 다잡았다.

"사가에서 달포만이라도 지내보고 싶습니다. 스승님께서 아바마마께 보내는 서신을 한 장 써주신다면 큰 도움이 될 것입니다."

계룡산에 해명을 데려다주고, 제 사주를 보고 오는 것만으로는 부족했다. 밤새 운은 제가 몰랐던 그리고 여전히 모르는 이 세상을 좀 더 알아야겠다고 마음을 굳혔다. 당장 계룡산에 가지 않은 것은, 더 긴 시간 그곳에서 해명과 함께 머무르기 위한 방법을 찾기 위해서였다.

"어디 머무를 곳이라도 있으신 것입니까?"

"계룡산에서 지낼 것입니다. 이 근처이니 스승님께서 저를 돌봐주신다고 하면 아바마마께서도 허락해주실 것입니다."

"저하께서 아까 말씀하신, 그자와 함께 지내는 것입니까? 저하가 세자인지도 모른다는 그 이 말입니다."

"네, 그렇습니다."

국본과 가까이 지내는 것은 대단히 매혹적이지만 동시에 목숨을 걸 정도로 위험한 일이기도 하다는 것을 이미 알고 있었다. 한

바탕 피바람이 불었을 때, 많은 이가 억울하게 목숨을 잃었다. 충헌을 아끼고 지킨 이들 역시 문열과 같은 마음이었을 것이다.

그들의 죽음은 덧없었다. 허나 그렇다고 해도 일신의 안위만을 위하고 오로지 현재의 영락만을 위하는 것은 군자가 할 일이 아니었다. 문열이 크게 고개를 끄덕였다.

"그리하지요. 제가 서찰을 써드리겠습니다."

"감사합니다, 스승님."

"대신 궐에서 홀로 나오실 거라면 제 사람이라도 시종으로 데려가십시오. 불편하시다면 그치에겐 저하가 아니라 제가 잘 아는 지인의 아들이라고 일러두겠습니다. 그렇게 해서라도 저는 저하가 어디서 무얼 하고 계시는지, 저하의 일거수일투족을 다 알아야 합니다. 전하께 절 믿고 맡겨 달라고 말씀 올릴 것이니, 부디 저를 거짓말쟁이로 만들진 말아주세요."

잠시 망설이던 운이 고개를 끄덕였다.

"그리하겠습니다. 스승님께서 붙여주시는 사람은 함께 데려가도록 하지요."

안도한 듯 문열이 고개를 끄덕였다. 운이 눈치를 살피며 말을 이었다.

"저 부탁이 하나 더 있습니다."

"또 무엇입니까?"

이 이상 무엇을 더 들어드려야 하나, 걱정이 된 까닭에 문열의 목소리가 딱딱하게 굳었다.

운이 별일 아니라는 듯 아까보다 한층 긴장이 풀린 얼굴로 웃으며 말을 이었다.

“저기 강 건너 마을에 아주 신기한 일이 생겼다고 들어서요. 어찌 된 일인지 자세히 좀 알아봐주셨으면 합니다.”

“재밌는 일이요?”

이 근방에 신기한 일이 일어났다는 건 금시초문이었다. 한양에서 내려온 운이 자신도 아직 모르는 소문을 어떻게 아는 건지 도무지 모를 일이었다.

“네, 오방신장들이 나타나서 나쁜 놈들을 혼내줬다고 소문이 났더라고요”

“신이요?”

문열의 눈이 휘둥그레졌다. 운이 태연한 얼굴로 고개를 끄덕였다.

***

창 밖에 바람이 불었다. 앉아 있던 수진의 몸이 움찔했다.

어둠이 내리면 궐 안엔 사람이 사라져 황량했다.

그 텅 빈 공간에 바람이라도 지나가면 그 소리가 어찌나 크게 울리는지 꼭 천둥이 치는 것 같았다.

아니, 어쩌면 그건 기분 탓인지도 몰랐다. 온몸에 솜털이 바짝 서도록 긴장한 탓에 모든 것이 다 평소보다 예민하게 느껴졌다.

배종하는 이들도 모두 처소로 돌아가 방 안에 홀로 앉아 있는 지금 이 순간, 수진은 어느 때보다 더 긴장한 채였다.

누군가가 보았다면 낯선 공간에 혼자 있는 것이 불안해서라고 생각할 테지만, 그건 아니었다.

수진은 제가 왜 이리 신경이 곤두서 있는지 알고 있었다. 하고 싶은 일이 있는데 그것을 해도 되는지 안 되는지 분간이 가지 않기 때문이었다.

그 고민 때문에 수진은 지금 머리가 깨질 것만 같았다.

밤이라 보는 이도, 감시하는 이도 줄었으니 제 맘대로 해도 될 것 같기도 하고, 고요하고 적막해 보이지만 숨어 있는 눈이 많은 궐 안이니 행동거지를 조심해야 할 것 같기도 했다.

아무리 고민해봐도 결정을 내릴 수가 없었다.

갈팡질팡하며 무언가 하나를 선택하지 못하고 망설이는 사이 시간은 속절없이 흘렀다.

시간이 흐를수록 초조해졌고, 초조해질수록 신경은 점점 더 예민해졌다.

몸을 꼿꼿이 한 채 책상 앞에 앉은 지 오래였으나 수진의 정신은 저 궐 안 어둠 속을 홀로 정처 없이 헤매는 중이었다.

무릎 위에 올려놓은 손에서 땀이 배어나왔다. 다시 바람이 불었다. 또다시 수진의 몸이 움찔했다.

바람소리가 어서 나오라고 수진을 재촉하는 것만 같았다. 입에 침이 바싹 말랐다. 어느새 아래턱이 뻣뻣해질 정도로 온몸에 힘을 주고 있었다. 또다시 바람이 불었다. 결국 견디지 못한 수진이 자리에서 벌떡 일어났다.

"왜 그러십니까?"

문 밖에서 나인이 말을 건넸다.

역시 눈앞에 보이지 않는다고 해서 사람이 없는 것은 아니었다. 궐에선 그 어디에서나 지켜보는 이들이 있었다. 순간 수진은 숨이 턱 막혔다. 방 밖에서 수진의 그림자만 보고도 반응하는 이였다.

어쩌면 수진의 마음과 생각까지도 모두 다 짐작하고 있을지 몰랐다. 겁이 덜컥 났다.

"측간에 가려 합니다."

하지만 그렇다고 해서 이 기회를 놓칠 수는 없는 노릇이었다. 호기심이 공포를 눌렀다. 태어나 처음으로 누군가가 시켜서가 아니라 제가 하고 싶어 스스로 하는 일이었다.

"혼자 가겠습니다. 따라오지 말아주세요."

단호한 지시에 어린 나인은 차마 더 무어라 말하지 못한 채 그 자리에 서서 발만 동동 굴렀다.

혹여나 나인이 자신의 뒤를 쫓아올까 봐 수진이 걸음을 빨리했다. 그를 다시 한 번 만나고 싶었다. 정말 꼭 다시 한 번 만나고 싶었다. 지금은 그 생각뿐이었다.

***

"아니 어찌 그런 일이 있을 수 있단 말입니까? 어떻게 그럴 수가 있지요? 정녕 이게 사실이란 것입니까?"

문열은 아무리 생각해봐도 어찌 된 상황인지 이해할 수가 없는 듯 쉬지 않고 혼잣말을 중얼거렸다.

웃음을 참기 위해 운은 찻잔을 드는 척하며 고개를 숙였다.

혀를 아프게 깨물고 나서야 겨우 웃음기를 지운 얼굴로 문열을 다시 마주볼 수 있었다.

운의 이야기를 들은 문열은 곧장 진상을 파악하기 위해 이방을 보냈다. 허나 심부름을 보내는 문열도, 시키니까 가는 이방도 썩 운의 말을 믿는 눈치는 아니었다. 당연했다. 오방신들이 내려와 사람을 벌줬다는 소문을 곧이곧대로 믿을 이는 아무도 없었다.

얼마 지나지 않아 이방이 사색이 된 얼굴로 감영에 들어서면서 분위기는 반전되었다.

이방은 마을이 발칵 뒤집혔다고 했다. 오방신들을 본 이들은 모두 앓아누웠고 고씨는 겁에 질려 방 밖으로 한 발짝도 나오지 못한다고 했다.

유득수의 부인은 오방신 중 남방의 적제신이 구름을 시켜 자신을 집 안에 내려놓았다고 주장하고 있었다. 사람들은 모두 고씨를 벌하기 위해 오방신장이 나타났다며 하늘이 착한 이에게 복을 주고 나쁜 이에게 벌을 준 거라고 입을 모았다.

신들의 등장에 감동받은 마을 사람들은 앞 다투어 유득수의 집으로 달려가 힘든 일이 있었을 때 도와주지 않은 것에 대해 잘못을 고할 뿐 아니라 쌀과 보리 등 먹을 것을 바치기까지 했다. 신들이 보살펴주는 집이니 그 집에 잘 보여야 자신들에게도 복이 온다는 믿음이 마을에 퍼진 것이다.

사또는 혹시나 유득수 부자가 꾸민 일은 아닐까 하여 진상을 조사했으나 유득수 부자의 신장은 보통보다 작은 편인데 오방신을 본 이들이 하나같이 그들의 기골이 장대한 것이 인간이 아니라고 증언했기에 의심을 거둘 수밖에 없었다.

"다들 꿈을 꾼 게 아닐까요?"

"아니라지 않습니까. 이른 새벽 혼인을 위해 준비한 모든 것들이 난장판이 되었다니 분명 일어난 일인 게지요."

"유득수가 사람을 산 건 아닐까요?"

"그런 생각을 할 수 있는 이라면 혼인에 이르도록 가만히 당하고 있었을 리 있습니까."

"것도 그렇습니다만, 아니 그럼 대체 이게 어찌 된 일인건지……."

넋이 나간 얼굴로 문열이 고개를 절레절레 저었다.

운이 헛기침을 해 목을 가다듬은 뒤 입을 열었다.

"헌데 그냥 계실 것입니까?"

"네?"

"오방신들이 나타나 악인을 벌하고 선인에게 상을 준 것으로 이야기가 끝난다면 나라와 관리가 있을 필요가 없지 않습니까. 본래는 사또가 바로잡아줬어야 하는 일입니다. 허나 사또는 그리하지 않았지요. 아마 고씨와 사또가 결탁했을 것입니다. 그래서 유득수 역시 원에 찾아가 억울함을 호소할 수 없었을 거구요. 사또 선에서 일을 마무리 지었으니 감사께서도 모르신 게지요. 그래서 결국 오방신들이 나타나 이 모든 것들을 바로잡아줄 수밖에 없었던 겁니다. 나라가 신들보다 늦은 거예요."

아, 하고 작게 감탄한 문열이 새삼스러운 눈으로 운을 보았다.

문열은 그제야 왜 운이 소문에 대한 진상조사를 시킨 건지 알 것 같았다. 그런데 정작 자신은 그의 앞에서 신의 존재에 대해서만 왈가왈부했다니 부끄럽기 짝이 없었다.

문열이 운의 앞에 고개를 숙였다.

"마마, 죽여주십시오. 신은 관찰사로서 자격이 없습니다. 생각이 모자랍니다. 저는 저하와 같은 생각을 감히 하지 못했습니다. 부끄럽습니다."

"아닙니다. 저 역시도 스스로 깨달은 것이 아닌 것을요."

"허면?"

의아한 시선으로 운을 살피던 문열이 이내 입을 딱 벌렸다.

운이 싱긋 웃었다.

문열의 놀라워하는 얼굴을 보자 제가 지금까지 해명에게 당했던 일들이 더 이상 억울하지 않았다. 문열이 놀랄 정도니 제가 모자란 건 아니었던 거다.

"이것 역시도 그럼?"

"그렇습니다."

"아니 대체 그자가 누구입니까?"

"이름 외엔 저도 어느 집의 누구인지 모릅니다. 다만 분명한 것은 어리지만 생각이 깊다는 것입니다. 그 사람 곁에서 세자가 아닌 한 인간으로 가까이 지내며 세상을 좀 더 배울 것입니다. 좋은 사람을 알아보고 그를 적재적소에 활용할 줄 아는 것은 왕이 반드시 가져야 할 중요한 덕목이지요. 지금은 벼슬에 안 나가고 초야에 묻히겠다 하고 있지만 어떻게 해서든 그를 평생 동안 제 가까이 둘 것입니다. 그만한 가치가 있는 사람 같지 않습니까."

문열이 감격한 얼굴로 운을 보았다.

그가 자랐다. 이제 더 이상 자신이 스승이라고 말하기 부끄러울 정도로, 무섭게 자랐다. 또 자라고 있었다. 자신의 곁에 누가 진정으로 필요한지 알고 그를 얻기 위해 노력할 정도로 훌쩍 성장해 있었다.

진심으로 감동한 문열이 운의 앞에 고개를 숙였다.

"저하, 신이 서찰을 써드리겠나이다. 어떻게든 전하께서 허락하실 수 있게 신이 목숨을 걸고 노력하겠나이다. 그리고 뒤늦었지만 관찰사로서의 소임을 다하겠나이다. 의당 해야 했으나 한 발 늦은 일을 이제라도 빈틈없이 처리하겠나이다."

문열의 목소리가 감정을 이기지 못하고 일렁였다. 운이 진심으로 제게 충심을 가진 첫 번째 신하를 가지게 된 순간이었다.

***

길을 잃었다.

칠흑 같은 어둠 속에 홀로 남겨진 수진이 황망한 얼굴로 주위를 두리번거렸다.

한눈에 다 들어오지 않을 정도로 넓은 데다 아직 익숙지 않아 지리도 낯이 선 궐 안을 어두운 밤에 돌아다녔으니 길을 잃는 게 당연했다. 단지 그를 다시 만나고 싶다는 생각에 사로잡혀 참으로 대책 없는 짓을 저질렀다.

뒤늦게 발을 굴리며 후회했으나 그뿐, 할 수 있는 일이 없었다.

어찌해야 할지 몰라 우왕좌왕하고 있는 사이 먼 곳에서 사람들의 발자국 소리가 들려왔다.

만약 다가오는 저 사람들이 왕이나 중전이라면 대체 이 상황을 어찌 설명해야 한단 말인가. 아찔함에 눈앞에 흐릿해졌다.

어디로든 일단 여기서 빠져나가야 했다.

두 손으로 치마를 걷은 수진이 불빛과 반대 방향으로 뛰기 시작했다. 그때였다.

"여기예요."

누군가가 수진의 허리를 획 낚아챘다.

놀라서 저도 모르게 고함을 지르려는 순간, 입이 막혔다.

"저예요, 강입니다."

놀라움에 커졌던 수진의 두 눈이 상대를 확인한 뒤 비로소 느리게 감겼다. 잔뜩 긴장해서 위로 올라갔던 어깨가 아래로 내려가며 몸에 힘이 풀렸다.

강이 몸을 틀어 한층 더 어두운 그늘 아래로 수진을 숨겼다.

그 사이 한 무리의 사람들이 수진과 강의 곁을 지나갔다. 그들이 사라질 때까지 둘은 숨조차 멈춘 채 기다렸다.

비로소 불빛이 멀어지고 완전한 어둠 속에 남겨진 뒤에야 강이 수진에게서 손을 떼며 한 발 뒤로 물러났다.

"실례를 범했습니다. 죄송합니다."

강이 깍듯하게 고개를 숙여 인사했다. 뒤늦게 수진 역시 고개를 숙이며 예를 차렸다.

안도감이 지나가자 민망함이 밀려왔다. 혼자 남았을 때부터 불안감에 휩싸여 평소보다 빠르게 뛰던 심장이 이젠 다른 이유로 제 속도를 벗어나 있었다.

입을 열면 덜덜 떨리는 목소리가 나올 것 같아서 수진은 인사조차 할 수 없었다.

아까까지는 두려웠던 어둠이 이젠 고마웠다. 이 밤이 지금 자신의 모습을 잘 숨겨주길 바랐다. 그렇지 않으면 저 자신도 주체할 수 없는 날것 그대로의 감정을 강에게 다 들길까 봐 염려스러웠다.

"이리로 오시지요."

다행히도 강은 수진에게 무언가를 더 묻지 않았다. 마치 약속된 시간에 정한 장소에서 만나기로 했던 것처럼 자연스레 앞서 걸으며 안내했다. 상대의 마음을 놓이게 하는 편안한 태도였다.

강의 뒤를 따라가며 비로소 안도한 수진의 발길음이 조금 가벼워졌다.

"이곳입니다."

강의 뒷모습만 보고 졸졸 따라가던 수진은 그의 말소리에 비로소 걸음을 멈추고 주변을 둘러보았다.

"아!"

가장 먼저 수진의 눈에 들어온 것은 달빛에 반짝이는 연못이었다.

겨울이라 얼음이 언 연못은 거울처럼 고스란히 달빛을 반사시키고 있었다.

게다가 연못 가운데 세워진 누각 안에서 새어나오는 노란 불빛 덕분에 밤인데도 불구하고 전체적으로 따뜻하고 은은한 느낌을 물씬 풍겼다.

그의 말대로 밤에 볼 수 있는 최고의 정경이라 할 만했다.

"이곳이 바로 그 유명한 경회루입니다. 주로 사신을 접대하거나 규모가 큰 연회를 주재할 때 사용하는 곳이지요. 날씨가 좋으면 연못에서 뱃놀이를 하기도 합니다. 출입이 엄격하게 통제되는 까닭에 신하들이나 궁인들 중에서도 이 정경을 보지 못한 이가 수없이 많습니다."

홀린 듯이 경회루를 보는 수진을 보며 강이 뿌듯하게 웃었다.

본래 사방을 둘러싼 담장과 문으로 막혀 있어 아무나 들어올 수 없는 곳이었으니, 특별한 일이 없다면 누각에 불을 켜지도 않았다. 강이 수진을 위해 미리 와서 몰래 문을 열어두고 누각에 호롱도 매달아둔 것이다.

꽤 귀찮은 일이었으나 감격하는 모습을 보자 하길 잘했다는 생각에 뿌듯했다.

"누각 안은 더 아름답습니다. 가서 보시겠습니까?"

"네."

수진이 열심히 고개를 끄덕였다. 강이 조용히 앞장섰다.

"이곳은 주역의 원리에 기초해 지은 것입니다. 하늘은 둥글고 땅은 네모라는 천원지병에 따라 바깥 기둥 스물네 개는 사각이며, 안쪽의 스물네 개 기둥은 원형입니다. 기둥이 스물네 개인 것은 이십사절기를 뜻하는 것이구요. 돌 기둥엔 용이 새겨져 있습니다. 어두워서 지금은 잘 보이지 않지만 낮에 보면 금방이라도 연못 속으로 들어갈 것처럼 생생합니다. 또 지붕마루 끝에는 취

두와 용두를 얹고 추녀마루에는 열한 개의 잡상을 올렸습니다."

차분한 설명에 수진이 가만히 고개를 끄덕였다.

그 모습에 강이 의외라는 듯 고개를 갸웃했다.

"별로 놀라지 않으시는군요."

"아버님께서 여러 번 말씀 하셨습니다. 궐 안엔 돌 하나도 그냥 놓인 것이 없고 다 의미가 있다고요. 하물며 왕가의 정원 가운데 있는 누각인데 오죽 징싱을 들였겠습니까."

강이 자신도 모르게 걸음을 멈추었다. 그저 무심한 대답이었으나 그 말을 듣는 순간 강은 수진이 누구인지 비로소 실감했다.

그는 영상의 딸이었고, 제 형의 아내가 될 사람이었다. 그리고 제 형은 향후 왕이 될 세자였다. 그러니까 이 여자는 중전이 될 이였다.

"왜 그러십니까?"

영상에게 어떤 교육을 받고 이곳에 들어왔는지, 그 말 한마디가 모두 말해주고 있었다.

강은 제가 무슨 짓을 저지르고 있는지 그제야 깨달았다. 잠시 저와 수진의 처지를 망각했던 것이다.

"아닙니다. 이리로 오시지요."

수진은 중전이 될 여자였다. 그리 교육받고 이곳에 들어온 이였다. 허나 저는 일개 후궁의 아들로 혼인을 하면 궐 밖으로 나가야 할 몸이었다. 제 모친이 저를 아직 떼어놓고 싶지 않아서, 또 운이 아직 후사가 없는 것을 경계하여 제 혼인 역시 미뤄져 궐 안에 있을 뿐, 이제 곧 자신은 궐에서 나가 살아야 할 사람이었다.

그에 반해 수진은 이곳에서 평생을 살 이였다.

하루 종일 그저 수진이 기뻐할 모습만을 생각하며 뛰어다닐 땐 미처 깨닫지 못했던 사실이었다.

일생 지겹도록 경회루를 볼 사람에게 조금 더 일찍 보여주는 것 가지고 그리 설레었던 스스로가 기막히고 허탈했다.

앞서 걸어가는 강의 발걸음엔 어느새 기운이 빠져 터덜거렸다.

경회루는 2층에서 바라보는 풍경이 절경이었다. 남쪽의 남산, 서쪽의 인왕산, 북쪽의 북악산을 한눈에 볼 수 있어 계절 따라 꽃구경과 단풍놀이를 하기 좋았다. 겨울밤엔 산 위에 쌓인 눈에 달빛이 반사되어 희게 빛나는 모습이 꽤 볼만했다.

수진이 저도 모르게 홀린 듯이 누각 끝으로 걸어갔다.

강이 황급히 수진을 잡았다.

"그리 가까이 가지 마시고 뒤로 오십시오. 그래야 더 잘 보실 수 있습니다."

강이 시키는 대로 수진이 뒷걸음질 쳤다. 그러다 어느 순간, 강이 멈추게 한 뒤 앞을 보게 일렀다.

"아!"

수진의 입에서 절로 감탄사가 나왔다.

뒤로 물러나자 기둥과 틀 사이에 산의 정경이 들어갔다. 그 모습이 꼭 액자 속에 있는 한 폭의 산수화를 보는 기분이었다.

"아름답습니다."

"네, 풍류를 즐기기에 더할 나위 없이 좋은 곳이지요."

수진은 한참을 홀린 듯이 서서 그 모습을 바라보았다.

“저 뒤쪽으로 가면 궐 안의 전각들을 한눈에 볼 수 있습니다.”

강이 반대편을 가리켰다. 수진이 천천히 몸을 돌렸다. 시원하던 산의 풍경과 달리 빼곡하게 나열된 전각들의 모습은 수진을 숨막히게 했다.

“이곳에서 평생을 사는 것은 어떤 기분입니까?”

수진의 시선은 전각에서 떨어질 줄을 몰랐다. 그 꼴을 보자 강은 괜스레 속에서 부아가 치밀었다.

“아버님께서 그런 것까지 가르쳐주시진 않으셨나 봅니다.”

그래서 저도 모르게 뾰족하게 가시 돋친 말이 튀어나갔다.

“아버님도 이곳에서 사신 것은 아니니까요.”

허나 수진은 말 뒤에 숨은 속내를 알아차리지 못한 듯 그저 슬픈 눈으로 강을 물끄러미 쳐다볼 뿐이었다.

크고 둥근 눈엔 어느새 물기가 어려 있었다. 그 모습에 강은 금세 제가 한 말을 후회했다. 아직 어리고 여린 소녀에게 너무 치졸하게 군 것이 부끄러웠다.

“궐 안도 다 사람 사는 곳인 것을요. 걱정하지 않으셔도 됩니다. 형님은 좋은 분이십니다. 제 사람에겐 얼마나 다정하고 따뜻하신지 모릅니다.”

“제 사람이 아닌 사람에게는요?”

“그것은…….”

예상치 못한 질문에 강의 말문이 막혔다.

“만약 제가 평생 저하의 사람이 되지 못한다면 저는 어찌 됩니까? 이 구중궁궐 안에서 어찌 살게 되는 것입니까?”

강을 올려다보는 수진의 두 눈엔 눈물이 그렁그렁했다.

그 모습에 쿵, 하고 강의 가슴이 내려앉았다.

저런 얼굴을 한 여자를 알고 있었다. 저 눈물이 무엇을 의미하는지 누구보다 잘 알았다. 자칫했다간 손을 뻗어 눈물을 닦아줄 것 같아서, 강이 힘껏 주먹을 쥐었다. 어느새 가끔 보이던 제 어미의 모습이 수진의 위에 겹쳐지고 있었다.

왕의 여자란 정말 빛 좋은 개살구였다. 겉으로 보기엔 화려한 삶이었으나 내실은 텅 비어 있기 일쑤였다. 젊어서는 정치 권력의 힘겨루기 속에서 이용당하는 와중에 자식을 낳지 못하거나 왕의 총애를 빼앗길까 봐 전전긍긍해야 했고, 나이 들어서는 제 자식이 혹시나 잘못될까 봐 두려움에 떨어야 했다.

아들을 낳으면 낳는 대로, 못 낳으면 못 낳는 대로 일생이 괴로웠으니, 왕실의 여자가 되는 것은 곧 고통의 시작을 뜻한다고 할 만했다.

영빈은 그 속에서 살아남기 위해 욕심 없는 소박함으로 스스로를 무장한 인물이었다. 허나 그것은 살기 위한 갑옷이었을 뿐 실제는 아니었다. 꽤 자주 영빈은 숨죽여 울곤 했다.

그녀는 외로웠다. 그것을 내색할 수조차 없는 현실이 그녀를 더 고독하게 했다. 그래서 아들이 제 곁에 오래 머물기를 바랐다. 어미의 그런 뜻을 알아서 강 역시 허허실실 욕심 없는 왕자를 자청했다.

강은 저 때문에 우는 여자를 만들고 싶지 않았다. 그래서 단 한 사람을 제 곁에 두는 게 두려웠다. 제 어미 외에 자신 때문에 고통스러운 이가 또 생기는 것이 싫었다. 제가 아비와 같은 짓을 저질러서 제 어미와 같은 이를 만들까 봐 겁이 나기도 했다. 그래서 마음은 주고 싶지도 않았고, 받고 싶지도 않았다. 그저 가볍게 살고 싶었다. 제 주변에서 저를 보며 애 끓는 감정을 가지는 이는 제 어미 하나로 족했다.

강이 멍하니 서 있는 사이, 수진이 몸을 돌려 계단을 향했다.

뒤늦게 강이 정신을 차렸을 때 이미 수진은 막 내려가려는 참이었다.

"조심하십시오."

강이 경고했음에도 어둠 속에서 아래를 가늠하지 못한 몸이 균형을 잃고 비틀거렸다.

놀란 강이 달려가 수진을 잡고 제 쪽으로 끌어당겼다. 작고 여린 몸이 강의 품에 푹 안겼다.

"다칠까 봐 저어되어 그러는 것이니 무례를 용서하십시오."

대답도 기다리지 않고 강이 수진을 안아들었다.

긴장한 수진의 몸이 뻣뻣이 굳는 게 느껴졌으나 강은 모른 척했다.

품안의 몸은 너무 작고 가벼워서 조금만 힘을 주면 금방이라도 부서질 것 같았다. 예전에 제 어미를 업어주었던 기억이 떠올랐다.

'계집이란 이처럼 사내의 너른 등 뒤에서 평생을 살아야 되는 법이거늘.'

강의 등을 한없이 쓸면서 영빈이 넋두리처럼 중얼거렸던 그 말이 귓가에 생생했다.

그 말이 맞았다. 이리 작고 약한 계집은 바람막이가 되어줄 만한 품 넓은 사내가 필요했다. 홀로 둘 순 없었다.

"처소까지 모셔다 드리겠습니다."

수진을 내려놓은 뒤 깍듯이 예를 갖춰 인사한 강이 앞장서서 걷기 시작했다.

뒤돌아서서 옷매무새를 가다듬은 수진이 이내 강의 뒤를 쫓아왔다.

타닥거리는 작은 발걸음 소리가 등 뒤에서 들렸다. 이 소리를 절대로 놓치고 싶지 않다는 생각이 들었다.

이 여자를 혼자 두고 궐 밖으로 나갈 순 없었다. 이 여자가 사내의 돌아선 등을 보며 우는 것을 원치 않았다. 어찌하면 제가 지금 원하는 것을 모두 얻을 수 있을지 고민해야 했다. 그것은 강이 일생을 살면서 처음으로 가진 목표였다.

***

평복을 입은 운을 보자 왕은 기가 막혔다.

이틀이나 무단 외박을 한 주제에 도대체 무슨 생각으로 의관도 정제하지 않고 대전에 들었는지 그 행동이 도무지 이해가 가지 않았다.

이걸 패기라고 해야 할지 객기라고 봐야 할지 모르겠으니 화를 내야 할지 이유를 물어야 할지 태도를 정할 수도 없었다.

허나 마주 선 운의 태도는 그 어느 때보다 진지했다. 깍듯하게 예를 갖춰 절을 한 뒤 소매에서 꺼낸 서찰을 올린 후 자리에 앉았다.

태도가 하 당당하여 화를 내는 것도 잊은 왕이 서찰과 운의 얼굴을 몇 번이나 번갈아보다 헛기침 했다.

"이게 무어냐?"

"충청감사 박문열의 서찰이옵니다."

"뭐라? 충청감사 박문열?"

왕의 눈이 휘둥그레졌다.

"박감사에게 다녀왔단 말이냐?"

"예."

그 대답에 왕의 마음이 다소 누그러졌다.

문열은 운이 가장 따랐던 스승이고 왕이 아낀 신하였다. 홧김에 사냥이나 놀이를 간 줄 알았는데 그게 아니라 문열에게 다녀온 거라면 저 나름대로 조언을 듣고 마음을 잡으려 한 것이라 생각되었다.

문열이라면 분명 운에게 득이 되는 말을 해줬으리라 싶어 마음이 놓였다. 아까보다 한결 기분이 풀린 왕이 가벼워진 마음으로 서찰을 폈다. 허나 글을 읽어 내려갈수록 왕의 미간에 점점 깊게 주름이 졌다.

결국 다 읽은 서찰을 집어 던지듯이 책상 위에 내려놓은 왕이 운을 노려보았다.

"사가에서 달포 동안 지낼 것을 허락해 달라니? 대체 이게 무슨 소리냐?"

"서찰에 적힌 대로입니다."

"네가 가서 무어라 떼를 썼기에 박감사같이 이치에 바른 사람이 이런 서찰을 올렸난 말이다!"

"아바마마께서 제게 늘 가장 슬펐지만 가장 값졌던 경험은 난중에 백성들과 함께 지냈던 시간들이라고 하셨습니다. 그 생활을 하면서 비로소 궐의 담 안에 갇혔던 왕자에서 벗어나 진정한 백성들의 어버이가 될 수 있었다구요. 저 역시 그런 경험을 하고 싶을 뿐입니다."

"그것은 허울 좋은 핑계다! 결국은 네 혼인이 마음에 들지 않아 이러는 것을 내 모를 줄 아느냐?"

"아닙니다. 혼인에 대한 것은 이미 잊었습니다."

"잊었다?"

"예, 죽은 빈궁과는 거기까지였던 게지요. 이미 지나간 인연에 연연하는 어리석은 짓은 더 이상 하지 않을 것입니다."

죽은 빈궁에 대한 의리도 의리였지만 사람의 인연이 정치와 권력으로 결정지어 지는 것은 옳지 못하다고 생각했다. 그래서 새로 들어올 사람은 보기도 전에 싫었다. 허나 해명과 다니면서 그러한 제 고민은 배부른 투정임을 알았다.

백성들이 인연을 기다려 사랑을 할 수 있는 시절이 아닌데 왕이 그러한 꿈을 꾸는 것은 욕심이었다.

좋은 왕이 되어야 했다. 그러기 위해선 무엇이든, 제가 할 수 있는 최선의 노력을 다해야 했다. 설혹 정치로 맺어진 혼인이라 할지라도 그것이 나라에 이득이라면 못할 것도 없었다.

과거엔 왕이기 이 전에 한 사람으로서 잘 살고 싶었다.

멋진 사내가 되어야 좋은 왕도 될 수 있다고 생각했다. 그래서 풍류도 즐겼고, 남편 노릇도 제대로 하려 애썼다. 허나 제가 본 백성들은 모두 사람으로서 제대로 살기 어려운 처지에 놓여 있었다. 정치가 제대로 돌아가지 않아 백성들은 생존의 위협을 받고 있는데, 자신은 공익도 이루지 못하면서 사익까지 채우려 했다니 참으로 철이 없었다.

만백성의 이버이 노릇을 제대로 못해 모두를 불행하게 한다면 한 사람으로 살 자격도 없었다. 백성들의 삶이 제대로 돌아가기 이전에 저 역시 사사로운 욕심을 버리리라 결심하고 돌아왔다. 허니 혼인 같은 건 이제 아무래도 상관없었다.

"진심이냐?"

상황을 모면하기 위해 거짓말을 하는 성품이 아니라는 것을 잘 알았기에 왕은 운의 대답이 놀랍기만 했다. 당장 수진과 함께 있기 싫어 스승에게 달려가 떼를 쓴 거라 생각하고 화가 났던 거였다. 헌데 차분히 설명하는 운의 말투와 표정엔 조금의 거짓도 찾아볼 수 없었다.

"어느 안전이라고 거짓을 고하겠습니까."

그 대답에 왕이 서찰을 다시 집어 들었다.

그리고 다시 꼼꼼히 읽어 내려가기 시작했다.

……나무만 하더라도 그 나무가 큰 나무가 되려면 해와 물, 땅뿐 아니라 세찬 바람도 있어야 뿌리가 단단해지는 법입니다. 일개 나무가 그러할진데 사람은 오죽하겠나이까.

궐 안에서만 학문을 하고 실제 민가의 생활을 모른다면 어찌 백성들의 아버지가 될 수 있겠습니까. 저하에게는 더 많은 배움이 필요합니다.

공자께서 말씀하시기를 성인의 배움이란 깃을 달고 촉을 갈아 깊이 뚫고 들어가게 함이라 하셨습니다. 저하께서 날카로운 촉을 얻으실 수 있도록 도와드리는 게 신이 할 일이라 사료되옵니다.

날카로운 촉을 얻으신다면 저하께서는 능히 깊이 뚫고 들어가실 수 있으리라 믿습니다. 마침 제가 충청도 관찰사로 있사오니…….

문열은 구구절절 운이 사가에서 배워야 함을 강조하고 있었다. 자신이 지근거리에서 살뜰히 보살필 것이니 자신을 믿어달라는 말이, 다른 벼슬아치였다면 권력을 탐하는 것으로 느껴졌을 테지만 문열이었기에 그마저도 충심으로 보였다.

서찰을 내려놓으며 왕이 운을 보았다.

운은 꼿꼿이 앉은 채 처분을 기다리고 있었다. 끙, 하는 왕의 신음소리에 그제야 운이 고개를 들었다.

조금이라도 다른 속내가 있으면 알아낼 작정을 한 날카로운 눈빛이 운을 샅샅이 훑고 지나갔다. 허나 태연히 앉은 운은 그 시선을 고스란히 받으면서도 아무런 동요가 없었다.

"혼자 사가에 나가 살 자신이 있느냐?"

"네."

"네 손으로 무얼 할 줄 안다고?"

"제 손으로 아무것도 할 줄 모릅니다. 그래서 혼자 나가려는 것입니다. 배워 오려구요. 먹고 사는 데 얼마나 필요한지, 땅에서 벼는 얼마나 나는지, 하루에 몇 시간이나 일을 해야 입에 풀칠을 할 수 있는지, 다 배울 것입니다. 아바마마께서 제 나이 때 배우신 것들을 저는 아직 모르지 않습니까. 이리 부족해서야 어찌 아바마마의 뒤를 잇겠습니까."

참으로 오랜만에 듣는 가슴 뿌듯한 말이었다.

"아바마마께서는 늘 제가 아바마마보다 더 훌륭한 왕이 되는 것이 과업이라고 하셨습니다. 헌데 지금 저는 너무나 부족합니다. 아바마마는 범인데 저는 지금 개의 자식밖에 안 됩니다. 범에게선 범의 새끼가 나야 하는 법인데 저는 아직 하룻강아지에 불과하니 참으로 면목이 없지 않습니까. 범이 되어 돌아오겠습니다. 아바마마께 부끄럽지 않은 자식이 되게 해주시옵소서."

벙싯 벌어지려는 입 꼬리를 애써 아래로 내리며 왕은 근엄한 표정을 지으려 애를 썼다.

"어찌 네가 내 자식이기만 하단 말이냐. 이것은 사익이 아니라 공익이다."

"소인이 어찌 그것을 모르겠나이까."

"좋다. 네 그리 간절히 원하니 그리하도록 해라. 대신."

표정을 근엄히 한 왕이 허리를 곧게 편 후 운을 내려다보았다.

"별궁에 들렀다 가거라. 너 하나 보고 들어온 사람이다. 네가 그리 해놓고 나갔으니 얼마나 상심이 크겠느냐? 이리 나갔다가 혼례날 보는 것은 예가 아니다. 나가기 전에 무어라 위로의 말을 해주어라. 너 없이 이곳에 남아 간택을 치러야 하는 이가 안쓰럽지 않느냐."

"그리하겠습니다."

기다렸다는 듯이 곧장 나온 대답에 왕이 눈을 동그랗게 뜬 채 운을 보았다.

말만 그럴싸하게 하는 것은 아닐까, 마지막까지 조금 의심하였는데 냉큼 시키는 대로 하겠다는 걸 보면 정말 생각을 많이 바꾼 모양이었다.

어찌 고 며칠 사이에 이리 철이 든 것인지 신통방통했다. 그 순간 올해부터 대운이 바뀌어 좋다던 국환의 말이 떠올랐다. 이제 정말 맘 잡고 제대로 제 역할을 하는 세자를 볼 수 있다 생각하니 가슴에 맺혔던 울화가 다 내려가는 기분이었다.

"허면 이만 나가보겠습니다."

"그리해라."

절을 한 뒤 물러가는 운을 왕이 흐뭇하게 웃으며 보았다. 참으로 오랜만에 보는 장한 아들의 모습이었다.

***

"몸살이라도 나신 겝니까?"

"아닙니다."

"안색도 영 좋지 못하시고 몸도 재지 못하신데……."

"괜찮습니다."

대답은 꿀떡같이 했으나 여전히 밥을 뜨는 수저질은 굼떴다.

옆에서 시중을 드는 문상궁이 연신 수진의 안색을 살피며 어쩔 줄 몰라 했다. 그것을 알면서도 영 기운이 나질 않아 어찌할 수가 없었다.

어젯밤 수진은 한숨도 자지 못했다.

밤새 뒤척이며 강과 있었던 일을 생각하고 또 생각했다. 생각하지 아니 하려 노력하기도 했지만, 아무리 애를 써도 자꾸만 강의 모습이 떠올라서 수진을 괴롭게 했다.

저를 붙잡던 손, 온기, 다정한 위로와 저를 보넌 눈빛까지 무엇 하나 선명하게 떠오르지 않는 게 없었다. 그러다 보면 자연스레 그가 왜 자신의 지아비가 아닐까, 하는 데까지 생각이 번졌다.

처음엔 벼락 맞을 일이라며 머리를 털어 애써 지워냈다.

그저 생각하는 것만으로도 죄를 짓는 것 같아 심장이 터질 것처럼 두근거렸다. 하지만 점점 그런 죄책감은 사라지고 그 자리엔 애끓는 아쉬움이 자리했다.

저 사람이라면 일생을 다정하게 살 수 있을 텐데, 이 삭막한 구중궁궐도 그와 함께라면 참으로 아늑할 텐데, 그런 생각이 끊임없이 떠올라 수진을 슬프게 했다.

허나 그는 자신의 지아비가 아니었다. 게다가 그의 다정함은 수진에게만 특별한 것도 아니었다. 그는 죽은 빈궁에게도 형수라고 살갑게 대하며 잘했다고 했다.

정이 많고 마음이 약하여 불쌍한 것을 그냥 지나가지 못한다고 모두가 입을 모아 그를 칭찬했다.

그 말을 들을 때마다 수진의 가슴은 냉기로 오그라들었다. 그에게 자신은 그저 불쌍해서 마음이 가는 것일 뿐, 그 이상도 이하도 아닐 거라고 생각하면 왜인지 가슴이 아파서 숨조차 쉴 수가 없었다.

대체 이 감정이 무엇인지 어디서부터 시작된 것이며 어디로 흘러가는 것인지 깊이 생각하기는 두려웠다.

그저 그가 그리웠고, 그에게 자신이 특별한 사람이 아니란 게 슬펐고, 그를 다시 보고 싶었다. 그래서 기운이 없었고, 입맛도 없었으며 만사가 다 귀찮아 손 하나 까딱하기도 싫었다.

"그만 먹겠습니다."

결국 수진이 수저를 놓고 상을 밀어냈다.

음식을 거의 손대지 않은 것을 보고 문상궁이 두어 번 더 권했으나 수진이 단호히 고개를 젓자 어쩔 수 없이 상을 물렸다. 그러자 이내 기다렸다는 듯이 세숫대야와 양칫물이 들어왔다. 그냥 딱 누워 쉬고만 싶은데 정해진 일정은 수진을 가만 두지 않았다.

궐의 삶이 얼마나 팍팍한지 실감이 났다. 앞으로 수진의 삶은 이리 흘러갈 것이다. 이제 김수진이란 개인은 없었다. 그저 지위로서 존재할 뿐이었다.

그만한 희생을 가능하게 할 무언가라도 주어진다면 그것은 꽤 보람 있는 일일 테지만, 만약 아무것도 돌아오는 것이 없다면, 그런 삶이라면 대체 왜 살아야 한단 말인가.

시키는 대로 몸을 놀리면서도 머릿속은 복잡했다.

언제나 중전이 되길 바랐다. 그것이 인생 최고의 영광이며 행복인 줄 알았다. 생각해보면 행복이 뭔지, 영광이 뭔지도 모른 채 바란 것이었다.

이제 와 되돌리자니 어디서부터 어떻게 무엇이 잘못되었는지, 어찌하면 돌아갈 수 있는지 아무것도 몰랐다. 이미 급류에 휩쓸려버렸다. 아무리 손을 뻗어도 지푸라기조차 잡히지 않았다. 암담했다.

"아씨, 저하께서 이리로 납신다 하옵니다."

그때 문 밖에서 들리는 소리에 수진이 놀라 손에 들고 있던 솔을 놓쳤다.

문상궁이 서둘러 떨어진 것을 정리한 뒤 수진의 입가를 닦아주었다.

"얼른 준비하십시오."

"어찌, 왜 오시는 것입니까?"

"저희가 어찌 알겠습니까."

설혹 짐작 가는 것이 있다 해도 함부로 말을 전할 수 없는 것이 그들의 처지였다.

당황해 어쩔 줄 몰라 하는 수진을 재촉해서 문상궁이 옷을 입힌 뒤 얼굴에 분단장을 했다.

"세자마마 납시오."

막 단장이 끝났을 때 밖에서 고하는 소리가 들렸다.

나인에게 어질러진 자리를 정리하도록 시키고 문상궁이 수진의 등을 떠밀어 밖으로 나갔다. 평복을 입은 운이 장승처럼 서 있었다. 그 모습에 수진은 저도 모르게 목을 움츠렸다.

"안으로 드시지요, 저하."

"됐네. 잠깐 인사나 하려 들른 걸세. 주위나 좀 물러주시게."

물가에 혼자 남은 어린아이가 어미를 찾는 심경으로 수진이 문상궁을 보았다. 이곳에서 그나마 의지할 데라곤 거기 밖에 없었으니 어쩔 수 없는 일이었다.

허나 문상궁은 그러한 수진의 시선을 모른 척하며 나인들을 데리고 별궁을 빠져나갔다.

"궐에서는 지낼 만하시오?"

둘만 남았다는 공포감에 수진의 심장이 오그라들고 있을 때, 뜻밖에도 그리 냉혹하지 않은 목소리가 머리 위에서 울렸다.

긴장한 데다 놀라서인지 목이 메어 쉬이 대답이 나오지 않았다. 허나 딱히 대답을 기다린 질문은 아니었는지 운은 별로 개의치 않는 태도였다.

"처음 만났을 때 내가 무례했던 것을 사과하오. 그대에게 화가 나서 그리 행동한 것은 아니니 마음에 담아두지 마시오."

"괜찮습니다. 심려치 마시옵소서."

겨우 목을 가다듬은 수진이 기어들어가는 목소리로 대답했다. 허나 그 대답이 다 끝나기도 전에 운이 다시 말을 이었다.

"나는 당분간 사가에서 지낼 것이오. 아마 돌아오면 그대와 혼인하게 되겠지요. 삼간택을 잘 치르시오. 그럼 혼례날 봅시다."

제 할 말을 마친 운은 미련 없이 몸을 돌려 이내 후원을 빠져나갔다.

수진이 멀거니 걸어가는 운의 뒷모습을 쳐다보았다. 방금 제게 일어난 일이 기막혔다. 기껏 여기까지 와서 할 말이 저게 다란 말인가.

이리 헤어졌다가 혼례날 만나 혼인을 하면 그때부터 부부란 말인가.

이게 운이 자신에게 할 수 있는 최선이라는 것이 수진을 절망케 했다.

돌아선 운의 등을 보며 수진은 제게 남은 평생은 저 사람의 등만 보다 끝나리란 것을 실감했다. 사람의 온기를 그와 나눌 순 없을 것 같았다.

그들 사이엔 각자가 가진 지위와 그로 인한 관계가 전부일 것이다. 그 허울을 붙잡고 몇 십 년을 살아야 한다. 그 그럴싸한 겉모습이 자신을 얼마나 버티게 해줄지 알 수 없었다.

"아씨, 감축 드리옵니다. 저하께서 아씨를 받아들이시기로 하셨나 봅니다."

문상궁이 진심으로 축하를 건넸다. 왜 저들에겐 놀라울 정도로 감격스러운 일이 자신에겐 조금의 감흥도 없는 건지 의아했다. 그러다 문득 강이 떠올랐다.

강을 몰랐다면 운이 오늘 보인 모습에 자신 역시 저들처럼 놀랐을지도 모른다. 여기까지 와서 사과의 말을 건네고 혼인을 약조한 것만으로도 장족의 발전이라 할 만했으니 말이다.

부인으로서 자신을 대접해주는 것이라며 고맙다고 느꼈을지도 모른다. 하지만 수진은 이미 강을 만났다.

그리고 한 여자로서 다정한 대접을 받았다.

그것은 운에게선 구할 수 없는 보살핌이었다. 이미 그것을 알기에 운이 내보이는 예는 더 이상 수진에게 감동일 수 없었다.

아무것도 몰랐다면 차라리 행복했을 텐데. 뒤늦게 자신이 어떤 여자인지, 어떻게 대접 받고 살고 싶은지, 무엇을 중요하게 생각하는지 모두 알아버려 괴로웠다.

제가 원하는 것은 더 이상 구할 수도 없는데, 평생 주어지지 않을 것을 일생 동안 그리워하며 살아야 한단 사실이 수진을 암담하게 했다.

***

후원을 빠져나온 운이 긴 한숨을 내쉬었다.

내내 답답하던 가슴이 이제야 비로소 탁 트이는 기분이었다.

고개를 숙인 채 새치름하게 선 수진을 보자 하려 했던 말이 머릿속에서 저 멀리 달아나버리고 아무것도 생각나지 않았다.

눈을 내리깐 채 서 있는 수진은 예뻤다. 하늘에서 내려온 선녀 같았다. 얼마나 귀한 집에서 곱게 자랐는지 보기만 해도 알 수 있었다.

그런 여인에게 대체 무슨 말을 건네야 좋을지 알 수 없었다. 죽은 빈궁과는 원체 어릴 적에 만나 꼭 오누이처럼 지냈다. 허니 부부생활을 했다고는 하나 소꿉장난 같은 거였다. 그랬기에 남자 대 여자로서 여자를 대하는 법을 운은 알지 못했다. 그래서 수진의 앞에서 제 할 말만 토해낸 뒤 돌아 나올 수밖에 없었다.

저 여자와 어떤 생활을 하게 될까. 생각하자 눈앞이 아득했다. 고민을 함께 이야기하고 생활을 공유하는 부부가 되기는 어려울 것 같았다. 겉보기에 수진은 완벽했으나 그 속내까지도 그러할지는 의문이었다.

생각하면 할수록 미로에 갇힌 것 마냥 머릿속이 꼬이는 기분이었다.

운이 머리를 흔들어 잡생각을 털어냈다. 쓸데없는 고민에 빠져 시간을 낭비하긴 싫었다.

어쨌거나 해야 할 일은 다 했다. 이제 계룡산으로 갈 수 있었다. 어서 해명을 만나 그동안 제게 있었던 일을 모두 다 말해주고 싶었다.

물론 아직 세자라는 것을 밝힐 수는 없으니 어느 정도는 꾸며야 할 테지만 그래도 그동안 자신이 했던 고민들을 털어놓고 해결책을 들을 수는 있을 것이다. 그것만으로도 충분했다.

겨우 하루 떨어져 있었을 뿐인데 벌써 그가 그리웠다. 오히려 떨어져 있는 동안 운은 해명이 그 누구보다 제게 필요한 인물이라는 것을 확실히 깨달았다.

해명의 곁에 머물면서 좀 더 배우고 좀 더 세상을 알고 싶었다. 지금 현재 운에게 제일 중요한 인물은 그 누구보다 해명이었다. 문열 덕분에 더 분명히 알게 된 사실이었다.

하늘을 보며 크게 심호흡한 운이 힘차게 걷기 시작했다. 구름 한 점 없는 하늘은 너무나 푸르러서 눈이 부실 지경이었다. 하늘 가운데 걸린 해가 운의 걸음 뒤로 긴 그림자를 만들었다.

***

대청마루에 서서 인왕산을 바라보는 국환의 얼굴이 복잡했다.

운이 출궁한 뒤에야 국환은 그가 달포 동안 궐을 비운다는 소식을 들었다. 왕이 국환에게 의논하지 않고 운의 일을 결정지은 것은 처음이었다. 놀라서 어찌 된 일이냐 물으러 대전에 들어갔을 때 왕은 문열의 서찰을 보여주며 운의 행보를 입에 침이 마르게 칭찬했다.

국환이 전혀 예상치 못한 방향으로 운이 튀고 있었다. 당황스러움에 넌지시 사가 행을 반대하는 기색을 비추었다가 왕에게 왜 그리 세자를 믿지 못하느냐는 소리만 들었다.

운에 대해 국환이 하는 모든 말을 온전히 받아들였던 왕이었으나 이번만큼은 달랐다. 결국 국환은 더 간하지 못하고 그냥 물러날 수밖에 없었다.

홀로 아무리 생각을 해봐도 최근 운의 행보를 이해하기 어려웠다. 갑자기 툭 튀어나온 문열도 당황스럽기 그지없었다.

그렇다고 해서 문열이 이 모든 것의 배후라고 생각되진 않았다. 진짜는 따로 있었다. 문열은 그저 왕에게 그럴듯하게 말하기 위한 포장에 불과했을 거다.

누군가, 국환도 왕도 그리고 문열조차도 모르는 누군가가 운을 움직이고 있었다. 분명 그 오행과 관련 있는 인물일 것이다. 그때부터 운은 국환의 예측을 빗나가기 시작했으니 말이다.

겨울 해는 짧아서 하늘 한가운데 있던 것이 산자락까지 떨어지는 데 긴 시간이 필요치 않았다. 하늘을 붉게 만들더니 순식간에 해는 산 아래로 서서히 제 몸을 감추고 있었다. 그제야 국환이 아랫것을 불렀다.

"천복이 좀 이리 오라고 해라."

집에 부리는 아이 중 가장 눈치가 빠르고 영민할 뿐 아니라 몸이 가벼운 놈이었다. 잠시 후 천복이가 허리를 숙이며 국환의 앞에 섰다.

"찾아계셨습니까요."

국환이 천복의 앞에 두루마리를 하나 건넸다. 조심스레 받은 천복이 그것을 펼치자 거기엔 운의 초상화가 그려져 있었다.

"너는 지금 곧장 충청도로 내려가 관찰사 근처에서 기다리다 그 그림과 꼭 닮은 사내가 나타나면 뒤를 쫓아라. 그리고 그자가 어디서 머무는지 확인한 뒤 곧장 내게 와 알리도록 해라. 알겠느냐?"

"예."

"어느 누구에게도 네가 이자를 찾고 있다는 것을 들켜선 아니 된다. 만약 들킨다면 너는 내 종이 아니다."

"여부가 있겠습니까요."

"지금 곧장 출발하라. 말을 내어줄 테니 타고 가고, 여비 역시 네가 필요한 만큼 받아가거라."

"예, 마님."

천복이 운의 초상화를 조심히 접어 제 품안에 집어넣은 뒤 크게 절을 했다.

인사를 다 받지도 않고 국환이 몸을 돌려 안으로 들어갔다. 이미 해는 떨어져 산 아래로 자취를 감춘 지 오래였다.

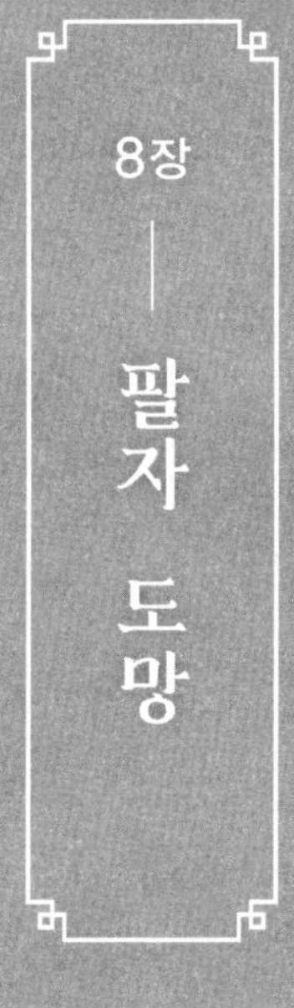

8장 — 팔자 도망

"세상을 읽는 방법에는 세 가지가 있다. 관상, 풍수, 사주다. 관상은 사람의 얼굴에 드러나는 기운을 보는 것이고, 풍수는 지형에 서려 있는 기의 흐름을 아는 것이며, 사주는 하늘을 읽어 우주의 이치를 아는 것이다. 이는 곧 천지인이라, 의당 하늘에 해당하는 사주가 가장 높은 수양과 학문이 필요하다."

"관상과 풍수는 눈에 보이지만 사주는 눈에 보이지 않기 때문입니까?"

"그렇지. 사주는 우주가 어찌 흘러가는가, 하는 것이니 곧 눈에 보이지 않는 것을 볼 줄 알아야 한다. 겉으로 드러나는 풍수나 관상은 그보다 한 수 아래라 할 수 있지. 그래서 사주에 통달하면 자연스레 관상이나 풍수도 알게 되지. 물론 극소수의 경우 그 반대도 가능하다. 풍수나 관상에서 대가라 할 수 있는 이들은 굳이 배우지 않아도 자연스레 사주를 볼 수 있다. 천지인은 셋이지만 곧 하나이기 때문이지. 허나 아래에서 위를 알기는 위에서 아래를 내려다보기보다 훨씬 어렵다."

단정히 헌복의 앞에 꿇어앉은 해명이 고개를 끄덕였다. 이른 새벽부터 시작된 공부였다.

처음엔 잠에서 완전히 깨지 않아 머리가 어지럽고 흐리멍덩했으나 서서히 정신을 차리면서 헌복의 말이 귀에 들어왔다.

이젠 제법 또랑또랑하게 시선을 마주치며 고개를 끄덕이는 해명을 헌복이 흐뭇하게 쳐다보았다.

"허면 이 공부를 하려면 무엇을 어찌해야 되겠느냐?"

"좋은 스승님께 배워야겠지요."

"헛소리! 하늘의 이치를 어찌 인간에게 배운단 말이냐? 하늘의 이치에 통달한 이는 이미 신선이 되었고 네가 보는 인간은 그 이치에 아직 통달하지 못한 인물들일진데, 그런 인간들에게 대체 무얼 배운단 말이냐?"

난데없는 호통에 해명이 놀라 눈을 동그랗게 떴다. 사람에게 사주를 배울 수 없다면 저는 왜 이곳에 앉아 헌복과 문답을 하고 있는 건지, 왜 자신을 제게 오라고 이른 건지 이해하기 어려웠다.

말문이 막힌 해명을 보며 헌복이 혀를 끌끌 찼다.

"물론 나처럼 신선이 되어야 함에도 불구하고, 이리 세상에 나와 있는 희귀한 단 하나밖에 없는 특이한 경우가 있긴 하지. 헌데 이건 극히 예외고, 이런 나와 있다 해도 깨달음은 네 스스로 얻어야 하는 것이란 말이다."

"그걸 대체 어찌 안단 말입니까?"

"눈에 보이지 않는 것이 하늘의 뜻이라곤 하나, 그 뜻을 알기 위해선 눈에 보이는 것에 통달해야 한다. 산에서 자연을 읽어라. 내게 사주를 보러 오는 이들을 자세히 관찰하여라. 눈에 보이지 않는 것이 어찌 눈에 보이는 것으로 드러나는지 스스로 깨치거라. 그것이 공부다. 알겠느냐?"

"예."

비로소 헌복의 뜻을 이해한 해명이 열심히 고개를 끄덕였다.

"허면 일단 나가서 방에 불 피우고 밥 좀 지어라."

"예?"

"뭘 그리 놀라느냐? 하루 종일 열 명도 넘는 사람을 상대하면서 씨부리려면 이 뱃심이 있어야 한단 말이다. 밥 먹어야 일을 하지. 설마 밥을 내가 하리?"

하긴 제자를 하겠다고 왔으니 밥하고 빨래하는 허드렛일이 제일인 건 맞았다. 헌복의 눈빛에 밀린 해명이 주춤거리며 자리에서 일어났다.

"해 뜨기 전에 해라. 창틈으로 해 들어오기 시작하면 사람들 밀려온다."

"예."

찰떡 같이 대답한 뒤 얼결에 밖으로 나오긴 했으나 마당에 선 채 어두컴컴한 부엌을 보자 암담했다.

입춘이 지났다고는 하나 해도 뜨지 않은 새벽인 데다 산이라 스치는 바람에 살이 에이는 기분이었다. 안에서 쫓기듯 나온 까닭에 입은 옷도 시원찮아 몸이 절로 덜덜 떨렸다.

앞섶을 단단히 여민 해명은 일단 아궁이 앞에 앉았다. 어젯밤에 장작을 넉넉히 넣어둔 모양인지 다행히 아직 불씨가 살아있었다.

해명이 조심스럽게 근처에 쌓아둔 장작을 아궁이 안으로 집어넣었다. 헌데 무엇이 잘못된 것인지 장작을 넣자 오히려 불이 사그라들었다. 어떻게든 꺼져가는 불길을 살리려 애썼으나 야속하게도 마지막 남은 불씨까지도 완벽히 꺼지고 말았다.

황당하고 기막혀 불이 꺼진 아궁이를 멍하니 쳐다보았다. 넋을 잃고 앉아 있던 해명의 시선이 장작을 든 제 손에 닿았다.

그 짧은 시간 동안 그래도 불을 피워보겠다고 얼마나 난리를 친 건지 희고 긴 손에 재가 묻어 온통 엉망이었다.

시커먼 제 손을 보자 운이 헤어지기 직전 했던 말이 떠올랐다. 왜 운이 손을 보고 산 생활 했다는 걸 믿을 수가 없다 했는지 이제야 알 것 같았다.

앞으로 이 손이 시커멓게 거칠어지도록 일을 하게 될 것이다. 손이 희고 고왔다는 것을 기억해줄 이도, 제 손을 보고 어찌 일을 하겠냐고 걱정해줄 이도 이제 없었다.

혼자라는 게, 이제 앞으로는 혼자서 오롯이 이 모든 일을 해나가야 한다는 게 비로소 실감났다.

얼마나 마음을 다잡고 출가를 했는데, 고작 이런 일로 서러워하는 스스로의 유약함이 짜증스러워 이를 악 물었다. 허나 아무리 애를 써봐도 쉼 없이 볼을 타고 흐르는 눈물은 막을 수가 없었다. 결국 해명은 발아래 재가 흠뻑 젖을 때까지 한참 동안 소리 없이 울고 말았다.

***

“앗!”

수진이 저도 모르게 고함을 지르며 손에 쥔 것들을 모두 놓았다.

바늘에 찔린 엄지엔 핏방울이 맺혀 있었다.

곁에 있던 문상궁이 다가와 얼른 수건으로 손을 감쌌다.

“괜찮으십니까?”

명안옹주 역시 걱정되는 듯 가까이 다가왔다. 수진이 고개를 숙였다.

“송구스럽습니다.”

“무얼요. 수를 놓다가 손가락을 찔리는 일이야 흔한 것을요.”

이내 나인이 약통을 가져왔다. 문상궁이 피가 잠시 멎은 자리 위에 백반가루를 뿌린 후 흰 천으로 상처를 감쌌다.

“오늘 수는 이만 놓을까요?”

“그리하는 게 좋겠습니다.”

옹주가 고개를 끄덕이자 나인들이 두 사람의 수틀을 치웠다.

“다과를 들이라고 할까요? 출출하지 않습니까?”

사실 아무것도 먹고 싶지 않았다. 아무것도 하고 싶지 않았다. 허나 이곳에서 그러한 제 감정을 보일 수는 없는 노릇이었다. 수진이 미소 띤 얼굴로 고개를 끄덕였다.

이내 나인이 바쁘게 방을 나서는 발걸음 소리가 들렸다.

옹주가 잠시 다른 곳을 보는 사이, 수진이 참았던 숨을 내뱉었다. 점점 힘들어지고 있었다. 언제까지 버틸 수 있을지, 스스로도 자신할 수 없었다.

"이곳에 다들 계셨군요."

그때 경쾌한 목소리가 들려왔다. 수진이 자신도 모르게 휙 고개를 돌렸다.

어느새 문 사이엔 발이 내려와 있었고, 그 뒤에 강이 앉아 있었다.

발 때문에 얼굴이 가려져 있지만 이미 아까와는 공기마저 달랐다. 내도록 핏기 없던 수진의 얼굴에 서서히 생기가 돌기 시작했다.

"오라버니! 어쩐 일이십니까?"

기쁜지 옹주가 자리에서 엉덩이를 들썩였다. 아마 수진이 없었다면 당장 달려가 품에 안겼을 것이다.

명안옹주와 강은 둘 다 영빈의 태생이었기에 유독 사이가 각별했다. 운 역시 강만큼이나 옹주를 매우 귀애했고, 명안도 운을 따르긴 했으나 핏줄의 이끌림을 이길 수는 없었다.

"아직 봄이 오지도 않았는데, 어디선가 꽃향기가 진동을 하기에 홀린 듯이 따라와봤더니, 여기더이다."

다른 사내가 했다면 수작이라 눈살을 찌푸렸을 법한 발언도 강이 하면 모두가 즐거운 웃음을 터뜨렸다.

강은 자연스레 사람들의 호감을, 특히 여인들의 호의를 이끌어낼 줄 알았다. 지금도 방 안에 있는 모든 여자들은 방싯 웃으며 하나같이 애정 어린 시선을 강에게 보내고 있었다.

"어느 꽃향기가 가장 좋습디까?"

"아직 다 피지도 않은 꽃봉오리가 향이 제일이었습니다."

"아이, 오라버니도 참!"

옹주가 까르르 맑은 웃음을 터뜨렸다. 수진 역시 미소를 머금은 채 고개를 숙였다.

"농입니다. 두 분께 드릴 게 있어 부러 찾아온 것입니다."

"드릴 것이라면?"

"이리 가지고 오시게."

강의 부름에 고내관이 가져온 물건을 바쳤다.

고내관이 방 안으로 들어오기 위해 발을 걷는 그 짧은 순간, 수진과 강의 눈이 마주쳤다.

허나 무언의 이야기를 나누기도 전에 발이 다시 두 사람 사이를 가로 막았다. 수진의 아쉬운 시선이 오랫동안 발에 머물렀다.

"어머나! 이게 다 무엇입니까?"

옹주의 감탄에 그제야 수진이 고개를 돌렸다.

"삼색 노리개는 옹주의 것이고, 은장도는 아씨의 것입니다."

"갑자기 어찌 이런 선물을 주십니까?"

"오늘이 우수(雨水)입니다. 눈과 얼음이 녹아 물이 되는 때이니 이제 꽃에 물을 줄 수 있는 시기라 할 수 있지 않겠습니까. 그래서 저도 꽃들에게 물을 주러 온 것이지요."

"오라버니, 정말 말씀도 참."

타박하고 있는 말의 내용과는 반대로 명안의 온 얼굴엔 기쁨이 가득했다.

주위에 둘러선 궁녀와 나인들도 입을 가린 채 웃었다.

수진 역시 들뜬 마음을 감추지 못한 채 복숭아 빛이 감도는 얼굴로 선물과 발 너머 강의 얼굴을 번갈아보며 어쩔 줄 몰라 했다.

"헌데 왜 둘 다 노리개가 아니고 하나는 은장도입니까?"

"아씨께서는 이제 궐에 들어오셨으니, 삿된 인연은 끊어내시고 굳건한 마음을 가지시란 뜻에서 은장도를 준비했습니다."

그러나 강의 입에서 나온 말은 수진의 들뜬 기분을 한순간에 추락시켰다. 순간 누군가 가슴을 꽉 틀어쥔 것 같아 숨조차 쉴 수가 없었다.

"무슨…… 뜻이신지요."

겨우 수진이 목소리를 짜냈다.

"다른 깊은 뜻은 없습니다. 그저 강건해지셨으면 해서요."

"참으로 오라버니는 배려가 깊으십니다. 어찌 이런 선물을 준비하실 생각을 다 하셨습니까."

옹주의 감탄이 귀에 들어올 리 없었다. 수진의 두 눈이 갈 곳을 잃은 채 흔들렸다.

그리하면 안 되는 줄 알면서도 자신은 잠시나마 강과 함께 하는 꿈을 꿨다. 그와 같이 할 수 없다는 사실에 진심으로 슬퍼했다.

마음을 다잡아야 한다고 생각하면서도 그를 다시 한 번이라도 볼 수 있기를 바랐다. 그가 선물을 가져왔을 때, 진심으로 기뻤다. 그가 자신과 비슷한 마음일까 봐 속없이 설레었다.

헌데 아니었다. 그에게 자신은 그저 잘라내야 할 인연을 잘라내지 못한 철없는 계집에 불과했다. 만인에게 친절하고 모두에게 다정한 그 성품을 혼자 오해하여 헛꿈을 꾼 거였다.

"마음에 들지 않으십니까?"

아무런 반응이 없는 것이 걱정되었는지 옹주가 조심스레 수진을 살폈다. 수진이 얼른 얼굴을 풀고 입 꼬리를 위로 올리려 애를 썼다. 웃어야 했다.

"아닙니다. 그저 석천군 마마의 생각이 깊으심에 잠시 감탄하였습니다. 그리고 제가 모자라고 많이 부족했음을 반성했습니다."

"무얼 그리 자책하십니까."

"아니요, 아닙니다. 제가 많이 부족했습니다. 끼니 때마다 수저를 제대로 뜨지 않아 상궁마마를 걱정시켰는걸요. 인연을 모질게 끊지 못하고 사사로운 감정에 빠져 모두를 불편하게 했습니다. 반성합니다."

조용한 수진의 고백에 옹주가 가까이 다가와 덥석 손을 잡았다.

"그리 마음을 먹어준다면 정말 고마울 따름이에요. 궐 안에 오랫동안 따뜻한 온기가 없었어요. 부디 세자저하의 마음을 잡아주세요."

"애써보겠습니다."

입 안에 침이 말라 버석거렸다. 무너지는 표정을 숨기기 위해 수진이 옹주 앞에 고개를 숙였다.

"소신의 마음을 이리 이해해주시니 참으로 감사합니다."

허나 발 너머 들리는 강의 목소리가 겨우 다잡은 수진의 마음을 자꾸만 흐트러뜨렸다. 당장이라도 달려 나가 내게 왜 이러느냐 따져 묻고 싶은 것을 참기 위해 수진은 이를 악물었다.

"오라버니, 참으로 훌륭한 선물입니다."

"은장도 자루에 아름다운 조각이 새겨져 있으니 심란할 때마다 돌려가며 주의 깊게 살펴보시면서 마음을 다잡으시옵소서."

"그리하겠습니다."

목이 꽉 잠겨 겨우 대답할 수 있었다. 수진이 감동받아 그러는 줄 알았는지 다들 이상하게 여기지 않았다. 덕분에 눈물이라도 흐를까 봐 입술을 깨문 수진의 얼굴을 아무에게도 들키지 않아 참으로 다행이었다.

***

산 아래가 한눈에 내려다보이는 높은 바위 위에 걸터앉은 해명이 한숨을 내쉬었다.

오늘은 아침밥을 지어먹은 뒤 천간합의 원리를 알아오는 게 숙제라며 해명을 쫓아냈다. 다 깨달을 때까지는 오지 말라는 말까지 덧붙였다.

정신없이 등이 떠밀리는 바람에 대체 그걸 어떻게 알아 와야 하는 거냐고 되묻지도 못한 채 쫓겨났다. 산 속에서의 생활이 이리 흘러갈 거라곤 생각도 못한지라 해명은 지금 이게 무슨 일인지 그저 멍하기만 했다.

"갑기합화토(甲己合化土), 을경합화금(乙庚合化金), 병신합화수(丙辛合化水), 정임합화목(丁壬合化木), 무계합화화(戊癸合化火)."

하루 종일 바위에 앉아서 수천 번도 더 되뇐 말을 다시 한번 중얼거리며 해명이 머리를 감싸 쥐었다.

정신없는 와중에도 나름 생각을 해보려 애를 썼으나 도무지 아무런 생각이 나지 않았다. 아니 생각하면 할수록 더 이상하기만 했다.

나무와 흙이 만나 흙이 되는 것까지는 그래, 거름이라 치고 이해할 수 있었다. 허나 어찌 불과 쇠가 만나 물이 된단 말인가?

그뿐 아니다. 나무와 쇠가 만나 쇠가 되는 건 또 무어라 말인가?

물과 불이 만나 나무가 되고 흙과 물이 만나 불이 된다니, 도깨비 요술이 아니라면 있을 수 없는 일이었다.

책을 읽고 입으로 외울 때는 깊게 생각하지 않았기에 이상한 것을 몰랐으나 오늘 하루 종일 곰곰이 생각해보니 이건 다 말도 안 되는 일들이었다.

헌데 이것들의 원리를 자연 속에서 찾아오라니, 쫓아낼 생각으로 낸 과제가 아니라면 어찌 이럴 수 있단 말인가.

해명이 다시 한 번 땅이 꺼져라 긴 한숨을 내쉬며 세운 무릎 사이에 고개를 파묻었다. 눈물이 날 것 같았다.

"여기서 뭐하오?"

그 순간 아주 익숙한 목소리가 머리 위에서 들려왔다.

뜻밖의 소리에 놀라 웅크렸던 해명의 몸이 딱딱하게 굳었다. 잠시 환청을 들은 것이 아닐까 고민했다.

산에 사는 귀신이나 도깨비가 아닐까 싶기도 했다. 순간 어렸을 적에 들었던 온갖 무서운 옛이야기들이 다 떠올랐다.

간이 작은 편은 아니라고 생각했는데 이런 상황에 처하자 손가락 하나 까딱할 수가 없었다.

해명이 제 몸을 감싼 팔에 힘을 줬다. 이대로 가만히 있으면 이 순간을 모면할 수 있지 않을까, 기대한 것이다.

"뭐요, 잠든 거요?"

"으악!"

바로 그때 누군가가 해명의 몸을 흔들었다.

놀란 해명이 눈을 감은 채 고함을 지르며 양팔을 버둥거렸다.

"이보시오! 이봐요! 나요, 나!"

양팔이 커다란 두 손 안에 틀어 잡히더니 앞뒤로 흔들리던 몸이 단단히 고정되는 것이 느껴졌다.

아주 천천히 해명이 눈을 떴다. 눈앞에는 황당한 얼굴을 한 운이 서 있었다. 잔뜩 겁에 질린 눈으로 운을 보던 해명이 천천히 손을 들어 운의 얼굴을 만졌다.

"으악!"

"뭐요!"

그리고 다시 고함을 지르며 화들짝 놀랐다. 손에 닿는 이의 체온이 따뜻한 것에 놀랐기 때문이다. 뜬금없는 해명의 고함에 운이 버럭 짜증을 내며 노려보았다.

"뭐하는 거요, 대체?"

정말 이해가 안 간다는 표정과 말투였다. 그 모습을 보자 세차게 뛰던 심정이 천천히 제자리를 찾기 시작했다. 몇 번이나 눈을 깜빡여도 눈앞엔 운이 있었다. 제 팔을 붙잡고 있는 커다란 손의 단단하고 따뜻한 느낌이 선명했다.

또한 제가 만진 얼굴은 사람의 체온으로 따뜻했다. 운이었다. 운이 맞았다. 귀신도, 도깨비도 아니고 운이었다. 그가 온 것이다.

"우와!"

뒤늦게 반가움이 밀려온 해명이 와락 운의 목을 껴안았다.

방금 전까지 무슨 괴물을 보는 것 마냥 아래위로 몇 번이나 훑어보던 해명이 갑자기 덥석 안기자 당황한 운이 균형을 잃고 비틀했다.

"이건 또 뭐요?"

"그대가 맞구려!"

당황스러움을 감추기 위해 운이 툴툴거렸으나 해명은 아랑곳하지 않고 운을 꼭 껴안은 채 몸을 흔들며 좋아 어쩔 줄 몰라 했다. 온몸으로 반가워하고 좋아하고 있었다.

예상치 못한 환대에 저도 모르게 자꾸만 새는 웃음을 애써 참느라 운의 입이 삐죽삐죽했다.

"어찌 여기까지 온 거요? 한 번에 찾아온 거요? 날 보러 온 거요? 집에 허락은 받았소?"

숨도 쉬지 않고 해명이 질문을 토해냈다. 언제 겁을 먹고 떨었냐는 듯 어느새 해명의 두 눈이 반짝반짝 빛이 났다. 그 모습을 물끄러미 보던 운이 끝내 웃음을 터뜨렸다.

"뭐요, 내가 그리 반가운 거요?"

운이 히죽거리며 웃자 그제야 제 모습을 깨달은 해명이 그의 목에 걸쳤던 팔을 제자리에 내려놓으며 헛기침 했다. 부끄러움에 순간 몸에 열이 올라 목덜미가 울긋불긋했다.

"헤어질 때는 한 번 뒤돌아보지도 않더니만, 보고 싶었구만!"

기세등등하게 허리춤에 손을 댄 운이 떡하니 버티고 선 채 해명을 내려다보았다.

"말해보시오. 그리 보고 싶었소? 응? 응?"

괜스레 발로 땅을 툭툭 차며 딴청을 피우던 해명이 거듭되는 재촉에 발끈하여 고개를 들었다.

"그쪽은 오죽 헤어지기 싫었나 보구려? 내가 뒤돌아보지 않았다는 걸 알고 있는 거 보면 완전히 사라질 때까지 보고 있기라도 했던 거요?"

그 말에 이젠 운이 꿀 먹은 벙어리가 되었다. 갑자기 주위를 두리번거리며 딴청을 피우는 걸 보고 해명이 싱긋 웃었다. 이제 완전히 마음이 놓였다. 해명이 경쾌하게 땅에 발을 디디며 섰다.

"갑시다."

"가긴 어딜 간단 말이오? 누가 그 쪽이랑 같이 간댔나."

"이곳에서 묵을 생각으로 온 거 아니오? 저 뒤에 짐꾼이 기다리고 있고만."

침착함을 되찾자 눈썰미도 돌아왔다. 나무 아래 선 이를 해명에게 들키자 운은 더 이상 뻗대는 게 의미 없게 느껴졌다.

해명이 말짱해진 이상 길게 실랑이를 해봤자 좋을 게 없다는 걸 얼마 안 되는 경험으로 이미 충분히 깨달은 것이다.

"맞소. 여기 달포쯤 머무를 생각으로 왔소. 재워줄 거요?"

"달포? 달포씩이나 있다 갈 거요?"

해명이 놀라 운을 보았다. 운이 어깨를 으쓱했다.

"달포요. 머무는 데 돈이 필요하면 돈을 주고, 일을 하라면 일을 하리다. 뭘 원하오?"

"글쎄, 모르겠소. 내가 정할 건 아니라서. 스승님께 여쭤봐야 하오."

"스승님? 아 그 사주쟁이 말이구먼. 알겠소이다. 일단 갑시다."

운이 손짓하자 기다리고 있던 이가 냉큼 따라붙었다. 길도 모르면서 앞장서 운이 성큼성큼 걷기 시작했다.

분명 방금 전까지는 세상 둘도 없이 반가웠으나 달포를 머문다고 하자 머리가 복잡해진 탓에 해명의 걸음이 주춤거리며 뒤로 처졌다.

"안 올 거요? 길을 안내해줘야 하는 사람이 이리 걸음이 느리면 어쩌오? 여기서 대체 어느 쪽으로 가야 하는 거요?"

갈림길에 먼저 도착한 운이 뒤를 돌아보며 고함을 질렀다.

"가오, 기다리시오!"

소리를 지르긴 했으나 여전히 해명의 발걸음은 무거웠다. 어느새 해가 져서 주위가 어둑했다.

***

밤이 되었다. 오늘도 수진은 방에 홀로 앉아 있었다. 오늘은 그 어느 때보다 암담한 기분이었다. 온몸에 기운이 빠져 허리를 꼿꼿이 세울 힘도 없었다. 책상 앞에 동그랗게 몸을 구부린 채였다. 예쁘지 않은 모습인 걸 알았지만 정말 기운이 없었다.

오도카니 턱을 괸 수진은 책상 위에 놓인 은장도를 몇 시간째 뚫어지게 쳐다보고 있는 중이었다.

보는 동안 수진의 기분은 미친년 널뛰기 하는 것 마냥 난리도 아니었다. 화가 났다가 슬펐다가 기가 막혀 웃겼다가 웃음 끝에 눈물이 맺히고 서러웠다가 짜증이 났다.

하나의 물건을 앞에 두고 이리 수많은 감정이 생길 수도 있다는 것을 태어나 처음 알았다. 더 황당한 건 그리 온갖 감정을 느끼면서도 이 은장도를 눈 앞에서 치워버릴 수 없는 자기 자신이었다.

그래도 강이 준 거라고 수진은 그 은장도를 그저 보고 또 보면서 울다 웃다 화내다 짜증내는 걸 반복할 뿐이었다. 길이 보이지 않는 미로에 갇힌 것 같았다. 사사로운 것을 끊으라고 준 은장도인데 그 덕분에 수진은 더 사사로워졌다. 우스운 일이 아닐 수 없었다.

혹시나 하는 기대를 버리지 못하고 강이 말한 대로 이리저리 돌려가며 살펴보았으나 아무리 봐도 원앙새가 새겨진 평범한 은장도에 불과했다. 그 조각에 어떤 글자라도 새겨져 있을까, 숨겨진 비밀이라도 있지 않을까 잠시나마 기대했던 것이 허탈할 정도로 아무것도 없었다.

오히려 새겨진 것이 부부의 금슬을 상징하는 원앙새라는 사실이 수진을 더 서글프게 할 뿐이었다.

아무것도 한 게 없었다. 아무 것도 해선 안 되는 사이였다. 허나 그마저도 그에게는 그리 부담스러웠을까. 이리 매정하게 끊어내 정리해야겠다고 느낄 정도로?

대체 그럼 그에게 자신은 어떤 여자로 보였단 말인가. 부끄럽고 수치스럽고 서럽고 속상한, 온갖 비참한 감정이 다 드는 와중에도 그가 그립고 보고 싶었다. 그래서 더 슬펐다.

한참 동안 은장도를 보던 수진이 겨우 용기를 내어 그것을 집어 들었다. 손에 감싸 쥐자마자 특유의 선뜻한 기운이 올라와 수진이 작게 몸을 떨었다.

손 안에 쏙 들어오는 그것을 쥔 채 이리저리 굴리다 힘을 주어 잡아당기자 검지만 한 작은 칼이 제 모습을 드러냈다.

수진이 그 날을 제 목 가까이 가져다댔다. 차갑고 날카로운 칼날이 맥박이 꿈틀대는 목에 닿았다. 힘을 주면 피가 날 것 같았다. 만약 이 칼로 자결을 한다면 어찌 될까 생각했다. 그럼 그가 미안함을 느낄까. 그럼 죽은 뒤에라도 기억될 수 있을까.

하지만 차마 손에 힘을 줄 수는 없었다. 그런 용기까지는 나지 않았다. 결국 포기한 수진이 칼을 내렸다. 그리고 다시 칼집에 칼을 꽂은 뒤 손 안에서 한 번 굴렸다. 그때였다.

"어?"

칼자루가 돌아갔다. 자세히 살펴보니 칼자루가 한 몸이 아니라 아래 칼과 분리되는 구조였다.

수진이 떨리는 손으로 칼자루를 돌렸다. 그러자 칼이 뽑혀 나오고 원통처럼 빈 칼자루의 숨겨진 공간이 드러났다. 그리고 그

안에서 아주 작게 접힌 종이가 튀어나왔다.

수진이 떨리는 손으로 그것을 펼쳤다. 그 안엔 작은 글씨로 시조가 적혀 있었다.

> 念前歡杳杳 後會悠悠 凝眸 悔上層樓 慢惹起新愁壓舊愁
> 向彩箋寫遍
> 相思字了 重重封[1)]

> 지난날 기쁨은 아득하고 훗날의 기약은 요원하기만 하네. 하염없이 바라보네
> 누각에 올라온 걸 후회하며 공연히 옛 시름 위에 새 시름만 쌓이게 했네
> 예쁜 종이 가득 써놓은 건 그립다는 글자뿐

소동파 소식의 시 '심원춘' 중 일부였다.

상사병을 앓으며 애끓는 그리움을 노래한 시로 유명했다. 수진이 감격에 겨운 얼굴로 시가 적힌 종이를 가슴에 안았다.

다 무너진 하늘에서 솟아날 구멍이 생겼다. 그리고 거기서 서광이 비추고 있었다. 언제 흘린지도 모를 눈물로 어느새 얼굴은 눈물범벅이었다. 허나 그것을 닦을 정신도 없었다.

그가 이 시를 적어 보냈다. 많은 이들의 눈을 피해 위험을 무릅쓰고 수진에게 보냈다. 그리고 그는 이 시를 은장도 속에 숨겨 보

---

1) 념전환묘묘 후회유유 응모 회상층루 만야기신수압구수 향채전사편 상사자료 중중봉

내며 마음을 강건히 가져야 한다고 말했다. 어떤 이야기를 하고 싶은 건지 지금에서야 비로소 분명히 알 수 있었다. 이제 수진이 그에 답할 차례였다.

***

운과 해명이 암자에 도착했을 때 헌복의 방에서 웬 여인이 막 나오고 있는 참이었다.

사주를 보러 온 손님이라고 생각한 해명이 가까이 다가가 다정스레 말을 건넸다.

"가시는 길입니까?"

"옴마야!"

헌데 여인은 귀신이라도 본 것 마냥 벌벌 떨면서 뒤로 벌러덩 자빠졌다. 놀란 해명이 그녀를 부축하려고 가까이 다가갔다가 방문이 열린 것을 보고 저도 모르게 고개를 돌렸다. 그러자 거기엔 아주 해괴한 풍경이 펼쳐지고 있었다.

일단 방바닥엔 이불이 구겨져 있고 책상이 쓰러져 있어 온통 난장판이었다. 기이한 열기로 가득 차서 후끈한 방엔 헌복이 대자로 뻗어 있었는데 몸에 아무것도 걸치지 않은 채였다.

벗은 가슴을 지나 해명의 눈이 막 아래로 향하고 있는 순간, 누군가 뒤에서 해명을 휙 잡아 당겼다.

"뭘 보고 있는 거요?"

버럭 화를 내는 운의 얼굴이 붉게 상기되어 있었다.

얼떨떨해하는 해명을 반대쪽으로 밀쳐내 방에서 멀리 떨어지게 하더니 성큼성큼 마루에 웅크리고 있는 여인에게 다가갔다.

“어서 썩 꺼져라! 뭘 잘했다고 꾸물거리고 있는 게냐?”

그 말에 벼락이라도 맞은 것처럼 움찔하던 여인이 후다닥 장옷을 챙겨 암자를 빠져나갔다.

마루 앞에 선 채 한참을 씩씩거리던 운이 잔뜩 찡그린 얼굴로 고개를 돌려 방 안을 들여다봤다.

“거 옷 좀 얼른 챙겨 입으시오. 이게 뭐 하는 거요, 대체?”

“아, 그놈 시끄럽네.”

탁한 목소리가 들리더니 이내 어그적거리며 헌복이 모습을 드러냈다. 몸에 뭘 걸치긴 했지만 여전히 속이 훤히 보일 정도로 단정치 못한 차림이라 해명이 자기도 모르게 고개를 돌렸다.

목 뒤로 열이 올라 화끈화끈 했다. 뭐가 뭔지 잘 몰라도, 자세한 설명을 듣지는 않아도 방금 그 방 안에서 무슨 일이 있었는지 짐작할 수 있었다. 그건 인간의 본능이었다. 침을 꿀꺽 삼킨 해명이 헛기침을 하며 딴청을 피웠다.

허나 헌복과 마주 선 운은 달랐다. 허리춤에 손을 댄 채 붉으락푸르락한 얼굴로 운이 헌복을 노려보았다.

“저 여자는 누구요? 보아하니 여염집 아낙인 거 같은데, 이거 풍기문란 아니오? 당신 사주쟁이가 맞긴 한 거요? 이러고 돌아다니면서 계집질 하는 건달패 아냐? 어?”

해명이 놀라 헌복과 운을 번갈아보았다. 어느새 운은 흥분해서 헌복을 향해 마구 삿대질을 하고 있었다. 말려야 한다는 생각이

들긴 했지만 막상 아무것도 할 수 없었다. 정말 운의 말대로 건달패라면 어쩌나, 걱정이 든 것이다.

어쩌면 제가 여인인 걸 알면서도 오라고 한 건 다른 목적이 있기 때문은 아닐까, 생각하니 온몸에 소름이 돋았다. 참 겁도 없이 확인도 안 해보고 여기까지 왔구나 싶어 해명은 잠깐 어리석은 스스로를 책망했다.

"쯧쯧쯧, 모자란 놈."

번개 맞은 불처럼 펄펄 뛰는 운을 보면서도 헌복은 태연하기만 했다. 오히려 뒷짐을 진 채 서서 싱긋 웃기까지 했다.

"너는 재성이 뭔 줄 아느냐?"

"뭐요?"

제 행동에 대한 해명을 하긴커녕 헌복은 태연히 운에게 질문을 던지고 있었다. 예상치 못한 대응에 운이 당황했다. 금방 멱살이라도 잡을 것 같았던 기세가 순간 주춤했다.

"재성 말이다. 사주에서 재성이 무얼 뜻하는지 알고 있느냔 말이다."

운이 기억을 더듬어 책에서 읽었던 내용을 떠올렸다.

"오행으로 치면 내가 극해야 하는 성질을 재성이라 하오. 십신으로 따지면 재성은 곧 재물이고, 재주며, 사내에겐 계집이오."

"그렇지. 그래서 재물과 재주가 많은 사내는 곧 계집도 많지. 그래서 재성이 많은 사내들은 흔히들 실수를 해. 극해야 하는 재성을 멀리하지 못하고 가까이 해서 몸이 상하고 명성에 금이 가지. 재물도 그래. 적당히 거리를 두지 못하고 너무 탐하다가 늘 문제가 생기곤 하지. 재성이란 내 삶에서 꼭 필요로 하고 내게 즐거움을 주지만 가까이 할 수는 없는 것이거든. 바로 재성이 가진 함정이란 말이지."

갑자기 이야기가 왜 이리로 튀는지 이해할 수 없었다. 허나 어이없어 기막혀하는 운과는 반대로 가까이 다가온 해명의 두 눈은 호기심으로 반짝이고 있었다.

"함정에 빠지지 않으려면 어찌해야 합니까?"

어느새 진지한 자세로 질문하는 해명을 보자 운은 맥이 탁 풀렸다. 그러나 이미 운이 원치 않는 분위기로 흘러가는 중이었다.

"가까이 하지 않되 가까이 해야 한다."

대체 그게 무슨 헛소리냐고 한마디 하려는데 해명이 한 발 빨랐다.

"그 방법이 무엇입니까?"

"재물이나 재주를 마음껏 쓰면서도 내게서 멀리하는 법, 그것이 무엇이겠느냐? 바로 봉사와 헌신이다. 제가 가진 재주로 봉사하고 재물을 사람들과 나눈다면 가까이 하지 않으면서도 가까이 두는 것 아니겠느냐. 여인 역시 마찬가지다. 여인과 즐기려 든다면 몸을 상하겠지만, 여인에게 봉사한다고 마음을 먹으면 결코 몸이 상하지 않지. 난 방금 풍기문란죄를 저지른 것이 아니다. 불쌍한 여인에게 봉사했을 뿐이야."

기가 막혔는지 운이 입을 딱 벌렸다. 대체 이게 어떤 흐름인지 아무리 생각해봐도 모를 일이었다. 누가 봐도 유부녀인 여자와 질펀하게 놀아났는데, 그게 봉사란다. 대체 그게 어떻게 봉사일 수 있는 건지 운은 아무리 생각해도 이해가 가지 않았다.

"그 여인의 남편에겐 팔자에 자식이 없다. 헌데 그 남편이 하필 장손이야. 죄 없는 부인이 꼼짝 없이 소박을 맞을 판이라 내가 그 여인을 구제해준 것이다. 마침 그 부인은 올해 식상운이 들어와 자식을 볼 팔자이니, 이 얼마나 좋은 기회냔 말이다. 나는 가문에서 쫓겨날 여자의 상황을 불쌍히 여겨 봉사를 해준 것이야. 몸 봉사가 얼마나 힘든지 알기나 하냐? 나처럼 재주 많은 사내는 일생을 이리 여인에게 봉사를 해야 하는 게 팔자라, 나도 힘들단 말이지."

"이런 미친!"

울컥한 운이 달려들려는 순간, 해명이 그의 허리춤을 붙잡았다.

제 머리통만큼 커다란 운의 주먹이 눈앞에 왔다 갔다 하는 상황에서도 헌복은 눈 하나 깜짝하지 않았다.

"쯧쯧쯧, 내가 육욕에 사로잡혀 그 여인을 농락한 것이라면 어찌 천하의 사주쟁이라 할 수 있겠는가. 나는 내 사주대로 살기 위해 이러한 고행의 길을 택한 게야. 만약 네가 나를 관아에 고발한다면 너는 불쌍한 여인의 인생을 지옥에 처박히게 하고 그 가문의 이름까지 먹칠을 하게 되는 것이니, 과연 그리해서 그 업보를 네가 어찌 다 감당할 것이냐! 애초에 자식을 못 낳는 죄를 모두 여인의 탓으로만 두고 빽하면 쫓아내는 이 사회의 풍습이 잘못인 것을! 나는 내 몸을 바쳐 곤란한 상황에 처한 여인들을 구해주는 것인데 이게 어찌 봉사가 아니란 말이냐!"

당당히 가슴을 펴고 고함을 지르는 헌복에게선 정말 조금의 부끄러움도 찾아볼 수가 없었다.

헌복의 말을 듣고 보니 그 말도 또 틀린 것은 아니라 운은 치켜들었던 주먹을 내리고 말았다. 하긴 어찌하여 자식이 없는지 연유는 모르는 일이거늘, 무조건 아이를 낳지 못하는 것은 여자의 탓이라며 쫓아내는 것이 애초에 잘못이었다. 그 속에서 살아남기 위해 극단적인 선택을 할 수밖에 없는 여자들을 탓하는 것은 달을 보지 못하고 가리키는 손가락을 보는 것밖엔 안 되었다.

영 찝찝하고 여전히 기분은 나빴으나 지금은 일단 뒤로 물러날 수밖에 없었다.

"이곳에서 달포 동안 머무를 생각이냐?"

불퉁한 얼굴로 선 운에게 헌복이 말을 걸었다.

곱지 않은 시선으로 헌복을 힐끗 본 운이 고개를 끄덕였다가 이내 눈을 동그랗게 떴다.

"어찌 알았소?"

"미친놈, 척하면 척이지. 나 같은 인물이 그런 것도 모를까 봐? 그럼 너는 해명이랑 큰 방을 함께 쓰고 저 녀석은 작은 아랫방을 쓰면 되겠구나."

"예?"

헌복의 정리에 운은 당연히 그럴 줄 알았다는 표정으로 고개를 끄덕였으나 해명은 펄쩍 뛰며 놀랐다.

"제 방은 제가 쓰고 두 사람이 함께 아랫방에 머물러야지요."

오는 길엔 어쩔 수 없이 한 방을 썼다지만 여기서까지 그러고 싶진 않았다. 엄연히 남자와 여자였다. 달포나 외간 남자와 같은 방을 쓸 순 없었다. 남녀유별도 유별이지만, 생활하는 데 불편할 일도 한둘이 아니었다. 당연히 제 상황을 아는 헌복이 알아서 자연스레 정리해주리라 믿었기에 지금 이 상황은 완전 믿는 도끼에 발등이 찍힌 격이었다.

해명이 눈을 부릅뜨고 헌복을 쳐다봤다. 두 눈으로 한껏 난처함을 표현하고 있었으나 헌복은 그 얼굴을 보면서도 아무것도 눈치 채지 못한 모양이었다.

"보아하니 양반인데 어찌 상것과 한 방에서 묵겠느냐? 안 그러냐?"

"한 방에 묵는 것은 상관없소만 두 사람이 묵는 방이면 방이 좀 커야지, 어찌 작은 방에 둘이 묵겠소?"

해명의 상황을 알 리 없는 운은 퉁명스럽게 대꾸하며 해명을 노려보았다. 저를 멀리하려는 태도가 영 마음에 들지 않았다. 가까이서 함께 지내며 많은 이야기를 나누고 싶어 여기까지 온 것인데 아랫방에서 종과 함께 묵으라니, 운의 입장에선 날벼락도 이런 날벼락이 없었다.

"그러니까. 해명이 쓰는 방이 더 크니 거기 묵어야지."

그러더니 헌복은 쌩하니 방으로 들어가 버렸다.

당황한 해명이 무어라 한마디 더 하려고 한 발 앞으로 나간 순간, 턱하니 팔을 붙들렸다. 고개를 들자 미간에 깊게 주름이 패인 운이 해명을 노려보고 있었다.

"뭐요? 왜 갑자기 내외를 하는 거요?"

"내외는 무슨!"

도둑이 제 발 저린 마냥 해명이 과장되게 손사래 치며 펄쩍 뛰었다.

"난 혼자 지내는 게 편해서 말이오."

가만히 해명을 보던 운이 갑자기 성큼 가까이 다가섰다. 놀란 해명이 뒤로 물러나기도 전에 운이 해명의 허리를 감싸 제 쪽으로 바싹 끌어당겼다.

"이러는 게 불편하다, 그거요?"

조금의 틈도 없이 바싹 붙는 바람에 운이 말할 때마다 울림이 해명에게까지 전달될 정도였다. 잠시 긴장해서 몸을 뻣뻣하게 굳혔던 해명이 이내 정신을 차리고 버둥거렸다.

"아우, 이것 좀 놓고 말하시오. 당연히 불편하지! 사내끼리 이러는 게 편하오?"

"난 하나도 안 불편한데?"

"난 불편하오! 아주 불편해. 이거 좀 놓으래도!"

해명이 있는 힘껏 운을 밀어내자 운이 살짝 팔에 힘을 풀었다.

그제야 비로소 둘 사이에 여유가 생겼다. 그 순간 얼른 해명이 운에게서 멀리 떨어졌다. 숨을 몰아쉬는 해명의 얼굴이 새빨갛게 달아올라 있었다.

"여튼 난 다른 사람이랑 한 방 쓰는 거 불편해서 안 되오. 방이 좁은 게 문제면 내가 작은 방으로 옮기겠소. 저 방을 둘이서 쓰시오."

"난 저 사람보다 그대랑 지내는 게 더 편하오. 저 이는 오늘 처음 만난 이란 말이오. 불편해. 저 방이 그대 방이지? 같이 씁시다."

어깨를 으쓱한 운이 제 짐을 챙겨들고 걷기 시작했다.

"이보시오! 거기 안 된다니까!"

해명이 다급하게 고함을 지르며 따라 붙었다. 어느새 운이 방 안으로 들어서려 하고 있었다. 뒤쫓아온 해명이 운의 허리춤을 붙들고 늘어지며 말렸으나 역부족이었다. 운이 당당히 방으로 들어갔다. 밖에서 발을 굴리며 어쩔 줄 몰라 하던 해명 역시 방 안으로 들어갔다.

"얘!"

그때 방문이 삐죽 열리더니 헌복이 마당에 멀뚱히 서 있는 이를 불렀다.

"너 이름이 무어냐?"

"용이요."

"거 이름 좋네. 용아, 네 방은 저기 저 작은 방이다. 저기서 지내면 된다. 실은 거기가 부엌이랑 제일 가까워 구들이 절절 끓는 명당이란다. 보아하니 네 손발이 찬 것이 추위를 많이 타겠구나. 장작 아끼지 말고 써서 뜨끈하게 지내도록 해라."

내내 표정 없이 서 있던 용의 얼굴이 순식간에 풀렸다. 상것에게 그러한 배려를 해줄 줄은 꿈에도 몰랐다. 낯선 이를 따라 산에 들어가라기에 고생길이 열렸다 싶었는데, 이제와 보니 잘 따라왔다 싶었다.

"얼른 짐 두고 나와서 아궁이에 불 좀 때거라."

"예."

용이가 얼른 작은 방으로 들어갔다.

헌복이 고개를 내밀어 해명의 방 쪽을 보았다. 방문이 닫힌 방에선 노란 불빛이 새어나오고 있었다. 그 모습을 보고 빙긋 웃던 헌복이 곧 몸을 부르르 떨며 방문을 닫았다.

어느새 밤이 깊었다. 방 두 개에서 새어나오는 불빛만이 조용한 암자 앞마당을 밝히고 있었다.

***

"이렇게 자자는 거요?"

"그럼 이렇게 자지 어떻게 자오?"

방의 이쪽 벽과 저쪽 벽에 이불을 펴며 해명이 불퉁하게 대답했다. 휑뎅그렁한 방 가운데 서서 운이 기막힌 웃음을 지었다.

"아니 왜 꼭 벽에 붙어서 자야 하는 거요? 겨울이면 벽에서도 한기가 나오는데 왜 그런 짓을 하오? 아랫목에 나란히 누워도 추울 판에."

"그래서 추울까 봐 그쪽 이불을 아랫목에 폈으니 뜨끈하게 잘 주무시오."

"그럼 그대는 추운 데서 자고?"

"어, 난 추위 안 타오. 걱정 마시오."

어느새 성큼 다가온 운이 휘휘 젓는 해명의 손을 잡아챘다.

"이리 손이 차디찬데 추위를 안 탄단 말이오? 수족냉증이 있는 것 같소만?"

덥석 손이 잡히자 어쩔 수 없이 또 운의 코앞에 선 꼴이 되었다.

해명이 당황하여 손을 비틀어 빼내려 했으나 어찌나 세게 힘을 준 건지 꼼짝도 안했다.

"이거 좀 놓고 말하시오."

"불편하면 여기서 내가 자겠소. 그대가 아랫목에서 주무시오."

손을 놓아준 운이 윗목으로 올라가 이불 위에 드러누웠다.

겨울바람이 세차게 문풍지를 흔들며 지나갔다. 입춘이 지난 지 오래지만 산속이라 아직 바람이 찬 데다 윗목은 말 그대로 냉골이었다. 결국 해명이 가까이 다가가 운을 흔들었다.

"이보시오!"

아직 잠에 들지 않은 게 분명한데 눈을 감고 누운 운은 눈썹 하나 까딱하지 않았다.

"이보시오! 일어나시오. 같이 잡시다."

"같이 안 잔다니까."

불퉁한 목소리가 툭 튀어나왔다. 삐친 게 분명했다. 덩치는 산만 한 이가 누워서 툴툴거리는 걸 보고 있자니 기가 막혀서 웃음이 났다.

"얼른 일어나시오! 여기 완전 얼음장이오. 여기서 절대 못 자오. 아래로 내려오시오."

그제야 운이 눈을 번쩍 떴다. 해명을 보며 운이 씩 웃었다. 볼 때마다 느끼는 것이지만, 참으로 사내답고 시원스런 미소였다.

“그러니까 그대도 여기서 자면 안 되오. 알겠소?”

신이 난 얼굴로 자리에서 일어난 운이 이불을 끌고 와 나란히 놓았다.

“잡시다.”

신이 난 얼굴로 운이 이불 위에 벌러덩 누웠다. 천근만근 무거운 발걸음으로 느리게 걸어간 해명이 그 옆에 자리했다.

외간 사내, 그것도 사내라고 이제 분명히 인식하기 시작한 이와 함께 잔다는 건 정말 불편한 일이었다. 혹시나 뒤척이다 엉겨 붙을까 봐 걱정스러웠고, 옷 안에 꽁꽁 싸매놓은 가슴 띠를 들킬까 봐 염려스러웠다. 무엇보다 달포나 한 방에서 지내게 되면 달거리 같은 건 어찌 처리해야 할지 생각만 해도 아찔했다.

아무리 남자인 척한다 해도 그건 정신이 제대로 있을 때 뿐, 이른 아침이나 늦은 밤 혹은 잠자는 와중에 흐트러진 모습으로 있다 실수로 여자인 게 들킬까 봐도 불안했다.

“불 끄시오. 안 잘 거요?”

“아니오. 잡시다, 자야지요.”

허나 이미 엎질러진 물이니 어쩔 수 없었다. 그래도 이제 혼자 자면서 늦은 밤 바깥에 나는 바람소리를 사람의 인기척으로 착각해 겁낼 일은 없을 거였다. 산 도적이라도 나타날까 싶어 문을 걸쇠로 잠그는 걸로도 모자라 숟가락까지 꽂아두고, 그것도 불안해 책상을 세워 문 앞에 두는 짓은 안 해도 될 거다. 그래도 운은 바깥의, 해명이 짐작할 수도 없는 수많은 위험보다는 훨씬 안심되는 이였다. 그리 생각하며 해명이 마음을 잡았다.

방에 켜두었던 초를 모두 끈 해명이 자리에 누웠다. 어둠이 눈을 가리자 옆에서 색색거리는 운의 숨소리가 매우 선명했다.

해명이 몸을 모로 세운 채 운에게서 등을 돌렸다. 과연 잠들 수 있을까, 걱정하며 눈을 감고 잠을 청했다.

***

본래 반가 여자의 꾸밈은 단장이 전부였다. 그마저도 유부녀에게만 허락되었을 뿐 아직 혼례를 올리지 않은, 그러니까 사내를 만날 일이 없는 처녀들은 특별한 날이 아니라면 평소엔 화장을 하지 않았다. 허나 궐에 들어오면서 수진에게 가장 크게 달라진 일은 매일 농장을 한단 것이었다.

물론 직접 하는 게 아니라 나인들이 해주는 것이고 저는 가만히 있는 게 전부이긴 했으나 처음엔 얼굴에 단장을 한다는 것 자체가 낯설고 불편했다. 허나 오늘 수진은 제가 하나하나 살피며 그 어느 때보다 아침 화장에 신경을 썼다.

아파서 싫었던 얼굴의 솜털 정리도 오늘은 눈 하나 깜짝 하지 않고 받아냈을 뿐 아니라 이마에 있는 잔털까지 뽑아버렸다. 덕분에 분을 먹은 얼굴은 복숭아 빛이 돌아 아주 고왔다. 나인들조차 뒤로 물러나며 감탄할 정도였다.

"아씨, 오늘 아주 곱습니다."

"다행입니다. 오늘 아버님을 뵙고 싶어 이리 단장했습니다. 떨어져 있던 딸의 얼굴에 화색이 돌면 더 기뻐하시지 않겠습니까."

"그럼요. 얼굴이 상한 것보다야 부모의 마음이 훨씬 낫지요. 참으로 생각이 깊으십니다."

"아버님께 이 딸이 잠시 들러주십사 한다고 말씀해주세요. 부탁드립니다."

"예, 이제 입궐하셨을 테니 바로 나인을 보내겠습니다."

"그리고 석천군께도 제가 뵙고자 한다고 전해주세요."

"석천군을요?"

"예, 선물을 받았으니 보답을 해야지요. 받기만 하고 가만히 있으면 예의가 아니질 않습니까. 게다가 석천군은 왕실의 모든 분들께 사랑을 받으신다 하니, 초간택 전에 조언을 얻고 싶기도 해서요. 부탁드립니다."

"그리하겠나이다."

허리를 숙여 대답하는 문상궁의 얼굴이 밝았다. 며칠 동안 우울해 보여서 궐에 적응을 못하나 싶어 걱정했는데 오늘 수진의 얼굴이 화사한 것을 보자 비로소 마음이 놓였다. 강의 말대로 이제 드디어 삿된 인연을 끊어내고 궐에 정을 붙이기로 한 것 같아 은장도를 선물해준 강에게 절이라도 하고 싶은 심정이었다.

나인을 보내고 얼마 지나지 않아 얼굴이 하얗게 질린 국환이 허겁지겁 달려왔다.

하나 밖에 없는 딸이라 지극하다더니, 부르자마자 온 것만 보아도 얼마나 그 애정이 깊은지 알 만했다.

수진을 문상궁이 맡게 되었다는 것을 안 뒤 국환은 문상궁에게 개인적으로 선물을 한 수레 가득 실어 보내기까지 했다. 그러니

팔은 안으로 굽는다고 문상궁은 수진이나 국환에게 호의적일 수 밖에 없었다.

"오셨습니까."

"혹시 무슨 일이라도……."

"심려치 마세요. 아씨께선 아주 좋으십니다."

그 말에 국환이 비로소 안도했다.

"아씨, 영상대감이시옵니다."

"뫼시세요."

국환이 긴장된 얼굴로 방에 들어섰다. 허나 걱정이 무색하게 화사하게 단장한 수진이 웃으며 서 있었다.

"상석에 앉으세요, 아버님."

"아닙니다, 제가 어찌……."

"저는 아직 아무것도 아닙니다. 옹주마마 동무로 궐에 들어왔을 뿐인 것을요. 아직은 아버님 딸입니다. 딸로 대해주세요."

수진의 어리광에 국환이 비로소 고개를 끄덕이며 자리에 앉았다. 수진이 아래로 내려서며 문상궁을 보았다.

"주위를 좀 물려주세요."

"예."

조금의 고민도 없이 문상궁이 방 안에 있는 내시와 나인들을 밖으로 나가게 한 뒤 문을 닫아주었다.

방 안에 두 사람만 남자 수진이 가까이 다가가 앉으며 국환에게 답싹 안겼다.

"아버지."

"오냐오냐. 내 너를 보내고 매우 걱정하였는데 얼굴이 좋아 보여 다행이구나."

수진의 어깨를 어루만지며 국환이 어린아이 달래듯 수진을 얼렀다. 겉으로야 냉정한 듯 굴었어도 무남독녀 금지옥엽이었다. 막상 궐로 보낸 뒤에 부부는 매일 밤을 눈물과 한숨으로 지새고 있었다.

웃전에 밉보일까 봐 차마 보러 오시도 못하고 멀리서만 수진이 지내는 별궁을 보다 발걸음을 돌린 게 여러 번이었다. 오늘도 찾는단 말에 혹시나 나쁜 일이라도 있나 싶어 머릿속이 순식간에 새하얘졌더랬다.

딸의 어여쁘고 밝은 얼굴을 보자 이제야 겨우 마음이 놓인 국환이 다정한 손길로 수진을 다독였다. 사랑하는 아비로부터 위로와 애정을 듬뿍 얻은 후에야 수진이 비로소 국환에게서 떨어져 반듯이 앉았다.

"부탁드릴 게 있어 뵙자고 했어요."

"무슨 일이냐?"

"집에 선대 때부터 내려온 칠보도가 있지요?"

"그렇지."

"석천군께서 조만간 가실 것입니다. 그분께 그것을 내어주세요."

"뭐?"

입을 딱 벌린 국환이 멀거니 수진을 쳐다보았다. 대체 이게 무슨 말인지 도무지 해석이 불가능했다. 왜 석천군이 자신의 집에 오는 것인지, 왜 칠보도를 내어주어야 하는지 아무리 생각해도 모를 일이었다.

무엇보다 수진의 입에서 석천군의 이야기가 어찌 이리 자연스럽게 나오는 건지 그것 역시도 이해할 수 없었다. 아니, 대체 이게 어디서부터 어떻게 된 흐름인지 국환은 파악하기 어려웠다. 허나 마주앉은 수진의 표정은 너무나 평화롭기만 했다.

기막히고 황당하여 따져 묻고 싶은 게 한가득인데 밖으로 말이 샐까 두려워 큰 소리를 낼 수도 하고 싶은 말을 다 할 수도 없었다. 이마에 주름이 깊게 패인 국환이 눈을 치켜떴다.

"대체 무슨 말을 하고 있는 게야?"

"석천군께서 제게 선물로 은장도를 주셨습니다. 사사로운 것을 끊어내고 마음을 다잡으라고 주신 선물이지요. 덕분에 저는 편안해졌습니다. 그 보답으로 칠보도를 드리고 싶습니다. 내어주세요."

강이 은장도를 선물로 준 덕에 딸이 마음을 다잡은 것은 아비로서 기쁜 일이었다. 허나 고작 그런 일로 집안의 보물인 칠보도를 주는 것은 너무 지나쳤다. 감사함에 대한 보답은 다른 것으로 해도 충분했다.

"수진아."

국환이 다정하게 수진을 부르며 막 달래려는 순간, 수진이 자리에서 벌떡 일어났다.

"오늘은 책을 읽기로 옹주마마와 약조했습니다. 전 이만 가보겠습니다. 그럼 살펴 가십시오, 아버님."

그리고 국환에게 절을 했다. 무의식중에 고개를 숙여 절을 받으면서도 정신이 하나도 없어 멍하기만 했다. 대체 이게 어찌 돌아가는 상황인지 혼란스러워 어지러울 지경이었다.

***

"거 사람이 옆에 같이 기면 말도 걸고 하지, 왜 이리 혼자 빨리 가는 거요?"

이른 아침부터 해명을 따라나섰다가 얼마 오르지도 않아서 운이 툴툴거리기 시작했다.

"산에 오르면서 노닥거리면 위험하다고 몇 번을 말했소? 이럴 거면 제발 따라 오지 말라니까."

제대로 잠을 자지 못한지라 머리가 깨질 것처럼 아파서 운의 투정을 받아줄 정신이 아니었다. 불길한 예감은 틀리지 않아서 며칠째 해명은 선잠을 자는 중이었다.

사지를 대자로 뻗은 운은 밤마다 얄미울 정도로 쿨쿨 잤으나 그 옆에서 해명은 잠이 들었다가 소스라치게 깨길 반복하느라 도통 깊은 잠을 이루지 못했다. 덕분에 피로가 누적되어 몸이 천근만근이었다.

산 속 깊이 들어갈수록 길이 점점 험해졌다.

끊임없이 무어라 중얼거리던 운도 힘든 모양인지 아무 말이 없었다. 헉헉거리는 거친 숨소리만이 두 사람 사이를 오갔다.

시야가 탁 트이는 곳에 이르자 비로소 해명이 발을 멈추었다.

"우와, 여기 경치 참 좋구려."

운이 아래를 내려다보며 감탄했다. 무슨 말이든 곱게 들릴 리 없는 해명이 입을 삐죽이며 자리에 앉았다.

"난 오늘 여기요. 그대는 주변을 둘러보다 오시오."

"또 여기 하루 종일 앉아 있을 거요?"

운이 뜨악한 얼굴로 해명을 보았다. 벌써 며칠째, 해명은 산에 올라와 도승마냥 한곳에 가만히 앉아 있다 내려가길 반복하고 있었다. 덕분에 운 역시도 꼼짝없이 발이 묶여 옴짝달싹 못하는 중이었다.

"아니 무슨 도 닦는 것도 아니고, 사주 공부를 하는데 왜 하루 종일 한자리에 앉아 있어야 하는 거요, 대체?"

사가에 나왔으니 여러 백성들을 만나 그들이 사는 것을 볼 수 있을 줄 알았다. 산에서 화전을 일구고 사는 이들을 마주칠 수 있지 않을까 기대하기도 했다. 그 과정에서 해명과 이런 저런 이야기를 나누는 것 역시 운이 바라던 바였다.

"나야 뭘 하든 신경 쓰지 말고 그대는 그대 하고 싶은 걸 하라니까 왜 옆에 붙어서는 이리 귀찮게 구는 거요?"

헌데 웬걸, 산속에서의 생활은 운의 기대나 예상과는 정반대로 흘러갔다.

해명은 입을 꾹 다문 채 운과 별로 이야기를 나누려 하지 않았으며, 돌아다니긴커녕 산 속에 처박힌 채 하루 종일 꼼짝도 하지 않았다. 거기다 암자에서 함께 지내는 이들을 제외하고 다른 사람들은 머리털 하나 볼 수 없었다.

따져보면 당연한 일이었다. 이른 새벽 집을 나가 온종일 인적 없는 산속에 처박혀 있다가 날이 저물 때야 들어오는데 사람을 마주칠 수 있을 리 없었다.

“아무리 그래도 어찌 나 혼자 이 산길을 다닌단 말이오?”

해명과 단 둘이 있고 싶어 번번이 따라오겠다는 용이를 억지로 떼어놓고 나오곤 했다. 그러니 해명이 같이 가주지 않으면 영락없이 혼자 돌아다녀야 하는데, 그긴 또 별로 내키지 않았다. 아직 산길이 눈에 익지 않아 길을 잃을까 걱정스럽기도 했고, 정체 모를 사람들과 맞닥뜨렸을 때 어찌하면 좋을지 아직 거기까지 대책을 세우지 못한 까닭이기도 했다.

그런 연유로 본의 아니게 며칠째, 운은 해명의 얼굴만 멀뚱히 쳐다보다 내려가길 반복하는 중이었다. 그런 운 덕분에 해명은 더더욱 공부에 집중하지 못해 허탕을 치는 중이었고 말이다.

“오늘은 제발 좀 다른 데 가봅시다. 그러다 엉덩이에 욕창이 생길 거요!”

“이 사람이 계집……!”

저도 모르게 발끈하여 자리에서 벌떡 일어난 해명이 아차, 하며 입을 꾹 다물었다.

“계집? 계집 뭐?”

자기도 모르게 계집에게 욕창이 뭐냐고 따질 뻔했다. 갑자기 꿀 먹은 벙어리가 된 해명을 보며 운은 뒷말이 궁금한 듯 눈썹을 꿈틀거렸다. 해명이 목을 가다듬는 척 헛기침하며 고개를 돌렸다.

“계집애도 아니고 대체 왜 이리 귀찮게 조르난 말이오!”

급히 둘러댄 말이 다행히 그럴싸해서 해명은 속으로 조용히 안도했다. 바로 그때 운이 해명의 팔에 매달렸다.

"나처럼 사내다운 사내가 계집애처럼 조르는 꼴이 불쌍하지도 않소? 그러니 제발 오늘은 다른 데 좀 가봅시다. 응?"

아래로 눈썹을 늘어뜨린 채 코앞으로 들이미는 얼굴을 보자 웃음이 터졌다. 결국 졌다. 같이 지내는 시간이 길어질수록 불편함이 커져서 억지로 떨어지려고 며칠 동안 부러 냉대하기까지 했는데, 단 한순간에 그 모든 게 다 물거품이 되고 말았다. 결국 모든 것을 체념한 해명이 운을 쳐다보았다.

"어딜 가고 싶어서 이러는 거요?"

"진짜 갈 거요? 진짜?"

운이 아이처럼 기뻐했다.

"그래, 갑시다, 가요. 대체 어딜 가서 뭘 하려고 이러오?"

헌데 막상 간다고 하자 뭘 할지, 어디로 갈지 생각해둔 게 아무것도 없다는 것을 깨달았다. 운이 목을 긁적이며 머뭇거리자 해명의 눈이 위로 치켜 올라갔다.

"아니, 할 것도 없으면서 이리 사람을 못 살게 군 거요?"

"아니오! 아니오! 할 게 있소! 있었소!"

금세라도 다시 자리에 앉을 기세인 해명을 말리기 위해 운이 무작정 그의 어깨를 감싸 제 쪽으로 끌어당겼다.

"그, 어, 경치 좋은 데 구경 갑시다. 경치 좋은 데."

헌데 일단 말을 내뱉고 난 뒤 제가 한 말을 곱씹어 생각하니 스스로가 매우 한심했다. 백성들의 삶을 알기 위해 사가로 나가 공부하겠다고 큰소리를 치고 나왔다. 헌데 가고 싶은 첫 장소가 경치 좋은 데라니, 급한 마음에 둘러댄다고 나온 말이 과거 제가 어떻게 살았는지 여실히 보여주는 것 같아 귓가로 열이 다 올랐다.

"이리 오시오."

잠시 멍하니 생각에 잠긴 사이 품에서 빠져나간 해명이 몸을 돌려 앞서 걷기 시작했다. 운이 얼른 뒤를 쫓아갔다.

"어딜 가는 거요?"

"저쪽에 유명한 폭포가 있소. 따라오시오."

좁은 산길로 접어들자 나란히 걸을 수가 없어 해명이 앞서고 운이 뒤를 따라야 했다.

얌전히 해명의 발만 보며 걷던 운이 갑자기 눈을 가늘게 떴다. 앞서 걷는 해명의 발이 사내치곤, 그것도 키가 작지 않은 사내치곤 너무 작았기 때문이다. 어찌 골격이 저 모양인지 신기했다.

해명이 지나간 자리에 제 발을 대보던 운이 자신도 모르게 피식 웃었다. 둘의 발 크기는 검지 하나만큼 차이가 났다.

"왜 웃는 거요?"

운의 웃음소리에 해명이 걸음을 멈춘 뒤 뒤돌아봤다.

"아무것도 아니오."

"뭐가 웃긴 거요?"

"아니라니까."

해명이 미심쩍은 시선으로 운을 훑어보았다. 운이 고개를 이리저리 돌리며 딴청을 피웠다. 그 순간, 운의 시선이 어느 한곳에서 멈추었다.

"저기 저 사람들은 뭐요?"

운의 손가락이 가리키는 대로 해명이 고개를 돌렸다. 거기엔 한 무리의 사람들이 짐을 잔뜩 이고 진 채 산을 오르고 있었다. 어린 아이들 역시 걷거나 어른들에게 업히어 함께 산을 오르는 중이었다.

"뭐 하는 사람들인 거요?"

"이리 오시오."

해명이 운에게 조용히 하라 손짓한 뒤 끌고 바위 뒤로 향했다.

"저들이 우리를 보면 놀라고 불안해할 것이오. 지나갈 때까지 여기 있읍시다."

"저들이 누구요?"

"보면 모르오? 가렴주구를 피해 산으로 도망 오는 양민들이잖소."

"저런 이들이……."

"쉿!"

무어라 더 말을 하려는 운의 입을 해명이 막았다. 그리고 운의 큰 덩치가 보이지 않도록 바위 뒤로 한껏 몸을 낮추었다. 사람들이 모두 지나갈 때까지 둘은 숨 쉬는 것조차 조심하며 조용히 숨어 있었다.

가장 뒤에서 따라가는 어린아이의 뒷모습이 보이지 않고서야 해명이 이제 그만 되었다 하려고 운을 보았다. 그 순간 해명은 제가 운을 거의 껴안다시피 하며 몸을 숙이게 만들었다는 걸 깨달았다.

"이제 되었소. 나오시오."

놀랐지만 그것을 티내면 더 이상해 보일까 봐 부러 어색하지 않은 척 해명이 운에게서 떨어졌다. 바위 뒤에서 나와 나란히 선 채 두 사람은 한동안 딴청을 피우며 옷매무새를 정리했다. 왜인지 추운 겨울 산인데도 둘의 얼굴은 붉었고 몸에선 열기가 피어오르고 있었다.

"저리 산에 올라오는 이들이 많소?"

먼저 정신을 차린 운이 해명에게 말을 건넸다. 해명이 얼른 고개를 끄덕였다.

"많소. 하루에 적어도 한 가족은 보는 것 같소."

"살기가 영 어려운 모양이구려."

운이 한숨을 내쉬며 먼 곳을 보았다. 옆얼굴이 영 씁쓸했다. 그 모습을 보며 해명이 뒤늦게 의아함을 느꼈다. 부잣집 팔자 좋은 도련님이라는 이 사내는 왜인지 백성들의 생활에 참 관심이 많았다. 보아하니 아무 걱정 없이 자란 철부지가 분명한데 왜 이리 백성들의 일상에 관심을 가지는지 모를 일이었다.

"저들이 그럼 어디로 향하는 것이오?"

"산 깊숙한 곳에 산채가 있소. 사람들이 거기서 모여 산다오."

"산 생활이 쉽지는 않을 텐데……. 겨울엔 먹을 것도 없잖소. 농사를 지을 땅이 있지도 않을 테고."

"그래도 관리들에게 뺏기는 건 없잖소. 그러니 뭐 입에 풀칠은 할 만한가 보오."

"대체 관리들이 어느 정도이기에 이 산으로 도망쳐 오는 거요?"

운이 분통을 터뜨렸다. 해명이 그런 운의 얼굴을 빤히 쳐다보았다.

"그대는 왜 화를 내는 거요?"

해명이 호기심 어린 얼굴로 운에게 다가섰다. 운이 흠칫하며 저도 모르게 뒷걸음질 쳤다.

"뭐가 말이오?"

"아니, 딱히 정치를 할 인물로도 안 보이는데, 왜 이리 백성들의 생활이나 관리들의 행실에 관심이 많아서 속상해했다가 화를 냈다가 하는지 이상해서 말이오. 왜 그러는 거요?"

해명이 눈을 가늘게 떴다. 지레 찔린 운이 마른침을 꿀꺽 삼켰다. 제가 누군지 고백하자면 이보다 더 좋은 순간이 없었다. 어차피 언젠가는 말할 진실이었다. 어쩌면 이건 하늘이 주신 기회일지도 몰랐다.

"그게 말이오."

결심한 운이 해명에게 다가갔다. 그 순간 발아래서 우지끈하며 무언가 크게 부러지는 소리가 났다. 제가 무얼 밟은 것인가 이상해서 고개를 아래로 숙이는 순간, 몸이 균형을 잃었다.

"어어!"

다시 제대로 서기 위해 움직인 다른 발이 눈길에 미끄러졌다. 해명이 다급하게 운을 붙잡았으나 이미 늦었다. 오히려 해명마저 넘어지는 바람에 완전히 뒤엉킨 두 사람이 눈길 위를 구르기 시작했다.

운이 멈추기 위해 애를 써보았으나 눈 위에서 가속이 붙어버린 몸은 이미 통제를 벗어나버리고 말았다. 운이 해명을 끌어당겨 완전히 감싸 안았다.

품에 안긴 해명이 공포에 질려 덜덜 떨고 있었다. 굴러도 눈 위니 더 많이 다치지 않기를 바라며 운이 해명의 몸을 더 세게 끌어안았다.

***

문상궁이 발을 내렸다. 곧 강이 들어와 앉았다. 발을 사이에 두고 마주 앉아 있지만 수진은 꼭 얼굴을 맞대고 앉은 것 같은 기분이었다. 그의 마음이 다 느껴져서 이전과 달리 수진은 편한 마음으로 발 너머의 강을 볼 수 있었다.

"여기까지 오시게 해서 죄송합니다."

"아닙니다."

문상궁이 다과상을 강의 앞에 놓았다. 쌀알 없이 맑게 뜬 식혜와 약식이었다.

"문상궁에게 좋아하시는 것으로 준비해 달라고 했습니다."

"제가 좋아하는 것들이 맞습니다. 감사합니다."

"제게 선물을 주셨는데 그 자리에서 감사의 마음을 제대로 전하지 못한 것 같아서 이리 뵙자고 했습니다."

"예."

나지막이 대답한 강이 발 너머를 지그시 응시했다. 과연 제가 보낸 것을 제대로 보기나 했을지, 봤다면 저와 뜻이 같은지, 혹시나 불쾌하게 생각한 것은 아닌지, 아니면 아예 보지도 않고 제 마음을 오해하고 있지는 않은지, 궁금한 게 너무 많았다.

허나 보는 눈이 많아 차마 대놓고 물을 수도 없어 애가 탔다. 이리 기다리며 들리는 말로 뜻을 유추하는 것이 제가 할 수 있는 전부라는 게 답답했다.

"그래서 저도 보답으로 마마께 선물을 하려고요."

"선물이요?"

혹시나 떨리는 목소리가 나오지는 않을까 강이 긴장했다. 바로 옆에 서 있는 문상궁에게 제 속내를 들킬까 봐 그 어느 때보다 허리를 세우고 앉아 있느라 어깨가 다 아릴 지경이었다.

"예, 저희 집에서 가보로 내려오는 검입니다. 마마께서 제게 칼을 주셨으니 저도 칼을 드려야 할 것 같아서요. 아버님께 미리 말씀을 드려두었습니다. 찾아가시면 내어주실 것입니다."

"그리 신경 써주시지 않으셔도 되는데요. 가보를 받을 만큼 제 선물은 크지 않았는데, 송구스럽습니다."

"아니요, 제겐 너무나 크고 감사한 선물이었습니다. 덕분에 제 마음을 다잡을 수 있었으니까요. 염려 마세요. 칼 안에 숨겨놓은 다른 뜻은 없습니다. 칼이 전부입니다. 그것이 제가 마마께 드리는 제 마음입니다. 꼭 저희 아버님을 찾아가 칼을 받으세요."

"그리하겠나이다."

칼 안에 숨겨놓은 다른 뜻이 없다, 라는 것은 곧 제가 은장도 안에 숨겨놓은 것을 읽었다는 말이다. 그것을 읽고도 저를 불러 집안의 가보를 내린다는 건 자신과 저가 같은 마음이라는 것을 넌지시 알린 것과 진배없었다.

거기다 굳이 가보인 칼을 내리겠으니 영상을 만나라는 것이 무엇을 뜻하는지는 너무나 분명했다. 기뻤다. 기뻐하는 얼굴을 주위에 있는 다른 이들에게 들킬까 봐 강은 식혜를 마시는 척, 고개를 숙였다.

"초간택이 시작되기 전에 제가 무엇을 하면 좋을지 마마께서 알려주시면 큰 도움이 될 것 같습니다."

"염려 마옵소서. 아씨께 필요한 것을 제가 곧 정리해서 올리겠나이다."

"그럼, 다시 만날 날을 기다리고 있겠습니다."

마주 앉은 두 사람이 동시에 은은한 미소를 머금었다. 발이 두 사람 사이를 여전히 가로막고 있었지만, 그것은 더 이상 조금도 문제가 되지 않았다.

***

눈을 뜨자마자 극심한 통증이 운을 덮쳤다. 허리를 다 펼 수도 없어 운이 웅크린 자세 그대로 앓는 소리를 냈다.

"정신이 드오? 괜찮소?"

해명의 목소리에 운이 비로소 눈을 뜨고 앞을 보았다. 저를 살피는 해명의 얼굴 여기저기 상처가 나 엉망이었다.

"어찌 된 거요?"

"어찌 되긴 무얼. 산 위에서 굴러 떨어졌소. 다행히 웬 커다란 나무둥치에 부딪혔는데 거기서 멈추는 바람에 둘 다 죽지 않고 살았다오. 나는 그대가 감싸준 덕분에 다치지 않았는데, 그대는 좀 다친 거 같소. 오랫동안 정신을 잃어서 걱정했다오. 몸은 어떻소?"

"누구한테 두들겨 맞은 것처럼 욱신거리고 아프오."

"굴러 떨어진 데다 나무둥치에 세게 부딪혀서 그렇소. 뼈가 상하진 않았으면 좋겠는데."

해명이 운의 팔과 다리를 부지런히 주물렀다. 딱딱하게 굳었던 몸이 덕분에 좀 부드러워졌다. 운이 끙끙거리며 굳은 몸을 펴기 위해 애를 썼다.

"손가락부터 좀 움직여보시오. 뼈가 상했나 보게."

해명이 시키는 대로 운이 손가락과 발가락을 움직였다. 감각은 아직 다 돌아오지 않았지만 그래도 움직여지는 것을 보니 뼈가 상한 건 아닌 모양이었다. 운이 괜찮다는 듯 고개를 끄덕이자 해명이 안도하여 활짝 웃었다.

"다행이오. 많이 다치진 않은 듯하니 몸이 추슬러지면 내려갑시다."

"여기가 어디요?"

"눈 위에 그냥 둘 수가 없어 근처 굴로 끌고 왔소. 뭐 그리 무겁소? 아주 죽다 살았소."

"진짜 죽다 산 사람 앞에서 그게 할 소리요?"

괜스레 서운한 운이 볼멘소리를 하자 해명이 무안한 듯 웃었다.

고개를 돌려 운이 자세히 제 몸을 살폈다. 쓰러진 걸 질질 끌고 오기라도 한 듯 아래쪽이 진흙탕에 구른 사람마냥 엉망이었다. 순간 한기를 느낀 운이 몸을 부르르 떨었다. 눈밭을 구른 까닭에 온몸이 축축한데 바람까지 불자 오한이 들었다. 운이 다급히 주위를 두리번거려 해명을 찾았다.

운에게서 등을 돌린 채 앉은 해명은 뭐가 그리 바쁜지 혼자 분주했다.

"뭐하오?"

"불을 피우려 하는데 잘 안 되오."

어디서 주워들은 대로 나무 두 개를 비벼보지만 손에 물집이 잡힐 정도로 해봐도 불은커녕 연기조차 나지 않았다.

"거기서 그러지 말고 이리 가까이 좀 와보시오."

"잠시만 기다려보시오."

"좀 와보래도!"

버럭 지르는 고함소리에 해명이 불퉁한 얼굴을 한 채 고개를 돌렸다가 운의 상태가 심상치 않은 것을 보고 놀라 가까이 다가갔다. 몸을 웅크린 운은 어느새 온몸이 흔들릴 정도로 떨고 있었다.

"왜 이러는 거요?"

"춥소. 많이 춥구려."

"이 일을 어쩌나. 이제 곧 해가 지면 더 추울 텐데. 정신 차리시오! 이대로 잠들면 큰일 나오. 움직일 수 있겠소? 내 부축해주리다. 얼른 내려갑시다. 응?"

해명이 운의 양팔 사이에 손을 집어넣어 일으켰다. 커다란 운의 몸이 해명의 어깨 너머로 축 늘어졌다. 턱을 딱딱 부딪치는 소리가 해명의 온몸을 울렸다.

"일어나 보시오."

끙차, 소리를 내며 해명이 운을 일으켜 세우려 했으나 운은 도통 다리에 힘을 주지 못했다. 결국 풀썩, 운이 바닥에 쓰러졌다. 점점 더 떨림이 심해지고 있었다.

"괜찮소? 이보시오? 괜찮은 거요?"

"춥소. 정말 춥소."

입술이 새파랬다. 코에서 내뿜는 숨마저도 한기가 서려 차가웠다. 젖었던 옷이 기온이 떨어져 꽁꽁 언 채 몸에 들러붙으면서 체온을 뺏고 있었다.

"일단 이걸 좀 벗어봅시다."

해명이 운의 도포를 벗기려 애를 썼다. 젖은 도포가 몸에 달라붙어 쉬이 벗겨지지 않아 해명을 힘들게 했다. 해명이 옷을 벗기느라 고군분투하는 사이 운의 고개는 점점 뒤로 넘어갔다.

"이보시오! 이보시오!"

겨우 해명이 옷을 다 벗겼을 때, 이미 운은 제대로 눈조차 뜨지 못한 채 이리저리 흔들리는 중이었다. 저도 모르게 해명이 운을 와락 껴안았다.

"괜찮소? 제발 정신을 좀 차리시오."

어느새 해명의 목소리도 울먹이고 있었다. 손에 입김을 불어 따뜻하게 한 뒤 운의 몸을 마찰시켜 열을 내려 애썼다. 허나 이미 차게 굳어가는 몸은 그 정도론 역부족이었다. 결국 울먹이던 해명이 눈을 질끈 감은 채 제 도포를 벗었다.

벗은 도포를 일단 운에게 입힌 후 속곳 바람인 채로 운을 세게 껴안았다. 그리고 두 손으로는 운의 등과 팔을 쉼 없이 문질러 열을 냈다. 뜨거운 입김을 부는 것도 잊지 않았다.

"제발, 제발 좀 깨어나 보시오."

부처님, 신령님, 삼신할머니 등등 제가 아는 모든 신을 다 찾으며 해명이 빌고 또 빌었다. 손바닥에 빨갛게 열이 오를 정도로 몸을 문대느라 어깨가 빠질 것처럼 아파와도 해명은 잠시도 쉬지 않았다.

그러는 동안에도 해는 점점 떨어져 어느새 주위가 어둑했다. 끝내 해명이 울음을 터뜨렸다. 엉엉 울면서도 바쁘게 운을 돌보느라 해명은 제 어깨에 닿은 숨이 점점 따뜻하게 변하고 있다는 것을 미처 깨닫지 못했다.

***

"이것들은 왜 안 오나."

산을 향해 선 헌복과 용이가 고개를 길게 뺀 채 먼 곳을 살폈다. 한참 전부터 둘은 그리 서서 운과 해명을 기다리는 중이었다.

"찾으러 올라가볼까요?"

"그랬다가 길 엇갈리면 어쩌려고? 괜한 고생 마라."

무심한 말이었으나 종놈으로 살면서 그런 챙김을 받아본 적이 없는 용이는 감격한 얼굴로 헌복을 보았다.

이곳에 온 이후 용이는 태어나 가장 여유로운 날들을 보내고 있었다. 말이 수발이지, 모셔야 하는 도령은 이른 아침 나가서 밤에야 들어오는 데다 낮에 헌복은 제 일로 바빠 아무것도 시키지 않았고, 그러면서도 먹는 건 다른 사람과 진배없이 똑같이 주면서 차별하지 않았던 것이다.

얼마나 몸이 편한지 고 며칠 사이 용이의 뺨엔 어느새 뽀얗게 살이 올라 있었다.

"근데 너 저 도련님이랑 무슨 사이냐?"

"아무 사이도 아닌데요."

"아무 사이도 아닌데 여기 왜 이러고 있어?"

"저희 감사 나으리가 시키셔서요."

"감사? 너 관찰사에 있는 녀석이냐?"

"예."

용이 얌전히 고개를 끄덕였다. 덩치나 팔에 힘줄 돋은 것을 보면 영락없이 몸 쓰는 녀석인데 얼굴은 아직 앳된 것을 보아 하니 약관을 넘지 않은 나이일 듯했다.

눈이 축 처져 있어 순해 보이지만 어린 나이인 데도 감사가 이런 임무를 맘 편히 맡긴 것을 보면 제법 뚝심 있는 성품인 모양이었다.

"관찰사랑 니네 도련님은 무슨 사인데?"

"몰라요. 그냥 귀한 집 도련님이니까 옆에서 잘 모시라고만 하셨습니다."

진짜인지 거짓인지 알아내기 위해 헌복이 눈을 가늘게 뜨고 용이를 살폈으나 아무리 봐도 표정엔 변화가 없었다. 결국 궁금한 것을 알아내지 못한 헌복이 아쉬운 듯 입맛을 다셨다.

"어! 저기 도련님 아닙니까요?"

그때 멀리 어둠 속에서 흐릿한 것이 어른거렸다. 옆에 서 있던 용이가 얼른 호롱을 들고 마중을 나갔다. 머리도 흐트러지고 옷도 얼룩덜룩하여 말 그대로 딱 거지꼴인 해명과 운이 탈레탈레 걸어오고 있었다.

"어찌 된 거냐?"

뒤늦게 해명이 헌복을 보고 인사했다. 꼴은 엉망이었지만 다행히도 얼굴은 꽤 밝았다.

"산에서 굴렀습니다. 다행히 크게 다치지 않았습니다. 수습하고 내려오느라 늦었습니다."

"그런 것 같으다."

혀를 차며 아래위로 해명을 살핀 헌복이 고개를 돌려 운을 보았다. 운은 해명보다 훨씬 꼴이 엉망이었다. 게다가 눈빛이 멍한 것이 완전 넋이 나간 얼굴을 하고 있었다. 뒷짐을 지고 가까이 다가간 헌복이 운 앞으로 제 얼굴을 들이밀었다. 그제야 운이 흠칫 놀라며 뒤로 물러섰다.

"괜찮냐?"

"괜찮소."

대답은 꿀떡같이 하는데 여전히 조금도 괜찮지 않은 얼굴이었다.

"밥 해뒀으니 일단 먹고 씻어라. 용아, 더운 물이 있느냐?"

"예, 끓인 물이 있습니다."

뭘 더 캐묻고 싶어도 꼴이 말이 아니라 더 묻기도 뭣했다. 헌복이 입맛을 다시며 돌아섰다.

"가자."

"네."

해명이 꾸벅 인사한 뒤 안으로 들어갔다. 헌데 운은 장승처럼 그 자리에 가만히 선 채 꼼짝도 하지 않았다.

"안 들어가냐?"

방으로 들어가려던 헌복이 다시 말을 건네자, 운이 또 움찔했다. 그리고 고개를 들어 헌복과 용이를 번갈아보았다.

"다녀올 데가 있소."

"어딜? 이 야밤에?"

"다녀오겠소."

그러더니 몸을 휙 돌려 산을 내려가기 시작했다. 용의 눈이 커졌다. 헌복이 용이에게 고갯짓 했다.

"따라가 보아라. 밤길 조심하고."

"예."

고개 숙여 인사한 후 용이가 얼른 운의 뒤를 따라가기 시작했다. 어른거리는 호롱불이 어둠 속에서 점점 멀어졌다.

***

눈을 뜨자마자 가장 먼저 느낀 것은 어딘가에 폭 안긴 몸이었다. 따뜻하고 다정한 손길이 쉼 없이 저를 쓰다듬으며 지나갔다.

조금씩 몸 안에서 훈기가 도는 것이 느껴졌다. 기분이 나쁘지 않았다. 기운만 있다면 손을 뻗어 마주 안고 싶었다.

그러다 뒤늦게 저를 안고 있는 이가 해명이라는 것을 깨달았다. 둘 다 옷을 벗은 채였다. 저를 따뜻하게 하기 위해 그리했다는 것을 서서히 깨달았다. 본래 사람의 체온이 몸을 덥히는 가장 좋은 방법이었다. 그 덕분에 살았구나, 싶어 고마웠다.

허나 어느 순간부터인가 자꾸 스치는 맨살의 느낌이 이상했다. 사내치곤 지나치게 피부가 곱고 부드러웠다. 해명이 문질러서 몸에 열이 오를 때마다 다른 의미로 더워졌다.

이게 대체 무슨 일인가, 정신이 오락가락 하는 와중에도 어이가 없었다. 저를 살리기 위해 애를 쓰는 사람을 앞에 두고 자신이 무슨 생각을 하는 건지 황당하고 부끄러울 지경이었다. 헌데 아무리 정신을 차리려 애를 써봐도 몸은 이미 제 통제를 벗어난 지 오래였다. 결국 운은 마지막 힘을 다해 해명을 밀어냈다.

이제 괜찮다고 둘러대는 운의 말에 해명은 아무것도 알아채지 못한 듯 그저 정신을 차렸다며 뛸 듯이 좋아할 뿐이었다. 허나 운은 같이 기뻐할 수가 없었다. 제 몸의 변화를 혹시라도 들킬까 봐 몸을 구부정하게 굽힌 채 숨을 몰아쉬기 바빴다.

빈궁이 아픈 이후 오랫동안 여자를 안지 않았다. 아마도 한창인 나이에 너무 긴 시간 독수공방을 해서 이리된 모양이다, 운은 애써 그리 생각했다. 그렇지 않으면 스스로가 너무 끔찍했다. 친구에게, 그것도 사내에게 욕정을 느끼는 스스로가 역겨웠다.

죽기 직전에 나타난 마지막 생명력일 거라고, 어떻게든 살기 위해 몸이 다른 쪽으로 반응을 한 것일 거라고 스스로를 설득시켰다. 아마 그럴 것이다. 아니 그래야만 했다. 속으로 수 없이 되뇌었다.

"어서 돌아가래도!"

운이 용이를 향해 버럭 고함을 질렀다. 뒤쫓아 오던 용이가 자리에서 어쩔 줄 몰라 하며 머뭇거렸다.

"그래두."

"나는 감사어른을 뵙고 곧 산으로 다시 올라갈 것이다. 너는 곧장 돌아가서 어르신과 작은 도련님의 수발을 들어야 하지 않겠느냐."

"나으리께서 제게 모시라고 한 분은 도련님입니다."

"내가 감사어른께 잘 말씀 드릴 터이니 너는 걱정 말고 산으로 가거라. 어서!"

결국 운의 고집에 용이 졌다. 꾸벅 인사한 용이 산을 향했다.

어둠 속에서 용의 뒷모습이 완전히 보이지 않게 되고 나서야 운이 몸을 돌렸다.

저가 없을 때 운이 왔다가 봉변을 당할까 싶어 걱정을 한 문열이 감영에서 일을 하는 모두에게 은혜를 입은 집 아들이라고 운을 소개해두었다. 그 덕에 운은 아무런 어려움 없이 감영 안으로 들어갈 수 있었다. 운과 마주친 이들은 모두 깍듯하게 인사를 건네며 아는 체했다.

"아니 어인 일이십니까?"

막 잠자리에 들려고 했던 문열은 갑자기 나타난 운을 보고 소스라치게 놀랐다. 무엇보다 그 행색이 엉망인 것에 더 아연실색했다.

"무슨 일이 있었던 것입니까?"

"산에서 낙상하여 이렇습니다. 다행히 다치진 않았습니다."

"의원을 부를까요?"

"그럴 일이 아닙니다. 소란을 일으키고 싶지 않습니다. 갈아입을 옷이나 좀 주세요."

낙상하였다는 말에 문열의 얼굴이 하얗게 질렸다. 국본을 제가 책임지겠노라 큰소리를 쳤는데 몸에 상처를 입혔으니 이건 대역죄였다. 시키는 대로 갈아입을 옷을 건네주고도 문열은 걱정이 되어 안절부절 못했다.

"이곳에 관기가 있습니까?"

옷을 다 갈아입고 난 운이 내뱉은 첫마디는 전혀 생각지 못한 말이었다. 싫다는 걸 어찌 설득해서 의원을 불러야 하나 고민하고 있던 문열은 운이 던진 뜻밖의 물음에 너무 놀라 대답하는 것조차 잊고 말았다.

"관찰사니 당연히 관기가 있겠지요."

"있기야 있지요. 헌데 어찌 그것을 물으십니까."

"오랫동안 독수공방했더니 여인의 품이 그리워서요. 오늘 이곳에서 묵을 테니 괜찮은 아이로 한 명 넣어주세요."

"네?"

머리가 천장에 닿을 기세로 문열이 펄쩍 뛰었다. 대체 이게 뭔 소리가 싶었다. 제가 아는 운은 여색을 탐하는 사내가 아니었다.

헌데 여기까지 와서 관기를 찾다니, 귀신이 씐 게 아닌 이상 말도 안 되는 일이었다.

"아니 여기서 관기를 찾으시다니, 이 무슨! 관기라구요? 관기요? 이리 망측할 수가, 저는 이러려고 저하의 사가 행을 도운 것이 아닙니다."

흥분한 문열이 성질을 못 이겨 콧김을 내뿜으며 씩씩거렸다. 헌데 그런 문열을 쳐다보는 운의 표정이 꼭 금세라도 울 것처럼 슬펐다. 그 얼굴을 보자 화는 가라앉고 의아함이 생겼다. 대체 저런 얼굴로 하룻밤을 같이 지낼 여인을 찾는 사내가 어디 있단 말인가?

"저하?"

"허면 여인이 그리울 때 세자는 어찌해야 합니까?"

"네?"

"정말로 욕정이 가득차서 괴로울 때 세자는 어찌 그것을 해소해야 하냔 말입니다."

표정도 목소리도 애절하기 짝이 없었다. 그 모습을 보자 정말 제 몸을 감당할 수가 없어 슬픈 건가 싶어 안쓰럽게 느껴졌다. 어쩌면 육욕을 이기지 못하는 스스로가 혐오스러워서 저런 건지도 몰랐다. 가끔 그러한 이유로 괴로워하는 도덕심이 높은 사내들을 본 적이 있었다.

그리고 욕정을 참을 수 없어 괴롭다는 운의 말이 일견 이해가 가기도 했다. 제가 알기로 운은 죽은 빈궁 외에 그 어떤 여자도 방에 들인 적이 없었다. 유흥을 즐기러 나갈 때조차도 기생 한 번

부른 적이 없었다. 그래서 난데없이 운이 관기를 찾는 것이 놀라웠다. 하지만 어쩌면 그렇기에 오늘 운에게 관기가 정말 필요하다는 반증일 수도 있었다.

그리 생각하자 납득 못할 일도 아니었다. 한창의 나이였다. 어찌 계집의 품이 그립지 않겠는가. 제 나름대로 결론을 내리고 납득한 문열이 고개를 끄덕이며 물러났다.

"안으로 드시지요. 주안상을 차려 아이에게 들려 보내겠습니다."

"감사합니다."

운이 얌전히 인사했다. 그 모습을 보자 이상하게 문열의 마음이 내려앉았다.

***

문열이 보낸 기생은 예뻤다. 아주 예뻤다. 정말 특별히 고른 아이구나 싶었다. 그림 속에서 막 튀어나온 것 같이 고운 얼굴로 고개를 숙인 여인은 뜻대로, 원하는 대로 하라는 듯 얌전히 앉아 있었다.

"술은 되었다."

운이 그리 말하자 곧장 술상을 치웠다.

"벗어라."

기생은 운의 말이 떨어지기 무섭게 조금의 망설임도 없이 옷고름을 풀었다. 치마가 아래로 떨어졌다. 흰 속치마 사이로 여인의 살결이 어른거렸다.

저고리를 벗자 뽀얀 어깨가 드러났다. 속치마로 꽉꽉 싸맨 가슴은 금세라도 터질 것 같았다.

운이 무감한 얼굴로 여자의 가슴을 움켜쥐었다. 여인이 기다렸다는 듯이 운의 품에 안기며 순종했다.

허나 아무리 가슴을 만지고 어깨와 팔을 쓰다듬고 허벅지 사이에 손을 넣어보아도 아무것도 느껴지지 않았다. 아까 머리가 울릴 정도로 뛰던 심장이나 몸을 덥게 하던 느낌이 없었다. 아무런 감흥이 없었다. 그리고 그것이 운에겐 더 절망스러웠다.

"에잇!"

운이 신경질적으로 여자를 눕혔다.

여자는 누운 자세에서 그대로 무릎을 세웠다. 계집을 안는 것이 처음이 아니었다. 이 다음에 어떻게 해야 할지 누구보다 잘 알았다. 허나 아무것도 할 수가 없었다.

결국 누워 있던 여자가 기다리다 못해 몸을 반쯤 일으켜 운의 허리춤을 풀었다. 그리고 운의 몸에 아무런 변화가 없음을 확인한 뒤 크게 당황하여 눈치를 살폈다.

운이 여자를 밀치며 자리를 박차고 일어났다. 더 이상 이곳에 있을 수가 없었다. 비참했다.

"나으리, 모두 이년 탓입니다. 이년이 잘하겠습니다."

여자가 운의 다리에 매달렸다. 그 모습을 보며 운이 헛웃음을 터뜨렸다.

"네 탓이 아니다."

"제 탓입니다. 제가 잘못하여……."

"내 탓이다. 이건 모두 다 내 탓이다. 감사께는 내가 잘 자고 이른 새벽에 떠났다고 말씀 올리거라. 아침에 얼굴을 보기가 민망하여 이른 새벽에 떠난다고 했다고 하면 이해하실 게다."

"허면 이년은……."

"그리 말씀 드리면 네겐 아무 일도 없을 게다."

도포를 손에 쥔 채 운이 그대로 빙을 빠져나왔다. 앞으로 나가면 혹시나 눈에 띌까 봐 걱정되어 뒷담을 넘었다. 그리고 이내 어둠 속으로 사라졌다. 그 뒤를 천복이 쫓기 시작했다.

***

든 자리는 몰라도 난 자리는 안 다고, 이젠 혼자 자는 게 영 선득한 것이 낯설었다. 운이 있을 때와는 전혀 다른 이유로 이젠 잠이 안 왔다. 해명이 몸을 이리저리 뒤척이다 결국 이불을 뒤집어썼다.

혹시나 늦은 밤에라도 들어올까 봐 걸쇠도 걸지 않은 까닭에 바람에 문이 흔들리는 소리가 유독 컸다. 아무래도 걸쇠를 걸어야 마음이 놓일 성싶었다.

"밤늦게 오면 지 탓이지 뭐."

결국 해명이 이불을 내렸다. 잠시 누워서 고민하다 자리에서 막 몸을 일으키려는 순간, 마루에 사람이 올라서는 소리가 들렸다. 얼른 자리에 누워 몸을 모로 세운 해명이 눈을 꼭 감았다.

"주무시는가?"

운이었다. 이불을 움켜쥔 채 오들오들 떨던 해명이 그제야 몸의 긴장을 풀었다. 아는 체를 할까 하다가 난데없이 사라져서는 사람 신경 쓰이게 한 것이 얄미워 눈을 감고 자는 척했다.

"자나 보군."

가까이 다가온 운이 벽에 몸을 기댄 체 앉아 물끄러미 해명을 내려다보았다. 매끄러운 이마와 코 그리고 그 아래 자리 잡은 작은 입술까지 참으로 오목조목한 생김새였다. 수염도 나지 않아 보송한 얼굴은 아직 덜 자란 사내 같기도 하고 어찌 보면 또 계집 같기도 했다.

한참 동안 그 모습을 보던 운이 괴로워하며 두 손에 얼굴을 파묻었다. 또다시 몸에 열이 올랐다. 아까 기생과 함께 있을 때는 아무것도 느끼지 못했는데 해명을 보고 있자 다른 감정에 몸이 더워졌다. 제가 해명에게 무엇을 느끼는지 확실했다. 그건 실수도 한순간의 치기도 아니었다. 살기 위해 일시적으로 나타난 본능도 아니었다.

죽은 빈궁과는 여자와 합방을 한다는 사실, 그 자체로 좋았다. 고백컨대 꼭 빈궁이라서 좋았던 건 아니었다. 당시 운에겐 죽은 빈궁이 아니라 어떤 여자라도 그 자리에 있었다면 좋아했을 거다. 그래서 그녀의 죽음에 더 죄책감을 가졌다. 저 역시도 빈궁이 제게 영원한 단 한 사람은 아니었기에, 언제든 바꾸면 된다는 왕의 말이 더 가슴에 사무치도록 미안했다.

하지만 지금은 아니었다. 지금 제가 몸이 달은 것은 단지 여자를 안고 싶어서가 아니었다. 저는 해명을 원하고 있었다. 제가 원하는 단 한 사람은 해명이었다.

"하……."

운이 괴로운 숨을 토해냈다. 그 순간 문득 제 사주가 하나도 맞지 않는다는 사실이 떠올랐다. 사주도 예외더니 사랑도 예외였다. 자신은 괴물이었다. 어쩌면 애초에 태어나지 않았어야 하는 존재일지도 몰랐다.

잘못 태어났기에 사주도 볼 수 없고 사랑도 제대로 할 수 없는 몸인 건 아닐까. 갑자기 울컥 서러움이 밀려왔다. 헌데 이 와중에도 저 붉은 입술에 입을 맞추고 싶으니 이 일을 어찌하면 좋단 말인가.

결국 견디지 못한 운이 자리를 박차고 일어나 밖으로 나갔다. 거칠게 문이 닫히고 난 뒤에야 해명이 자리에서 일어났다.

"왜 저러지. 아직 많이 아픈가."

고개를 빼서 해명이 밖을 보았다. 창가에 운의 그림자가 어른거렸다. 혼자 마당을 서성이는 모양이었다.

따라 나가 어떤지 물어야 할지, 가만히 있어야 할지 모르겠어서 애가 탔다. 해명이 자리에서 몇 번이나 일어났다 앉았다를 반복했다. 그러는 동안에도 운은 방으로 다시 돌아오지 않았다.

9장

꼬이는 팔자

아침 밥상머리에 앉은 운의 얼굴이 굳어 있었다. 방 안 공기가 무겁게 내려앉았다.

그나마 해명은 크게 신경 쓰지 않는 눈치였으나 용이는 완전 겁을 먹어서 숨도 제대로 쉬지 못하고 있었다. 그 모습을 가만히 보던 헌복이 불쑥 운의 얼굴 앞에 고개를 디밀었다.

“네가 병오년 무술월 무신일 무오시라고?”

“그렇소.”

운이 별반 놀라는 기색도 없이 무뚝뚝하게 고개를 끄덕였다.

“혹시 병오년 무술월 병오일인데 부모님께서 네 태어난 날짜를 잘못 외우고 계신 거 아니냐?”

“무슨 태어난 날짜를 이틀이나 잘못 안단 말이오? 말도 안 되는 소리.”

“그럴 수도 있지! 먹고 살기 바쁘면.”

“내가 먹고 살기 바쁜 집 자제로 보이오?”

아무리 봐도 그리 보이진 않았다. 헌복이 헛기침을 하며 고개를 돌리다 해명과 눈이 마주쳤다.

"참, 천간합에 대한 공부는 하고 있는 게냐? 어째 이리 진도가 안 나가?"

"아, 맞다. 안 그래도 그것을 말씀드리려 했는데 어제 정신이 없어 잊어버렸습니다."

해명이 반갑게 대꾸했다.

운이 해명을 힐끗 보았다.

헌복이 그런 둘의 모습을 유심히 살폈다.

"어제 잠시 동굴 안에 머물 때 이 친구가 정신을 잃은 동안 흙투성이가 된 몸을 닦기 위해 근처에 있는 냇가를 찾았습니다. 그러다 폭포를 발견했습니다. 가파른 돌을 따라 물줄기가 길게 위에서 아래로 떨어지고 있었습니다. 본래 거기로 가던 길이긴 했는데, 눈길을 굴렀어도 제대로 찾아간 모양입니다."

"은선폭포로 갔구나. 신선들이 숨어 있는 곳이라고들 하지. 또 선녀들이 목욕하는 곳이라고 알고 옷을 훔치러 가는 정신 빠진 나무꾼들도 가끔 있을 정도로 아주 절경인 곳이야."

"네, 폭포는 응달진 곳에 자리하고 있었는데, 유독 한편에만 해가 비추고 있었습니다. 그리고 그 해가 비추는 곳에서만 푸른 이끼가 자라고 있더이다. 그것을 보고 정임합목의 의미를 깨달았습니다. 큰물에 해가 비추면, 그 속에서 나무가 자란다, 즉 물과 불이 만나는 곳엔 새로운 생명이 잉태된다는 의미였습니다."

운이 멍하니 해명을 보았다. 헌복이 뿌듯한 얼굴로 웃었다.

"잘 깨달았구나. 정임합목과 병신합수, 무계합화가 천간합 중에 가장 스스로 깨치기 어려운 것인데, 잘 알았어. 어제 또 다른 것을 본 건 없더냐?"

분명 그런 의미가 아닌데 도둑이 제 발 저린 운이 얼굴을 붉히며 고개를 숙였다. 순간 벗은 해명의 흰 어깨가 떠오른 탓이었다. 차마 입 밖으로 낼 수도 없는 생각을 하고 있는 게 혹여나 들킬까 봐 손에 땀이 배어나왔다.

"어제 산으로 올라오는 이들을 봤습니다. 네다섯 가족이 함께 산으로 향하고 있었습니다."

해명의 대답에 운이 그제야 안도했다. 숨을 오랫동안 참았다가 길게 내쉬는 운을 헌복이 수상하게 쳐다봤다.

"거 왜 그러냐?"

"뭐가 말이오?"

"아니 혼자 무안해했다가 안심했다가 난리를 치니 그러지."

헌복과의 문답에 빠져 운의 상태를 조금도 짐작하지 못한 해명이 놀란 눈으로 운을 보았다. 운이 급히 헛기침을 했다.

"내가 언제 그랬다고 그러오. 난 다만, 그, 산으로 올라오는 이들이 걱정되어 그랬던 거요."

"걱정이 왜 돼?"

"어제도 걱정 된다고 했습니다. 산 속에 먹을 것이 없고 농사짓기도 힘들 텐데, 어찌 사냐고."

해명이 서둘러 운을 두둔했다.

"그렇지. 그거요."

운이 열심히 고개를 끄덕였다.

"근데 왜 하필 이 산에 이리 많이 오는 거요?"

빌미를 줬다가는 또 제게 화살이 향할까 봐 운이 얼른 질문을 이었다.

"여기 비결서가 있거든."

"비결서?"

"응, 비결서. 이씨 왕조가 망하고 새 왕조가 들어선다는 비결서가 이 산에 떠돌거든. 거기다 이 산에서 세상을 뒤집을 새 왕이 나타난다고 하니 희망을 잃은 백성들이 모두 이곳으로 모일 수밖에."

너무 놀라서 말문이 막혔다. 허나 제 할 말을 마친 헌복은 태연히 식사에 집중했다.

문답을 끝낸 해명 역시 수저를 들었다. 허나 운은 밥을 먹을 정신이 아니었다. 한동안 멍청하게 헌복만을 보던 운이 정신을 차리자마자 그의 팔을 흔들었다.

"아, 이놈이 밥 먹는데 왜 지랄이야."

"그 비결서 구할 수 있소?"

"허허, 이놈아. 그 비결서를 가지고만 있어도 역모라고 하는데, 그걸 어디서 어찌 구한단 말이냐?"

"그래도 가진 이가 있을 거 아니오?"

"있다 한들, 그놈이 내가 비결서 가졌으니 빌려주겠다, 하겠냐? 까딱하면 목숨을 잃을 판에? 그냥 쉬쉬하며 입에서 입으로 전할 뿐인 거지."

"그 비결서가 확실히 있긴 한 거요?"
"있지."
"어찌 그리 확신하시오?"
"내가 봤거든."
해명조차 수저를 놓은 채 헌복을 보았다. 순식간에 두 사람의 넋을 빼놓고서도 헌복은 눈 하나 깜짝하지 않고 어깨를 으쓱한 뒤 다시 부지런히 수저를 놀렸다.

***

천복이 도착했다.
빨리 도착하기 위해 얼마나 일각을 다퉈가며 말을 달린 건지 몰골이 말이 아니었다. 국환이 비틀거리는 그를 딱하게 보았다.
"씻고, 뭐 좀 먹고, 한숨 자고, 그러고 보자."
그 말에 천복이 안도한 얼굴로 고개를 숙여 인사했다. 국환이 돌아서자마자 천복이 자리에 털썩 쓰러지는 소리가 들렸다.
"나으리, 석천군께서 오셨습니다요."
사랑채에 들어서기 무섭게 달려온 천두아범이 방문객을 알렸다. 국환이 저도 모르게 긴장하여 잠시 숨을 멈추었다가 이내 평정을 찾았다.
"사랑채로 뫼시거라. 어멈에게 차를 준비하라 이르고, 차를 들인 뒤에는 모두 사랑채 주위에서 멀리 떨어져 있도록 해라."
"예."

천두아범이 물러가고 얼마 지나지 않아 곧 강이 사랑채에 들어섰다. 옥색 도포를 맵시 있게 차려입은 강이 웃으며 국환에게 인사했다.

"이른 아침부터 참으로 실례가 많습니다."

"무엇을요. 기다리고 있었습니다."

"따님께 말씀을 들으신 모양이시군요."

"예, 자리에 앉으시지요."

강에게 상석을 내어준 뒤 국환이 아래 내려와 앉았다.

곧 차가 들어왔다. 차를 가져온 어멈이 나가고 주위가 조용해질 때까지 국환과 강은 아무런 말없이 차를 마시는 데 집중했다. 둘 다 누가 먼저 이야기를 꺼낼지, 혹은 어찌 꺼내야 할지 기다리는 중이었다. 그러다 결국 강이 먼저 찻잔을 내려놓았다.

"칠보도는 어떤 칼입니까? 집안의 가보라는 말씀은 들었습니다만."

"왜란이 끝난 뒤 다시는 이 치욕을 잊지 않겠다며 저희 선대께서 만드신 칼입니다. 매일 사랑채 가운데 걸어놓고 언제나 나라를 생각하라구요. 지난 난 때 아무것도 챙기지 못하고 피란을 가야만 하는 상황에서도 이 칼만은 제가 가슴에 품고 갔습니다. 전하를 따라 심양에 갔을 때도 이 칼을 제 처소에 걸어두고 매일 밤낮으로 보며 다시 돌아갈 날을 기다렸습니다."

"맹세의 칼이군요."

"그렇습니다."

"그리 귀중한 칼인데 왜 아씨께서 제게 주길 원하셨을까요?"

소년등과를 했으니 관직에 들어온 지 삼십 년이 넘었다. 사주를 보기 시작한 뒤부터 사람의 마음을 보았고, 제가 원하는 대로 그것을 움직였다. 누군가의 어떤 생각을 제가 미리 알아차리지 못한 적이 없었다. 운의 돌발행동도 무엇 때문인지 금방 알아낼 자신이 있었다. 헌데 아무리 머리를 싸매고 고민해봐도 수진과 강이 하려는 일이 대체 무엇인지는 짐작조차 가지 않았다.

"모르겠습니다. 정말 모르겠습니다."

정치적인 수사가 아니라 진심이었다. 어설픈 아는 체로 힘겨루기를 하고 싶지도 않았다. 국환에겐 이 상황이 악몽 같았다. 어서 빨리 꿈에서 깨길 바랐다.

"은장도 안에 소식의 시 심원춘을 써서 드렸습니다. 그러자 제게 이 칠보도를 내리시더이다."

강이 한 말이 무슨 의미인지 찾아내느라 국환의 미간엔 깊게 주름이 생겼다. 그리고 얼마 지나지 않아 그의 얼굴에 서서히 경악어린 놀라움이 번졌다.

"마마!"

"아씨께선 중전이 되셔야지요. 영상께서도 부원군이 되셔야 합니다. 그럼 저는 무엇이 되어야겠습니까."

나지막이 말하며 강이 싱긋 웃었다. 그 얼굴을 멀거니 보면서도 국환은 아무런 반응을 할 수가 없었다. 꼭 꿈을 꾸는 것 같았다. 한참을 멍하니 있던 국환이 제 손등을 꼬집었다.

아팠다. 새빨갛게 손등이 부풀어 올랐다. 꿈이 아니다. 허면 지금 이것은 무어란 말인가. 목구멍이 꽉 막혀 쌕쌕거리는 쇳소리가 새어나왔다. 강이 편안한 얼굴로 다시 찻잔을 들었다.

***

산길을 걷던 해명이 몇 번이나 뒤를 돌아 운이 따라오는 것을 확인했다. 평소와 다를 바 없는 아침이었으나 평소와 많이 다른 느낌이었다.

"괜찮소?"

"괜찮소."

묘하게 가라앉은 분위기가 이상했다. 운은 눈을 피했다. 계속해서 어긋나고 있었다. 그러고 보니 아침부터 지금까지 한 번도 눈이 마주치지 않았다. 운이 자신을 피하고 있는 게 분명했다.

"저기……."

"나 그 폭포에 가보고 싶소."

대체 무슨 일이냐 물으려는 순간, 운이 말을 끊었다. 탁하게 가라앉은 음성이 왜인지 목이 멘 것만 같아서 해명은 왜 거기 가려는 거냐고 물을 수조차 없었다.

"그럽시다."

가던 길에서 방향을 틀어 은선폭포로 향했다.

가는 내내 몇 번이고 해명은 뒤를 돌아보며 운의 기척을 살폈지만 운은 고개를 숙인 채 묵묵히 걸을 뿐이었다.

"여기, 잠깐만 쉬었다 갑시다."

폭포에 도착하기 전, 운이 뒤에서 해명을 불렀다.

"목이나 좀 축입시다."

마침 해명도 땀이 나고 숨이 가빠 호흡이 거칠어지던 차였다. 고개를 끄덕인 해명이 가까이 다가와 운의 곁에 앉았다. 그러자 운이 슬그머니 자리에서 일어났다.

이상했다. 평소라면 하지 말라고 질색을 할 정도로 치댈 텐데 오늘은 묘하게 계속 거리를 두고 있었다.

"나한테 뭐 화난 거 있소?"

먼 곳을 향해 시선을 던진 채 서 있던 운이 화들짝 놀라며 해명을 보았다.

"갑자기 그게 뭔 소리요?"

그리 물으면 또 딱히 할 말이 없었다. 아니, 할 말이 없다기보단 구구절절 설명하기가 구차하다는 게 더 맞는 말일 거다.

불퉁한 얼굴로 해명이 고개를 돌렸다. 그 옆모습을 물끄러미 보던 운 역시 얼마 지나지 않아 고개를 돌렸다.

평소라면 왜 그러느냐, 또 뭐가 불만이냐, 귀찮게 굴었을 게 분명한데 오늘 운은 아무런 말이 없었다. 그 모든 게 불만스러워 해명의 입이 더 튀어나왔다.

"그만 갑시다."

해명이 자리에서 벌떡 일어나며 앞서 걷기 시작했다. 운이 묵묵히 그 뒤를 따랐다.

골이 났다고 온몸으로 말하고 있는 걸 알고 있었다. 하지만 운은 아무것도 할 수 없었다. 몰랐다면 그 가느다란 어깨를 붙잡고 계집애처럼 삐진 것이냐, 장난을 쳤겠지만 이젠 그럴 수 없었다.

어제처럼 해명의 발자국을 뒤따라 밟으며 운이 여러 번 숨을 크게 들이마셨다가 내쉬기를 반복했다. 가슴이 답답했다.

아침에 길을 나서면서부터 은선폭포로 가야겠다고 결심했다. 아마 그것이 이 산에서 마지막으로 보고 가는 경치일 것이다. 궐에서 누군가가 사가에서 무얼 보고 왔느냐 물으면, 그래도 하나쯤은 이야기할 거리가 있어야 할 것 같았다. 웬 사내 얼굴만 진탕 보다 왔습니다, 할 수는 없는 노릇이니 말이다.

그리고 그곳에서 느낀 감정이니 잘라내는 것 역시 거기서 해야 했다.

돌이켜 생각해보면 산에 오고 싶었던 것도 결국은 해명이 있어서였다. 백성들을 위해 사가에 머물겠다는 것은 허울 좋은 핑계였을 뿐, 실은 해명 곁에 있고 싶었던 거였다.

기억을 헤집으면서 운은 어렵게 제 감정이 제가 인지하기 훨씬 전부터 시작된 것임을 인정했다. 그리고 소리 죽여 오랫동안 울었다. 인정할 수밖에 없었기에, 버려야만 하는 현실이 비참했다.

"다 왔소."

해명이 걸음을 멈추었다.

내내 뒤에서 따라오던 운이, 그제야 해명의 옆에 섰다. 나란히 선 채 운과 해명은 은선폭포를 올려다보았다.

"아름답구려."

신선과 선녀탕 이야기가 나올 만했다. 놀라운 풍경이었다.

"이런 걸 보면 자연 앞에 인간이 얼마나 하찮은지 깨닫는다오."

고개를 끄덕이던 운이 물끄러미 해명을 보았다. 도포 위로 삐져나온 길고 가느다란 목이 추워보였다. 운이 주머니에서 손수건을 꺼내어 해명의 목에 메어주었다.

"춥게 다니지 마시오. 산에서 아프면 의원을 부리기도 어렵잖소."

이런 말을 이전에 들었던 기억이 났다. 함께 지낸 지는 오래 되지 않았으나 운이 언제 이런 말을 하는지 이젠 알았다. 아침부터 이상했던 게 이런 이유였구나, 매번 닥치고 나서야 깨닫는 스스로가 바보 같았다.

"떠나려는 거요?"

해명이 운의 손을 붙잡았다. 운이 잡힌 손을 빼내며 고개를 끄덕였다. 해명이 빈손을 그러쥐었다.

"달포나 있는다고 했잖소?"

참으로 약조를 지키지 않는 사내가 아닐 수 없었다. 계룡산까지 같이 한다 하더니 사람을 혼자 보내고, 불쑥 나타나 달포 동안 있겠다 하더니 이제 또 그만 가겠단다.

화가 나고 속상했다. 더 서러운 건 그런 운에게 어느새 흔들리고 있는 자신이었다. 어느새 해명은 그가 오고 가는 것에 연연하고 있었다.

"그럴 거면 대체 여기 왜 온 거요?"

울컥하여 해명이 버럭 화를 냈다. 신경질을 내는 해명의 얼굴을 운이 묵묵히 쳐다보았다.

"부잣집 아들이라 심심했던 거요? 그런데 와보니 별 게 없어 그냥 가려는 거요?"

사실 떠난다는 운에게 제가 화를 낼 권리도 이유도 없다는 걸 누구보다 잘 알았다. 그래도 울화가 치솟아 말이라도 하지 않으면 화병이라도 날 것 같아 어쩔 수가 없었다.

"참으로 할 일 없는 사내구만. 일 없이 왔다 갔다……."

"놀러 온 거 아니오."

울컥한 얼굴로 운이 해명을 노려보았다.

"여기서 난 하고 싶은 게 있었소. 되고 싶은 게 있었소. 그런데 이제 죽어도 그리 될 수 없다는 걸 깨달았기에 그만하려는 거요. 그래서 이제 그만 돌아가려는 거요."

해명 가까이 머물면서 그와 함께 세상을 좀 더 자세히 들여다보는 것으로 왕재 수업을 하고 싶었다. 그리고 그를 좋은 신하로 만들어 자신 가까이 두고 싶었다. 원대한 꿈을 품고 여기까지 왔다. 헌데 그 모든 것들이 물거품이 되고 말았다.

어제 밤새 잠을 이루지 못하고 마당을 서성이면서 제가 앞으로 어찌해야 할지 생각하고 또 생각했다. 그러다 동이 막 트기 시작할 때 방에 들어갔다가 잠든 해명을 보고 확실히 깨달았다. 이미 자신은 틀렸다. 더 나아질 수 없었다.

사내에게, 벗에게 연정을 품다니 사람도 아니었다. 짐승이었다. 인간도 되지 못한 놈이 좋은 왕을 꿈꾸는 건 기만이었다. 자격이 없었다. 나라와 백성을 위한다면 하루라도 빨리 못난 스스로를 고백하고 그 자리에서 물러나는 게 예의였다. 그리고 죽음으로서 제 마지막 도리를 하리라, 결심했다. 운은 제 감정을 인정했다. 그리고 그 대가로 자신을 버리기로 결심했다.

"대체 무엇을 하고 싶었던 거요? 또 왜 갑자기 그리 될 수 없단 걸 깨달았단 거요?"

답답한 해명이 운에게 한 발 다가섰다. 허나 운은 고개를 저으며 뒤로 물러났다.

"애초에 잘못 태어났다는 걸 뒤늦게 깨달았을 뿐이오. 나는 태어나지 말았어야 하는 인간이오. 인간도 아닌 게 그동안 헛된 꿈을 꿨던 거요. 이젠 그걸 알았으니 모든 걸 제대로 돌리려 하오."

운의 얼굴이 고통스럽게 일그러졌다.

가까이 가서 위로하고 싶었으나 운이 그것을 원치 않는 것 같아 해명은 그저 제자리에 서서 안타깝게 바라볼 수밖에 없었다.

둘 사이로 바람이 불었다. 그 바람에 하얀 씨앗이 흩날렸다. 박주가리의 씨였다.

해명이 손을 뻗어 눈앞에 어른거리는 것을 얼른 움켜쥐었다.

그리고 운의 앞으로 주먹을 불쑥 내밀었다.

"내 주먹 안에 씨앗이 있소. 무슨 씨앗인지 알겠소?"

대체 갑자기 이건 또 무슨 소리일까, 뚱한 얼굴로 운이 해명을 보았다. 어서 대답하라는 듯 해명이 주먹 쥔 손을 흔들었다.

"그리 주먹을 쥐고 있는데 내가 어찌 알겠소?"

"내가 계속 이리 주먹을 쥐고 있다가 씨앗을 지금 이 땅 속에 묻는다고 칩시다. 그럼 그대는 이 씨앗이 어떤 씨앗인지 언제 알 수 있겠소?"

"그 씨앗이 자라야 알 수 있지 않겠소? 꽃을 피우든가 열매를 맺어야 어떤 씨앗인지 알 수 있겠지."

해명이 고개를 끄덕이며 싱긋 웃었다. 그러더니 손을 펴서 후, 하고 입김을 불었다. 새하얀 씨앗이 바람에 날려 저 멀리 사라졌다.

"우리에게 주어진 인생이란 것도 그런 거요. 우린 다 세상에 뿌려진 씨앗이오. 어떤 씨앗인지는 아무도 모르지. 싹 터서 자라, 꽃을 피우거나 열매를 맺을 때가 되어서야, 비로소 우리가 어떤 존재인지 알 수 있을 거요. 그것은 내가 기대하던 모습일 수도 있고, 아닐 수도 있지. 나는 박꽃인 줄 알고 열심히 물 주고 거름 주어 키웠는데, 배나무일 수도 있단 말이오. 헌데 내가 생각했던 박이 아니라고 해서 배가 아무 의미도 없다고 생각하오? 세상에 없어도 되는 거요? 내 기대가 잘못된 거지, 박이나 배는 애초에 가치가 정해져 있지 않은 자연의 열매에 불과하오. 인간이 오만하게 자연에 제멋대로 가치를 매긴 것이 문제일 뿐, 이 세상에 존재하는 모든 것은 그 나름의 의미를 가지고 태어난단 말이오."

해명이 운에게 가까이 다가갔다. 운은 더 이상 물러나지 않았다.

"내가 기대한 씨앗이 아니란 걸 깨달았을 때 어떤 인간은 나무를 뽑을 거요. 어떤 인간은 더 이상 가꾸길 포기할 거고, 어떤 인간은 버릴지도 모르오. 하지만 나라면 그리 어리석은 생각은 하지 않겠소. 비록 내가 기대한 박은 아니었지만 내게 온 배를 내가 크게 키워 세상에서 가장 맛있는 배로 자라게 한다면 그것도 충분히 의미 있는 삶 아니겠소? 인간의 짧은 혜안으로는 우리가 누군지, 어떤 인간일지 알 수 없소. 죽을 때까지 모를지도 모르지.

허나 분명한 것은 지금의 내가 과거에 기대하던 모습이 아니라고 실망하고 모두 망쳐버렸다고 하는 것 역시 어리석단 거요. 기대하던 박은 아니었지만 배를 얻었잖소. 그런 삶도 그 나름대로 충분하잖소? 내게 박 대신 배가 온 것은 그 나름의 이유가 있기 때문일 거요. 그리 생각하진 않소?"

"박 대신에 배라……?"

운이 멍하니 해명을 보았다.

"나 역시 한때는 그대처럼 생각했소. 나는 내가 감나무일 줄 알았지. 헌데 아니었소. 아무리 기다려도 열매가 열리지 않았지. 처음에 나는 왜 감나무가 아니냐고 화를 내고 분노했소. 잘못 태어났다고 죽으려고도 했소. 그러다 사주를 알게 된 거요. 그리고 내가 짧고 모자란 생각으로 내 인생에 실망했다는 것을 깨달았소. 애초에 그리 기대한 스스로가 잘못된 거지, 주어진 삶이 문제인 게 아니었던 거요. 이 세상 만물은 쓸데없는 게 하나도 없소. 다 이유가 있어 여기 있는 거란 말이오. 나의 존재 이유가 나의 기대와 다르다 해서, 내가 가치 없는 사람인 것도, 태어나지 말았어야 하는 사람인 것도 아니오. 그저 내 생각과 내 삶이 달리 움직이는 것일 뿐이지. 허니 내가 생각만 바꾼다면 지금의 내 삶은 그저 삶일 뿐, 실패한 것도 망쳐버린 것도, 잘못 태어난 것도 아니오. 아무 일도 아니오. 그래서 난 산에 들어와 사주를 배우기로 한 거요. 내 열매가 애초에 내가 기대한 것은 아니지만, 그래도 주어진 것을 크고 탐스럽게 키우기 위해서 말이오. 그래서 내 삶을 의미 있게 만들고 싶었다오."

울 것 같은 눈으로 해명을 보던 운이 한 걸음 성큼 다가섰다.

"정말 세상에 있는 것은 모두 이유가 있다고 믿으시오? 잘못 태어난 인생 같은 건 없다고?"

"자연엔 좋은 것도 나쁜 것도 옳은 것도 그른 것도 없소. 자연은, 자연이지. 인간 역시 똑같소. 판단하는 것이 문제일 뿐 태어난 게 어찌 잘못일 수 있단 말이오?"

"필요 없거나 하찮은 존재는 없다?"

"사주에서 십신을 따질 때 어리석은 인간은 정인, 정재, 식신만을 최고로 취급한다오. 허나 생각해보시오. 정인, 정재, 식신만 가진 인간들이 그득한 세상을. 그 세상이 과연 제대로 돌아갈 것 같소? 꽉 막히고 재미없고, 발전 가능성이 없는 이들만 가득할 텐데? 그곳은 지옥일 거요. 세상이 제대로 돌아가려면 편관도 있고, 상관도 있고, 겁재도 있어야 하오. 우리가 혜안이 없어 그 쓰임을 모르는 것일 뿐, 필요 없는 존재란 없소. 길가에 핀 들꽃도 제 나름의 쓸모가 있다오. 허니 인간이라면 주어진 삶에 불평하기보다는 내가 어찌 살아갈 것인가를 고민해야 하는 거 아니겠소? 내가 잘 산다면 나는 쓸모 있는 인간이 될 것이고, 못 산다면 사회의 해악이 되겠지요. 그건 내 행동에 달린 거지, 내 씨앗의 문제가 아니오. 인간이 어리석어 속된 잣대로 삶을 재단하는 것이 문제지, 자연의 넓은 시선으로 보면 우린 다 똑같은 미물일 뿐이오."

운이 와락 해명을 껴안았다.

"나중에 그 말을 거두면 아니 되오. 약조하시오."

"약조하리다. 그러니 제발 그대도 생각을 바꾸시오."

해명을 꼭 껴안은 채 운이 눈물을 참기 위해 애썼다. 위로하며 운을 감싸 안은 해명의 눈에도 눈물이 가득했다.

***

강이 돌아가고 난 뒤 국환은 천복을 재촉해 집을 나섰다.

제대로 쉬지 못한 채 다시 길 위에 오른 천복은 연신 피곤한지 눈을 비볐으나 이제 국환은 그 사정을 봐줄 수가 없을 만큼 마음이 급했다.

거의 쉬지 않고 말을 달린 까닭에 해가 지기 전에 운이 머무는 암자가 훤히 내려다보이는 산 중턱에 말을 세울 수 있었다.

"저기냐?"

"예."

천복이 숨을 몰아쉬며 대답했다.

"저곳에서 혼자 머물더냐?"

"아니오. 마님께서 그려주신 그분과 비슷한 또래의 다른 도련님이 한 분 더 계십니다. 그리고 나이 든 노친네가 하나 있고, 일하는 종놈이 하나 있습니다요. 네 사람이 사는 게지요."

"그래?"

문열이 편지를 써서 보냈기에 당연히 충청도 관찰사 근처에서 머무는 줄 알았다. 헌데 계룡산 중턱의 암자라니, 영 뜬금없었다.

게다가 함께 머무는 이들은 문열이 딱히 붙여준 사람들 같지도 않았다. 대체 무슨 조합인지 요상스러웠다.

“저 암자는 뭐하는 곳이냐?”

“사주를 본다는 이야기가 있던데요.”

“뭐라? 사주?”

“예, 그 노친네가 유명한 사주쟁이라고 합니다. 해만 떴다 하면 암자 앞에 사람들이 줄을 섭니다요.”

“허면 같이 사주를 보더냐?”

“아니요, 그 젊은 도련님 두 분은 아침 일찍 밖으로 나가서서 늦게 들어오십니다. 사주 보러 오는 이들에게 물어보니 그 도련님들을 아는 사람은 아무도 없었습니다.”

사주를 보는 이와 함께 지내는데, 사주는 보지 않는다? 그것 역시 이상했다. 암자에서 끼고 있을 정도라면 도제식 교육을 하기 위함일 텐데 어찌 옆에서 스승의 시중을 들지 않고 밖으로 나다니는 건지 도통 모를 일이었다.

“너는 관찰사로 가 내가 저녁에 들른다고 전한 뒤 쉬고 있거라. 나는 좀 있다 내려가마.”

말에 기댄 채 꾸벅꾸벅 졸던 천복이 쉬라는 말에 반색하며 자리에서 일어났다. 천복이 내려가고 난 뒤 국환은 좀 더 상세히 암자를 살피기 시작했다.

작은 마당이 딸린 암자는 총 세 칸짜리였다. 활짝 열려 있는 문은 싸리문이었는데 영 얼기설기한 것이 닫혀 있다 해도 딱히 대문으로서 기능을 제대로 할 것 같지는 않았다.

암자 앞에는 쪽마루가 둘러져 있었는데 거기엔 사람들이 옹기종기 모여앉아 이야기를 나누는 중이었다. 아마 저들이 천복이 말한 사주를 보러 온 이들인 듯했다.

어느새 해가 져 주위가 어둑했다. 부엌에서 튀어나온 한 놈이 마루에 앉아 있는 이들을 모두 돌려보냈다. 이곳에서 일을 하는 종놈인 모양이었다.

어두워진 지 오래인데 한 방에서만 불빛이 새어나오는 것으로 보아 그 사주쟁이라는 양반만 집에 있을 뿐 운과 다른 사내는 여기에 없는 것 같았다.

잠시 후 부엌에서 나온 종놈이 대문 옆에 호롱을 걸었다. 아마 돌아오는 이를 반기기 위함인 듯했다. 국환이 말을 나무에 메어 둔 뒤 몸을 숙인 채 조심히 걸어 암자 가까이 다가갔다. 그리고 근처에 있는 바위 그늘에 몸을 숨긴 뒤 암자를 살폈다.

"밥 안 주냐?"

불이 켜진 방이 열리더니 노친네가 고개를 내밀었다. 사주쟁이인 모양이었다. 어둠 속에 있어 얼굴이 자세히 보이진 않았다.

"아직 도련님들이 안 오셨습니다요."

"아이구우우우, 날이 어두워졌는데 왜 아직 안 온대?"

투덜거리며 사주쟁이가 방에서 나와 마당에 섰다. 그리고 몸을 이리저리 뒤틀었다. 오랫동안 한 자리에 앉아 있었던 탓에 여기저기가 찌뿌둥한 모양이었다. 그러더니 서서 주변을 둘러보았다. 혹시나 들킬까 봐 국환이 몸을 바싹 낮추었다.

"저기 오는 거 아니냐?"

사주쟁이가 중얼거리며 문가로 향했다.

호롱불에 가까워질수록 불빛에 비쳐 서서히 제 모습을 드러냈다. 불빛이 온전히 사주쟁이를 비추는 순간, 국환이 놀라 저도 모르게 숨을 멈추었다.

대문가에 선 채 먼 곳을 보며 손을 흔드는 그 사주쟁이는, 한때 자신의 스승이었던 우도사였다. 삼십여 년 전 저가 만났을 때와 하나도 변하지 않은 얼굴을 한 우도사가 암자 앞에 서 있었다.

"스승님, 나와 계십니까?"

바로 그때 운의 목소리보다 좀 더 어리고 날카로운 목소리가 한적한 산세를 울렸다. 아마 운과 함께 다닌다는 도련님인 듯했다. 겨우 흐트러진 정신을 수습한 국환이 소리 나는 쪽을 향해 고개를 돌렸다.

운이 걸어오는 모습이 보였다. 그 옆엔 웬 젊은 사내가 함께였다. 사내는 키가 운의 어깨까지 왔고 호리호리하게 마른 체격이었다. 호롱불빛에 비치는 피부가 희고 고왔다. 아직 수염이 나지 않은 것으로 보아 생각보다 나이는 어린 모양이었다.

그런데 사내가 가까이 다가올수록, 호롱에 비치는 얼굴이 선명해질수록 무언가 이상했다. 보면 볼수록 사내라기엔 지나치게 얼굴이 고왔다. 상투를 틀고 갓을 썼지만 초승달처럼 가늘고 짙은 눈썹이나 복숭아 빛 뺨, 붉은 앵두 같은 입술과 가늘고 긴 눈에 작지만 날렵한 코는 영락없는 여인의 것이었다. 게다가 턱이 두드러지게 발달했고 광대가 불거진 운의 옆에 서자 그 곱상한 외모가 한층 돋보였다. 떡 벌어진 운의 어깨와 달리 옆에 선 사내는 도포가 할랑할 정도로 여린 몸매여서 멀리서 그림자만 본다면 영락없이 남녀의 것이었다.

"계집이다."

국환이 저도 모르게 중얼거렸다.

운이 만약 저자가 남장을 한 여인이라는 것을 모르고 있다면 그건 운이 계집에게 관심이 없는 탓이었다. 또 하나 굳이 이유를 찾자면 어지간한 사내와 어깨를 겨룰 정도로 훌쩍하니 키가 크기 때문일 거다. 하지만 아무리 그렇다 해도 눈썰미 좋은 국환마저 속일 수는 없었다.

헌데 사내 옷을 입은 계집이라는 것보다 국환을 더 당황스럽게 하는 것은 그자가 낯이 익다는 것이었다. 분명 제 기억에 있는 얼굴이었다. 어디선가 본 적이 있었다. 그러는 사이 호롱 앞에 세 사람이 섰다.

"잘 다녀왔느냐?"

"네."

운의 곁에 선 이가 고개를 살짝 숙였다. 불빛에 옆얼굴이 비쳤다. 그 순간, 그를 어디서 봤는지 기억이 났다. 국환이 엉덩방아를 찧으며 뒤로 넘어갔다.

손이 부들부들 떨리기 시작하더니 이내 온몸이 주체할 수 없을 정도로 덜덜 떨렸다. 숨이 쉬어지지 않았다. 어떻게 이런 일이 일어날 수 있단 말인가.

***

"딸년의 사주가 하도 드세어 과연 시집을 갈 수나 있을지 걱정스럽습니다."

국환은 신료들 중 가장 사주를 잘 보기로 유명했다. 그래서 국환에게 사주를 묻는 이들이 왕왕 있었다. 민항수 역시 소문을 듣고 국환을 찾아왔다.

"자네는 사주를 어지간히 안다고 들었는데?"

"소신 역시 주역과 서자평을 읽긴 했습니다만, 그저 타고난 성향을 아는 것 정도에 그칠 뿐입니다. 어찌 영상대감만큼 잘 알겠습니까. 더욱이 저는 앞날은 전혀 짐작하지 못합니다."

당파가 달라 편전에서 자주 대립하는 항수가 이토록 공손하게 구는 것을 보니 어지간히 급하구나 싶었다. 가볍게 비웃은 국환이 고개를 돌려 항수가 건넨 종이를 보았다.

"이것이 자네 딸의 사주란 말인가?"

"예, 대감께서 보시기에도 그리 사주가 드셉니까?"

대답대신 국환은 속으로 조용히 혀를 찼다. 수다한 데다 극히 치우쳤고, 칠살이라는 편관에 양인까지 있으니 여인의 사주로서는 최악이었다. 시집이나 갈 수 있을까 걱정이 될 만했다. 살면서 이 정도로 치우친 사주를 본 기억은 흔치 않았다.

"많이 안 좋은 겝니까?"

항수가 조심스럽게 국환의 눈치를 살폈다. 아무 대답도 없는 것이 영 불안했던 것이다.

"아주 치우쳤네."

뭐라 딱히 대답하기가 어려워 국환이 말을 돌렸다.

본래 사주를 볼 때 나쁜 말을 하기가 더 어려운 법이다. 게다가 아무리 반대편에 소속된 이라 한들 자식 일에 모진 말을 하기란 쉽지 않았다.

그러고 보니 이 정도로 치우친 사주는 오랜만이었다. 언제 또 이렇게 치우친 사주를 봤더라. 기억을 더듬거린 끝에 운이 잡혔다. 운이었다. 운 역시 이 사주가 이리 치우쳤다.

다른 것은 항수의 여식이 물로 치우쳤다면, 운은 불로 치우쳤을 뿐이다. 무심코 운의 사주를 머릿속으로 떠올린 국환은 어느새 해명의 사주와 운의 사주를 비교하고 있었다. 그리고 점점 국환의 얼굴에서 핏기가 사라졌다.

"왜 그러십니까?"

안색이 좋지 않은 국환을 보며 항수가 초조한 듯 손을 부볐다. 허나 그때 이미 국환의 의식은 그곳에 있지 않았다. 아주 오래전, 너무 오래전이라 있는 줄도 몰랐던, 까맣게 잊고 있었던 기억 저편을 떠도는 중이었다.

***

"서로 극하는 것끼리 만나면 부딪혀 충이 되는 것은 알겠습니다. 헌데 어찌 서로 다른 성질이 만나는데 그것이 합이 되어 또 전혀 다른 성질의 것이 나온단 말입니까?"

"천간합의 이치를 모르겠느냐?"

"예, 갑기합화토와 을경합화금은 이해가 갑니다. 큰 나무는 좁은 공간에서 살 수 없으니 끝내 말라죽어 흙이 되는 것이겠지요.

작은 나무가 큰 돌을 만나면 결국 도끼자루가 되니 돌이 되는 것과 다를 바가 없는 것 아니겠습니까. 그런데 어찌 불과 금이 만나 수가 되는 것인지, 불과 물이 만나 목이 되는지, 토와 물이 만나 화가 되는지를 모르겠습니다."

"사내인데 병화 일간이라면 그 사내에게 신금은 무엇이 되느냐?"

"정재가 되지요."

"그렇지. 허니 남녀가 만나 자식을 낳는 형상 아니냐? 사내에게 자식은 관이라, 곧 병화 일간에 자식은 수 아니더냐?"

"이제야 알 것 같습니다."

"합은 곧 생명력이다. 헌데 자연의 생명은 곧 더해지는 것에서만 오지 않는다. 모든 것이 사라질 때 새 싹이 자라기도 하지. 그렇기에 합은 충의 다른 말일 수도 있어. 무계합화가 그러하지. 마른하늘에 비가 내리면 무엇이 나타나느냐? 천둥 번개 아니더냐. 그것이 곧 무계합화의 원리다. 가끔은 정반대의 성질이 서로 부딪힐 때 새 생명이 잉태되는 법이거든. 그리고 그러한 생명이 무조건 적인 더하기보단 더 강한 힘을 가질 수도 있음이야."

"허면 남녀의 사주를 볼 때 합뿐 아니라 충도 살펴야 한다는 것입니까?"

"그렇지. 단순히 더해진다면 나쁜 것만 더해지는 결과가 나올 수도 있지만, 충은 오히려 나쁜 것을 없애줌으로써 거기서 좋은 것이 나타나게 하기도 하거든. 신살이나 공망을 없애줌으로써 귀인이 나타나기도 하고, 기구신이 충 됨으로써 용신이 되기도 하지. 그래서 사람과 사람의 만남이 오묘한 것 아니겠느냐."

"허면 오히려 치우친 사주일수록 합보다는 충이 더 중요하겠군요."

"당연하지. 하나의 오행으로 아주 치우쳤을 경우 오히려 정반대의 오행을 만나 완전히 충된다면, 나쁜 기운은 빠지고 좋은 기운은 더해지지 않겠느냐."

***

그랬다. 분명 그리 말했다. 잊고 있었다. 완전히 잊어버렸다.

그 순간 국환의 등 뒤로 진땀이 솟기 시작했다. 해명은 운과 완벽하게 충을 이루는 사주였다. 우도사에게 말로만 들었던 그 예시가 실제 존재했다.

책에나 나올 법한, 인위적으로 만들지 않은 이상 어찌 이럴 수 있나 싶을 만큼 운과 해명의 사주는 완벽하게 정반대로 충을 이루고 있었다.

둘의 사주에서 가장 문제가 되는 연주와 일주가 완벽히 충 됨으로써 양인적 기질이 깨졌다. 즉 혼자 있으면 둘 다 각자 드센 성격과 팔자지만, 만약 둘이 만난다면 그러한 기운이 빠지므로 오히려 평탄할 수 있었다.

게다가 어찌된 것인지 둘은 대운의 흐름조차 같았다. 운이 대운이 바뀌는 해에 해명 역시 대운이 바뀌었는데 운에게 재성대운이 들어올 때 해명에겐 관성대운이 들어오는 식으로 서로에게 필요한 것을 보충해주는 식이었다. 아마 우도사가 봤다면 천생연분이라며 무릎을 쳤을 사주였다.

"대감."

초조한 항수의 목소리에 번뜩 현실로 돌아온 국환이 굳은 표정을 풀기 위해 애를 썼다.

"계집의 사주 치고는 좀 유별나긴 하네만."

혹시나 떨리는 음성이 나올까 봐 국환은 목에 잔뜩 힘을 주었다. 그러고 보니 이전에 무심결에 충이 꼭 나쁜 것만은 아니라는 말을 왕에게 했던 것 같기도 하다. 안 그래도 사주에 관심이 많은 왕이 혹시나 해명의 사주를 보게 된다면, 분명 운의 사주와 맞춰볼 것이다.

국환뿐 아니라 관상감에게도 물어볼 게 분명하다. 혹시나 관상감 중 누구 하나라도 충이 나쁜 게 아니라는 말을 하게 된다면, 오히려 해명의 사주가 운에겐 더 좋을 수 있다고 간한다면, 왕은 앞 뒤 가리지 않고 당장에 빈궁으로 삼으려들 것이다.

그리되면 국환이 꿈꿨던 것이 모두 물거품이 될 거다. 아들도 없는데 딸조차 범부의 아낙으로 끝난다면 생의 의미가 없었다.

"자네 딸의 사주를 누구에게 보여준 적이 있나?"

"아니요, 대감이 처음이지요. 딸자식의 사주를 어찌 아무에게나 보여줄 수 있단 말입니까."

하지만 이 사주가 제게 먼저 보여진 것은 하늘이 자신을 살리려 함이었다. 하늘의 뜻은 여전히 제게 있었다. 국환이 비로소 안도하며 여린 미소를 띤 얼굴로 항수를 보았다.

"나라면 어서 시집을 보내겠네. 이런 사주는 오히려 시집을 가면 훨씬 나아지거든."

"그렇습니까?"

"사주란 게 그리 간단한 게 아니야. 아주 흉한 것처럼 보이는 사주도 시기와 사람을 잘 만나면 그게 복으로 바뀌기도 하니 말일세. 혼처를 잘 고른다면 그 가문에는 자네 여식이 복덩이가 될 수도 있음이야."

항수의 얼굴이 순식간에 환히 밝아졌다.

"혹시 마음에 둔 사윗감이 있나?"

"딸아이가 책 읽는 것을 좋아합니다. 그래서 이왕이면 학풍이 있는 가문으로 보내고 싶사옵니다."

심지어 똑똑하기까지 하구나. 하긴 사주를 보면 의당 그러할 계집이었다. 국환이 재빨리 제가 봤던 사주들을 떠올렸다. 그 중 소년등과는 하나 명이 길지 않은 이가 떠올랐다.

"직제학네 둘째가 괜찮다고 소문이 자자하지. 어떤가?"

"직제학 대감의 집이라면 두말할 것이 없지요. 사실 저도 그 집을 염두에 두고 있었습니다만, 입이 떨어지지 않아서 말입니다. 그 집에 저희 아이가 시집가도 괜찮겠습니까?"

국환은 해명이 시집가서 잘 살길 바라지 않았다. 만약 그리된다면 항수가 기뻐 제 딸의 사주를 여기저기 떠들고 다닐지도 모를 일이었다. 아마 거기에 국환이 사주를 잘 본다는 말까지 덧붙인다면, 그리고 그것이 왕의 귀에 들어가기라도 한다면!

생각만으로도 온몸에 소름이 돋을 정도로 끔찍한 일이 아닐 수 없었다.

"내 도와주겠네."

"정말이십니까?"

살아있되 사는 꼴이 아니게 만들어야 했다. 청상과부가 된다면 좋을 것이다. 양가의 압박을 받아 스스로 자결한다면 더할 나위 없었다. 양인이 사주에 두 개나 있으니 제가 마음만 먹는다면 충분히 자결할 수 있는 성정이었다.

"자네 딸 같은 사주는 오해를 받기 쉽지. 혼처를 정하기 쉽지 않을 게야. 보이는 게 다가 아닌데 안타까운 일이지. 아주 영민한 여인이니 시집가면 분명 현모양처가 될 걸세."

"저도 그리 생각합니다."

"내 직제학께 잘 말씀드려 주겠네. 염려 마시게."

"감사합니다, 정말 감사합니다."

항수가 이마가 땅에 닿을 정도로 몇 번이나 인사했다. 어느새 터질 것처럼 뛰던 국환의 심장이 제 속도로 돌아와 있었다.

***

그 길로 곧장 국환은 직제학 최순을 찾아가 항수의 여식과 혼사하라 적극 추천했다.

최순은 썩 내키지 않아 했으나 국환은 보이는 것과는 다르다고 설득했다. 그리하여 결국 국환의 도움으로 둘 사이의 혼인이 추진되었다. 하지만 혼례를 치르기 전 최순은 불의의 사고로 아들을 잃었다.

최순은 혹시나 혼사 때문이 아닐까 생각했는지 장례를 치르자마자 국환을 찾아와 따졌다.

"어리석은 소리! 혼례도 치르지 않아 아직 합되지 않았으니 지금 죽은 것은 제 팔자이지, 어찌 그것을 여자 탓이라 할 수 있단 말인가! 그런 말씀은 입도 뻥긋하지 마시게."

혹시나 해명의 사주를 떠벌리고 다닐까 봐 겁이 나서 국환은 펄쩍 뛰며 최순을 단속했다.

"허나 그 여인이 자네 집으로 들어간다면 그때부터는 자네 식구일 테니, 이야기가 달라지지. 찝찝하면 친정에 머물게 하고 이 혼사는 애초에 없던 일로 생각하면 되지 않겠나."

입이 불퉁하게 튀어나온 최순은 국환의 말을 듣는 둥 마는 둥 했다. 그리고 얼마 지나지 않아 십 년은 늙은 듯한 항수가 국환을 찾아왔다.

"대감께 면목이 없습니다."

"나야말로 자네를 볼 낯이 없네. 어찌 일이 그리 되었는지, 내가 중신을 잘못 섰어."

"어찌 그것이 대감의 탓이겠습니까. 제 딸년의 팔자가 드센 것을요."

"그리 생각지 마시게. 우연히 그리된 것이지 그게 어찌 사주 탓이겠나."

"남편도 없이 생과부로 시댁에 들어가 살아야 하는데, 잘 살 수 있을지 걱정입니다. 혼인도 하기 전에 남편 잡아먹은 년이 되었는데, 혹여나 시댁에 무슨 일만 생겼다 하면 다 저희 딸 잘못이 되지나 않을지……."

항수가 한숨을 푹푹 내쉬었다. 팔자가 드세다고는 하나 똑똑하고 어여쁜 딸이라 애정이 큰 만큼 상심도 큰 듯했다.

"앞날이 대체 어찌될지, 관상감에 물어볼까 싶기도 합니다. 대감께선 그리 말씀하시지만 청상이 된 걸 보면 사주가 영 틀린 건 아닌 것 같고, 혹여나 앞날이 더 나빠 가문에 해가 된다면 시댁에 보내는 것보다 제가 데리고 있는 게 나을 것 같아서요."

아마도 항수는 국환이 다 알면서도 제게 모진 소리를 못한 모양이라고 생각하는 듯했다.

"관상감에 굳이 뭐하러 물으려고? 사주가 사람의 앞날을 다 알려주는 것도 아닌 것을."

국환이 만류했으나 항수는 아무런 대꾸가 없었다. 결사적으로 말렸다간 이상하게 볼 것 같아 어쩔 수 없이 그냥 돌려보내야 했다. 그리고 항수가 돌아간 뒤부터 국환은 초조해졌다.

해명의 사주는 누가 봐도 특이하다고 할 만한 사주였다. 만약 인구에 회자되기라도 한다면 기껏 국환이 애써놓았던 모든 것이 소용없는 일이 될 것이다. 아니 어쩌면 애썼기에 더 이상한 시선을 받을 위험이 있었다. 싹을 자른 줄 알았는데 계속 자라고 있었다. 이런 식이라면 아예 도려내야 했다.

그날부터 국환의 은밀한 작업이 시작되었다. 항수는 젊은 시절 충헌의 사람이었다. 다만 학문이 높고 청렴한 인품이라 선왕에게 예쁨을 받아 충헌과 그 측근이 모두 숙청될 때도 몸을 피할 수 있었다.

세자와 세자빈의 자식은 모두 사망했으나 세자가 다른 후궁에게서 본 자손들은 귀양 갔을 뿐 아직 살아 있었다. 국환은 은밀히 최순을 불렀다.

"자식의 일로 아직 상심이 큰 걸로 아네."

"예."

뚱하게 대답하는 것이 여전히 마음이 다 풀리지 않은 듯했다.

"그래도 며느리로 받아들이기로 했다면서?"

"법도가 그렇지 않습니까."

"내 자네에게 아무래도 영 미안해서 말이야. 이러면 안 되는데, 알려주려 하네."

"무엇을 말입니까?"

"소문 들었나? 죽은 세자마마의 자식을 추대하려는 무리가 있다는 말이 있어."

"죽은 세자마마의 자식이라면 홍상궁의 아들 말입니까? 지금 탐라도로 귀양 가 있지 않습니까?"

"그렇지. 죽은 세자마마의 측근이었던 이들이 아직 미련을 못 버린 모양이야. 쉬쉬하는 이야기가 있어. 아직 실체를 다 파악하지 못해 전하께는 말씀드리지 못했네."

"죽은 세자마마의 측근이라면 민대감도 포함되지 않습니까."

"아직 민대감이 연루되었는지는 알 수 없으나, 측근이긴 했지. 선왕의 총애를 받아 화를 면하긴 했으나."

최순의 눈이 번쩍 했다. 국환이 무엇을 귀띔하는 것인지 깨달은 것이다.

"며느리로 인해 화를 입으면 안 되지 않나."

"그렇지요. 들이기도 전에 아들을 잃은 것도 분한데 가문까지 피해를 입어서야 되겠습니까."

"아직 확실한 일은 아니나……."

"영상께서 어디 경거망동 하시는 분이십니까!"

최순이 분기탱천했다. 국환은 굳이 말리지 않았다.

그 뒤 일은 국환이 굳이 개입하지 않아도 알아서 진행되었다. 항수에 대한 풍문탄핵이 이루어졌고, 믿었던 신료에게 배신당한 왕은 분개했다.

순식간에 정국은 요동쳤다. 충헌세자와 가까이 지낸 여러 신료들은 귀양 가거나 사약을 받았다. 아무 증좌는 없었으나 민항수는 어느 순간 가장 중심인물이 되어 있었다. 정치란 그랬다. 아무 죄가 없어도, 증거가 나오지 않아도, 일단 입에 오르내린 이상 물러나야 했다.

"아버지! 아버지!"

유배지로 떠나는 항수의 발아래 매달려서 해명이 울부짖었다. 키가 크지만 골격은 가늘었고, 피부가 희고 이목구비가 오목조목한 것이 미인이라 할 만했다.

"어울리는구나."

멀리서 항수가 귀양가는 것을 보고 있던 국환이 해명의 모습을 보고 저도 모르게 중얼거렸다. 새하얀 피부, 키는 크지만 여린 골격등은 운과 정반대였으나 그래서 매우 어울리는 한 쌍이었다.

아마 나란히 선다면 꽤 볼만할 것이다.

허나 이미 국환이 이 모든 것을 먼저 안 것 자체가 피치 못할 운명이었다.

땅에 쓰러져 우는 해명을 등 뒤에 둔 채 국환이 냉정하게 돌아섰다. 다 끝났다. 다시는 해명으로 인해 걱정할 일은 없을 것이다. 국환은 이제 안전했다.

***

안전한 줄 알았다. 안전할 줄 알았다. 해명이 운과 함께 산에서 머물고 있을 줄은 꿈에도 몰랐다. 어찌 그것을 상상이나 했으랴.

어떻게 산을 내려왔는지, 기억에 없었다. 정신을 차렸을 때는 충청도 관찰사 앞이었다.

다리에 힘이 풀려 말을 매어둔 곳까지 기어간 까닭에 옷이 엉망이었다. 관찰사가 보이고 나서야 국환이 제 몰골을 살필 정신이 생겼다. 얼른 옷에 묻은 흙을 털고 갓을 바로 썼다. 여전히 심장은 터질 것처럼 뛰고 있었다.

미리 도착한 천복이 말해둔 덕에 입구에서 자신을 밝히자 곧장 나졸이 안으로 안내했다. 이미 후원에 술상이 차려져 있었다. 국환이 자리에 앉고 얼마 지나지 않아 곧장 문열이 달려왔다.

"죄송합니다. 갑자기 급한 일이 생겨 좀 처리하느라 기다리시게 했습니다."

"무얼. 갑자기 찾아온 내가 잘못이지. 얼마나 바쁘신가. 고생이 많으시네. 이리 가까이 오시게."

국환이 문열에게 술잔을 내렸다. 다행히 술병이 든 손을 떨지 않을 정도로 마음이 가라앉은 뒤였다.

"이젠 제가 한 잔 올리겠습니다."

"그러지."

술잔이 도는 동안 국환은 제가 할 말을 머릿속으로 정리하기 위해 애썼다. 문열은 똑똑한 자였다. 자칫 실수로 어떤 빌미도 줘선 안 될 일이었다.

겉으로는 태연을 가장했으나 국환의 머릿속은 매우 바쁘게 움직이고 있었다. 두 번째로 빈 잔을 내려놓고 나서야, 국환은 겨우 문열을 향해 그럴싸한 미소를 지을 수 있었다.

"저하가 어찌 지내시나, 궁금해서 왔다네. 자네를 못 믿어서가 아니라, 전하의 어심을 살피는 게 영의정이 할 일이라, 한 번은 확인하는 것이 내 맘도 편하고 전하께서도 안심하실 거 같아서 말일세."

"예, 무슨 말씀이신지 잘 아옵니다. 어찌 세자께서 사가에 계신데 전하께서 걱정을 아니 하시겠습니까."

"나도 걱정이 되고."

"압니다."

문열은 국환을 그다 좋아하지 않았다. 문열의 눈에 국환은 나이에 비해 지나치게 노회한 정치인처럼 보였다. 젊은 만큼 급진적인 문열은 정치적으로 국환과 대립한 적도 여러 번이었다. 허나 운에 대해서만큼은 둘의 의견이 같았다. 그래서 국환이 운을 걱정했다는 이야기를 문열은 사심 없이 받아들였다. 적어도 운에 대한 것은 믿어도 되고 의논해도 되는 사람이라고 생각했기 때문이다.

“어디서 지내시나? 이 근처에 있으신가?”

“아니요, 산 중턱에 있는 암자에서 지내십니다.”

국환이 문열을 유심히 살폈다. 허나 딱히 무언가를 숨기려는 모습은 보이지 않았다. 오히려 무얼 하문하든 다 대답하겠다는 듯한 태도였다.

“누구와 지내시나?”

“제가 저희 감영에 있는 아이 하나를 붙여두었습니다.”

“그럼 암자엔 저하와 그 아이, 둘뿐인가?”

“아니요, 더 있는 듯한데 누구인지는 잘 모릅니다.”

문열이 대답하며 무안한 듯 웃었다. 국환의 추궁에 난처해하긴 했으나 그건 숨기고 싶은 게 들켜서가 아니라 정말 제가 잘 모르고 있다는 것이 민망해서인 것 같았다.

“아니 국본을 자네에게 맡겨 달라고 그리 큰소리를 치시더니, 누구와 어울리시는지 모르겠다니 그게 무슨 소린가?”

국환이 술상을 내려치며 버럭 고함을 질렀다. 문열이 어쩔 줄 몰라 하며 고개를 숙였다.

“저하가 세자라는 걸 그들이 모른다고 했습니다. 아직은 알리고 싶지 않다구요. 평범한 신분으로 사가 생활을 하고 싶다고 하시기에…….”

“저하의 뜻은 이해하나, 아무리 그렇다 해도 누구와 함께 계신

지는 알아야 할 거 아닌가? 같이 지내는 이들이 이상한 사람들이면 어찌할 것이야?"

"누군지는 모르지만 그런 것 같지는 않았습니다."

다급한 대답이었으나 말투는 꽤 확신에 차 있었다.

"어찌 그러한가?"

국환의 질문에 문열은 운과 있었던 일을 상세히 고했다. 이야기하며 문열은 그때의 감정이 되살아나 감격해했으나 그 말을 듣는 국환은 점점 질리는 제 표정을 감추기 위해 애를 써야 했다.

"제가 떠나올 때 비해 어찌나 성숙하게 자라셨는지, 놀라울 정도였습니다. 대감께서 저하와 함께 있는 이의 신분을 상세히 알려고 하시는 이유는 저하에게 나쁜 일이 생기지 않을까, 걱정되기 때문이 아닙니까. 허나 그자는 저하에게 좋은 영향을 주는 이였습니다. 그래서 굳이 어느 집 어느 아들인지 밝혀내려 애쓰지 않았습니다. 저하께서 직접 자신이 누군지 말한 후 제게도 소개시켜주신다기에 그것을 믿고 기다리는 중입니다."

"박감사가 그리 판단했다면 그것이 옳겠지. 오죽 똑똑한 사람인가."

말과 다른 제 속마음이 들킬까 봐 국환이 술잔을 드는 척 고개를 숙였다. 심장이 뛰었다. 운이 성장하고 있었다. 그것도 제가 원치 않는 방향으로 자라나고 있었다.

게다가 그 성장을 촉발시키는 게 해명이었다. 그리고 그들과 함께 있는 이는 제 스승이었던 우도사다. 무엇을 가르칠지, 무엇을 배울지 눈에 선했다.

낮에 운과 해명이 집을 비웠던 이유도 알 것 같았다. 자연을 통해 오행을 배우라고 시켰기 때문일 거다. 자연을 통해 오행을 배우고 깨닫는다면 운은 제 사주에 얽힌 비밀을 알게 될 게 분명했다. 아니 어쩌면 우도사는 이미 그 비밀을 알아냈을 수도 있다.

그는 삼십 년 전에도 최고의 사주쟁이었다. 삼십 년 동안 수련했다면 지금은 살아있는 도사래도 과언이 아닐 거다. 어쩌면 한눈에 운의 사주를 알아맞혔을 수도 있다.

우도사 정도의 수련을 한 이라면 운의 외모만 보고도 충분히 유추할 만했다. 어쩌면 벌써 다 알고서 해명과 운을 붙여둔 것일 수도 있었다. 그렇다면 이미 국환의 손을 떠난 일이었다. 눈앞이 아득했다.

만약 제 진짜 사주를 알게 된다면 운은 사주를 숨긴 이유를 의심할 것이다. 그리고 사주를 숨긴 이가 국환이라는 것을 알게 된다면 의심은 확신으로 변할 것이다. 그러다 억지로 묻었던 빈궁의 죽음에 대한 비밀을 다시 끄집어내게 된다면?

사주를 모를 때야 그냥 넘어갔지만, 알게 된 지금 운은 결코 그냥 넘어가지 않을 것이다. 수진을 빈궁으로 밀어 넣은 것까지 더해지면 국환은 빼도 박도 못할 판이었다.

거기다 해명의 혼인을 주도한 것과 이번 사화를 움직인 이가 국환이라는 게 드러난다면? 순간 온몸에 소름이 돋았다.

대체 이걸 어디서부터 어떻게 바로잡아야 할지 감이 오지 않았다. 이리 아무런 대책도 없기는 처음이었다. 정신이 저 먼 곳을 떠돌고 있었다. 아무리 애를 써도 현실로 돌아오지 않았다.

"그래도 그리 걱정되십니까?"

굽이굽이 이어지는 생각에 빠져서 잠시 표정 관리를 못한 사이, 문열이 걱정스럽게 국환의 얼굴을 살피고 있었다.

문열은 국환이 운을 걱정한다고 믿고 있는 듯했다. 이럴 땐 애써 표정을 바꿔서 아닌 척하는 것보단 본인이 보고 싶은 대로 보게 하는 게 더 나았다. 국환이 굳은 얼굴 그대로 고개를 끄덕였다.

"이해하시게. 나이가 들면 낙엽 떨어지는 소리도 천둥처럼 들리는 법이라네."

"예, 그래서 저도 사람을 붙여둔 것입니다. 매일 보고를 받고 있습니다. 잘 지내고 계시다고 합니다."

"그래, 자네가 오죽 잘하겠나. 전하께 내가 알아서 잘 말씀드리겠네. 걱정 마시게."

"예."

"근데 겨울에 산이라니, 지내시기 힘들지는 않을까?"

"계룡산은 겉으로 웅장해 보이는 것과 달리 산세가 아주 험한 산은 아닙니다. 그래서 산에서 사는 사람들도 많습니다. 또 저하가 계신 암자는 특히 지내기 어렵지 않은 곳에 위치해 산이라 해도 계시는데 불편하진 않을 것입니다."

산에서 사는 사람들이 많다, 라는 이야기를 듣자 국환의 머리를 스치고 지나가는 생각이 있었다. 그 생각이 떠오른 순간 마치 무너진 하늘에서 한줌 햇살이 비치는 기분이었다.

긴장하여 떨리는 손끝을 숨기기 위해 국환이 빠르게 술잔을 내려놓고 상 아래로 제 손을 숨겼다.

"산에 사는 사람이 많다 함은, 도망친 이들이 많단 소리구먼."

"예, 막으려 애를 쓰지만 야반도주하는 백성들이 많습니다. 그들을 탓할 순 없지요. 아직 전란으로 인한 피해가 극복되지 않았으니까요."

"내 듣기로는 그런 산엔 비결서가 떠돈다고 하던데?"

문열이 놀라서 눈을 동그랗게 떴다.

"어찌 아십니까? 저도 이곳에 와서야 그러한 것이 있다는 이야기를 들었는데요."

"영의정이 그런 것도 몰라서야 되겠나."

삼십여 년 전 우도사에게 처음 들었던 비결서였다. 그때 들었던 것을 삼십년 만에 이런 식으로 말을 꺼내게 될 줄은 꿈에도 몰랐다.

"그놈의 비결서 때문에 하 흉흉하여 가지고 있기만 해도 역모라는 방을 붙이기까지 했습니다. 하도 망측하여 전하께 어찌 보고를 드려야 할지 모르겠습니다."

"자네도 본 적이 있나?"

문열이 어렵게 고개를 끄덕였다.

"무슨 내용이던가?"

"몹쓸 내용입니다."

"가지고 있나?"

"보고를 올려야 하니, 보관은 하고 있지요."

국환의 입 꼬리가 씰룩거렸다. 웃지 않기 위해 애를 쓰며 국환이 말을 이었다.

"역모에 대한 내용이 있는 거구먼. 그래서 망측한 게야."

"예, 하도 괴이한 이야기라 진지하게 전하께 보고하기도 그렇고, 그렇다고 해서 잡소리라 무시하기도 그렇고, 어찌해야 할지 모르겠습니다."

"내게 주시게. 내가 전하께 말씀드리겠네."

"그리해주신다면 감사하지요."

살았다. 이제 다 되었다. 운명은 참으로 얄궂게도 순간순간 제가 정말 자격 있는 인물인지 시험하곤 했다. 운이 예상대로 태어나지 않았을 때, 아들이 죽었을 때, 뜬금없이 해명이 나타났을 때, 국환은 제 운이 끝난 줄 알았으나 그때마다 늘 새로운 기회가 있었다. 이번에도 그랬다.

헌복과 해명, 운이 함께 있다니 이건 제가 죽는 길밖엔 방법이 없다 싶었으나 그저 이건 도전이었을 뿐 끝은 아니었다. 정말 제가 모든 것을 다 가져도 되는 이인지, 하늘이 확인한 것에 불과했다. 이제 이 고비를 넘기면 정말 끝이었다.

국환이 술잔을 들어 한 번에 비웠다. 술이 달았다. 비로소 문열이 아주 맛있는 술을 올렸다는 걸 깨달았다.

***

불을 끄고 자리에 누운 지 오래지만 정신은 또렷했다. 바로 옆에 누운 해명의 숨소리를 좀 더 선명하게 듣기 위해 운은 제 숨을 골랐다.

참으로 미쳤다고 생각하면서도 이 밤이 함께 지내는 마지막 밤이라 생각하자 가슴이 저몄다.

사람이란 참으로 간사한 동물이었다. 스스로가 끔찍하다고 생각할 때만 해도 한시라도 빨리 죽었으면 싶기만 하더니, 조그마한 희망의 빛이 보이는 순간부터 참으로 맹렬히 살고 싶어졌다.

그는 너그러운 사람이니까, 많은 경험을 했고 다양한 사람을 만났다고 하니까, 스스로도 경계가 없는 성격이라고 하니까, 어쩌면 자신의 마음을 헤아려줄 수도 있지 않을까.

감히 바랄 수도 없는, 바래서도 안 되는 소원을 어느새 빌고 있었다. 미친놈이라 자조하면서도 조금씩 커져가는 희망을 다 누를 수는 없었다.

죽지 않고 살아서 그의 곁에 있고 싶었다. 제 마음을 다 받아주지 않아도 괜찮았다. 욕하고 침 뱉으면서 멀리하지만 않는다면, 그저 곁에 머무는 것을 허락만 해준다면 그것만으로도 좋을 것 같았다.

친구로 가까이 머물면서 그와 세상에 대해 사람에 대해 이야기 나누며 웃을 수 있기를 바랐다. 그게 지금으로선 운이 원하는 전부였다.

규칙적이던 해명의 호흡이 잠시 끊겼다가 이어졌다. 긴장한 운이 숨을 멈추었다. 해명의 호흡이 고르지 않았다. 잠들지 않은 것이다.

운의 가슴이 뛰었다. 어느새 운이 해명을 향해 몸을 모로 세웠다. 어둠 속에서도 해명의 얼굴은 선명하게 운의 두 눈에 박혔다.

"주무시오?"

"아직 안 자오."

반듯이 누워 있던 해명이 고개를 돌렸다. 어둠 속에서 두 사람의 눈이 마주쳤다. 뚫어져라 보는 시선이 무안하여 해명이 고개를 돌렸다.

"난 내일 한양으로 갈 기요."

"뭐요?"

놀란 해명이 고개를 돌려 운을 보았다. 아니, 갑자기 왜 또 한양으로 간다는 건지 도무지 모를 일이었다. 이미 며칠 전에 다 끝난 이야긴 줄 알았는데 이 밤에 왜 또 새로 시작하는 건지 이해할 수 없었다.

"걱정 마시오. 갔다가 곧장 내려올 거요. 약조하리다."

다 안다는 듯 운이 빙긋 웃었다.

"완전히 이곳에 내려오려고 가는 거요. 나도 그대처럼 다 정리하고 출가하려 하오."

"출가? 아니 대체 그게 뭔 소리요?"

견디다 못한 해명이 자리에서 벌떡 일어났다. 그런 해명을 물끄러미 보던 운이 천천히 자리에서 일어났다. 어둠 속에서 두 사람이 마주 앉았다.

"전에 그대에게 말할 때 나는 죽으려 했었소. 나는 애초에 잘못 태어났으니, 죽는 게 모든 것을 바로잡는 일이라고 생각했었소."

"그런데?"

"그런데 그대 말을 들으니, 꼭 그것만이 다가 아니란 생각이 들었소."

"그래, 그런데 왜 출가를 한단 거요?"

답답한지 해명이 몸을 끌어당겨 운 가까이 다가갔다. 운은 움찔했으나, 뒤로 물러나진 않았다.

"죽어야만 되겠다는 생각을 할 정도로 내 인생은 이미 너무 많이 궤도를 이탈했소. 모두를 기만한다면, 그럴싸한 채 살 수도 있겠지만 난 그렇게까지 살고 싶진 않소. 그리 사는 건 정말 최소한의 인간도 안 되는 놈인 건데, 그렇게까지 되고 싶진 않기 때문이오. 내가 아무리 애를 써본들 이미 틀린 건 어쩔 수가 없는 거요. 그래서 죽으려 했소. 이미 다 틀린 인생이라서 말이오. 허나 어쩔 수 없다 해서 인생이 끝난 건 아니라는 걸 그대가 내게 알려주었소. 그래서 나는 죽는 대신에 전혀 새로운 삶을 살려고 하오. 그대가 출가한 것처럼."

"대체 무엇이 그리 잘못되었기에 죽거나 출가하는 것 외엔 방법이 없단 거요?"

운이 쓰게 웃었다.

"아주 많이, 많이, 다 잘못되었소."

"아니, 그러니까 그게 대체 뭐냔 말이오."

해명이 조금 더 운에게 가까이 다가갔다. 어느새 둘의 무릎이 닿았다. 운이 자신도 모르게 해명을 향해 손을 뻗으려다 스스로를 자제하며 주먹을 쥐었다.

"지금은 말해주기가 그렇소. 대신 한양에서 정리를 하고 돌아오면 다 말해주겠소. 내가 누구였는지, 어떤 삶을 살려 했는지 그리고 그것을 왜 포기하기로 했는지, 전부 다 그대에게 말해주리다."

차분하고 진중한 태도였다. 차마 더 따질 수가 없어 해명이 엉덩이를 밀어 뒤로 물러났다.

그 순간 운이 해명의 무릎을 덥석 잡고 제 쪽으로 끌어당겼다. 순식간에 내쉬는 숨결이 느껴질 만큼 둘은 가까워졌다.

"대신 하나만 약조해주시오. 내가 모든 것을 다 말해준 뒤에도 내 인생은 잘못된 게 아니라고 말해주겠다고. 도망치거나 두려워하지 않고, 나를 있는 그대로 받아들여주겠다고."

조금의 표정 변화도 놓치지 않겠다는 듯 운의 두 눈이 정신없이 해명의 얼굴을 돌아다녔다. 대단히 절박해 보였다. 해명이 저도 모르게 고개를 끄덕였다.

"그러리다. 약조하리다."

안심했다는 듯 운이 그제야 붙들고 있던 손에 힘을 풀었다. 해명이 덥석 그 손을 맞잡았다. 두 사람의 거리가 다시 가까워졌다.

"나에게 말하지 않은 것이 그리 많소?"

"많소. 아마 사실을 다 알면 크게 놀랄 거요. 그래도 절대 도망치면 안 되오."

다시 한 번 확인하는 운의 말에 해명이 말없이 고개를 끄덕였다. 아무렴 무슨 비밀이 있다 한들 저만 하랴 싶었다. 그러다 문득 완전히 출가하여 이곳에 온다는 말이 떠올랐다.

"출가하면 이 암자에서 계속 지낼 셈이오?"

"그대가 쫓아내지만 않는다면……."

비 맞은 강아지 같은 표정으로 운이 해명을 쳐다보았다.

"아니 뭐 굳이 쫓아낼 생각은 없지만……."

그렇다고 계속 같이 살 수는 없는 노릇이었다. 저 역시도 운에게 다 고백하지 못한 커다란 비밀을 숨긴 처지였다. 계속 한 방을 쓰는 건 끝내 문제가 될 것이다. 해명이 운을 붙든 손에 힘을 주었다.

"나도 그대에게 숨긴 게 하나 있소."

"그게 뭐요?"

"지금은 말 못하오. 그대가 다시 돌아와 먼저 고백하면 그때 나도 말해주리다. 대신 그대도 약조해주시오. 내가 사실을 고백한 뒤에도 날 이상하게 보지 않겠다고."

어둠 속에서 운의 목울대가 움직이는 것이 선명하게 보였다. 침을 꿀꺽 삼킨 운이 크게 고개를 끄덕였다.

"그러리다. 내가 남에게 뭐라 할 처지는 아니니 말이오. 그대가 무슨 비밀을 숨겼다 한들 내 것보다 크진 않을 테니까."

똑같은 말을 해명이 운에게 해야 할 처지였으나 굳이 되받아치진 않았다. 무슨 말을 한다 한들 상상도 못할 게 분명했다.

"여튼 나중에 우리 서로 탓하지 맙시다."

"그럽시다."

서로에게 맹세한 운과 해명이 나란히 이불 위에 누웠다. 상대에게 궁금한 게 차고 넘칠 만큼 많았으나 그랬다간 제 이야기를 먼저 털어놓아야 할 판이라 캐물을 수가 없었다.

잠이 올 것 같진 않았지만 자는 척이라도 해서 이 밤을 넘겨야 했다. 눈을 뜨면 해가 떠 있길 바라며 운과 해명이 애써 잠을 청했다.

***

초간택 된 여인들의 사주를 관상감에서 올렸다. 가장 위에 수진이 올라와 있었다.

국환이 그것을 물끄러미 보다 조용히 덮었다. 서교수가 의외라는 듯 국환을 보았다.

"초간택을 좀 미루지."

"예? 전하께서 급히 하라고 하시지 않으셨습니까."

"세자저하께서 지금 사가에 나가 계시지 않나."

어차피 왕실의 혼례는 당사자의 의사와 상관없이 진행되는 일이었다. 갑자기 이제 와서 당사자의 부재를 문제 삼는 것이 서교수는 이해가 되지 않았다.

"그래도 일의 진행상황 정도는 전하와 저하께 같이 보고 드리고 싶어 그러네. 전하와 저하가 함께 계실 때 내 보고 드리겠네."

"그리하시지요."

재혼인 데다 운이 나이가 적지 않으니 아무래도 무시하고 진행하긴 부담스러운 모양이라고 서교수는 제 편할 대로 생각했다.

"아 참, 그리고 석천군 마마의 사주가 어찌 되나?"

"갑자기 석천군 마마는 왜?"

"이미 혼례를 하실 나이가 훨씬 지나지 않았나. 아무리 영빈께서 아들을 끼고 지내고 싶으시다 해도 법도가 있지 한정 없이 내버려둘 수는 없는 노릇 아닌가. 저하의 혼례가 마무리되면 석천군 마마의 혼인도 의논해야 할 성싶네. 그래서 그 전에 사주부터 한 번 보려 하네."

이건 완전히 이해할 수 있었다. 운과 나이 차이도 얼마 나지 않는데 운이 재혼을 할 동안 한 번의 혼례도 치르지 않았으니 말이다. 서교수가 곧장 강의 사주를 써서 바쳤다.

"이것이 석천군 마마의 사주이옵니다."

"외우고 있군."

"왕실의 사주를 외우는 것은 명과학겸교수의 당연한 일 아니겠습니까."

"자네가 보기에 석천군마마의 사주는 어떠한가?"

"경술(庚戌)년 기묘(己卯)월 계사(癸巳)일 정사(丁巳)시 생이시니 영빈께서 종종 걱정하시는 것처럼 여자가 많아 걱정되는 사주긴 합니다. 기운이 약한 대신 작고 명랑하니 주변인들과 화합하여 잘 지낼 성격이지요. 월주가 장생이니 좋은 가문에서 축복받아 태어난 데다 인물도 훤하고 거기에 도화까지 있으니 어찌 만인이 사랑하지 않겠습니까. 일주, 월주, 시주에 모두 천을귀인이 들었으니 무병장수까지 할 팔자라 왕가의 아들로 태어난 것치곤 별 탈 없이 평탄히 일생을 살지 않을까 생각됩니다."

반가의 자식이었다면 신약한 데다 계집은 많고, 재생관은 되지 않으며 월지 식신이 관을 도와주지 않으니 썩 선호하지 않을 사주였으나, 벼슬을 하지 못하는 왕가의 자손으로서는 일생을 여유롭고 복되게 살 팔자라 좋다고 할 만했다.

"올해는 어떠신가?"

"올해가 기사년이니 재생관 구조라, 반가의 자식이었다면 능히 과거 합격을 노려볼 만하나, 지금 석천군께는 딱히 별 다른 일이 있겠습니까."

"편관이구만."

"예, 대신 재성이 들어오니 올해 혼인하시지 않을까요?"

편관은 칠살이니 왕가의 자식에게 편관운이 들어온다는 건 역모를 일으킬 수도 있는 힘이라고 오해받을 수 있었다. 그래서인지 서교수도 편관에 대한 이야기는 하고 싶지 않은 듯했다. 허나 국환은 그 편관의 힘을 무심히 넘길 수 없었다.

특히 내년부터 이 년간 인성운이 들어오는 데다 그 뒤 이십 년은 비겁운이라 일간이 힘을 받으니, 능히 큰일도 해낼 만했다. 세운이나 대운의 흐름은 나쁘지 않았다. 마음을 졸이던 국환은 비로소 가슴을 쓸어내렸다.

숨을 크게 들이마셨다가 내쉴 때마다 가슴팍에 숨겨둔 비결서의 딱딱한 감촉이 느껴졌다.

편관을 칠살이라 하여 무섭게 여기는 것은 그것이 상을 뒤엎을 힘이었기 때문에 그러했다. 허니 잘못 쓰면 살이 되어 나를 상하게 하지만 잘 쓴다면 세상을 바꿀 수도 있었다.

"애쓰셨네. 내 정리해서 전하께 말씀 드리겠네."

"예."

서교수의 어깨를 두어 번 두드려 격려한 국환이 빈청을 나섰다.

***

"이것이 무엇인가?"

문상궁이 내민 책을 뒤적거리며 강이 인상을 찌푸렸다.

"영상께서 아씨를 신경써주신 것이 감사하다며, 보내신 것입니다."

고개를 조아리며 고하는 문상궁의 말에 강의 눈에 불이 번쩍 튀었다.

"영상께서 보내셨다?"

"예, 곧 전하께서 찾으실 터이니, 그때 그것을 가지고 오시라고 하셨습니다."

강이 눈을 가늘게 뜬 채 문상궁을 뚫어져라 쳐다보았다.

문상궁이 대체 얼마나 알고 있는지, 어디까지 알고 있는지, 완전한 제 사람인지 궁금했다. 이미 국환이 수족처럼 부리는 것을 보면서도, 강은 일생 동안 궐에서 산 까닭에 누구든 쉽게 믿지 않았다. 언제나 암투가 서려 있는 궐에서 사람은 가장 믿을 수 없고, 믿어선 안 되는 존재였다.

"그리고 또."

낮게 목소리를 낮춘 문상궁이 가까이 다가왔다.

"이따 밤에 아씨께서 후원에서 기다리시겠노라 전해 달라고 하셨습니다."

그제야 비로소 강의 얼굴에 웃음이 서렸다.

"알겠다."

그때였다.

"마마, 세자저하께서 입궁하셨다고 하옵니다."

사복시에 심어둔 아이였다. 강이 놀라 자리에서 벌떡 일어났다.

"이 일을 어찌……. 어찌 이리 빨리……."

당황하여 강의 발걸음이 제자리를 맴돌았다.

"아마 지금쯤 영상께서는 편전에 드셨을 것입니다. 허니 마마께서는……."

문상궁과 강이 은밀히 시선을 교환했다.

비결서를 품안에 집어넣은 강이 곧장 밖으로 뛰어나갔다.

***

늦은 오후에야 운은 궐에 도착할 수 있었다. 이른 아침 암자를 나선 뒤 쉬지 않고 달린 덕분이었다.

곧 돌아올 것이기에 작별인사는 간단히 했다. 관찰사에 들러 문열을 보고 갈까도 생각했지만 괜히 그랬다가 혹시나 후에 문열에게 문제가 생길까 봐 용이를 통해 자신이 떠난다는 것을 알리게 했다.

자신은 어쨌거나 죄인이 되러 가는 길이었다. 후에 엄한 불똥이 튀어 문열이 부추겼다거나 말리지 않았다는 말을 듣길 바라지 않았다.

"저하!"

동궁전에 들어가자 유내관이 마치 귀신이라도 본 것 마냥 소스라치게 놀랐다.

"잘 지냈나?"

"아니, 어찌 이리 빨리 연통도 없이 오신 겝니까?"

놀라서 어쩔 줄 몰라 하는 유내관을 보고 씩 웃은 운이 곧장 안으로 들어가 옷을 훌훌 벗었다. 나인들이 곧장 달려와 시중을 들었다.

"되었다. 혼자 해도 된다."

그리 말해도 시중드는 손길을 멈추지 않았다. 더 고집을 피우면 오히려 불편해질 것 같아 운이 얌전히 팔을 벌리고 섰다. 이전엔 하나 불편하지 않았던 일이 이젠 매우 어색하게 느껴졌다. 고 사이에 변한 스스로가 우스웠다.

"아바마마께서는 편전에 계신가?"

"예."

"그리 가겠다."

유내관이 쏜살같이 밖으로 튀어나갔다. 의대를 갖춘 운이 마지막으로 명경을 보고 제 모습을 살핀 뒤 숨을 들이마셨다. 말을 달려 여기까지 올 때는 대단히 결의에 찼으나 막상 입을 떼려 하자 마음이 무거웠다.

제가 하려는 일이 얼마나 엄청난 것인지 잘 알고 있었다. 어쩌면 자기 혼자 입 다물고 모른 채 살면 아무 일도 아닐 수 있었다. 허나 운은 세상을 속이는 것보다 자기 자신을 속이는 게 더 괴로웠다. 그리 사는 건 사는 게 아니었다.

범인이었어도 자기를 기만하는 삶은 괴로웠을 텐데 하물며 저는 일국의 세자였다. 제 일신의 안위를 위해서 세상을 속일 순 없었다. 그리해선 안 되는 자리였다. 운이 흔들리려는 마음을 다잡았다.

편전을 향해 걸어가는 걸음걸음마다 보는 풍경이 새로웠다. 이제 이 길도 마지막이었다. 다시 돌아가겠다 약조했지만, 그럴 생각이지만 어쩌면 살아남지 못할 수도 있었다. 왕의 분노가 얼마나 클지, 어디로 향할지 운도 알 수 없었다.

살아서 마지막으로 보는 세상일지도 모른다고 생각하자 모든 것이 새로웠다.

"참으로 푸르구나."

편전 앞에서 운이 하늘을 보며 감탄했다. 구름 한 점 없이 청명한 하늘이 맑고 높았다.

"고생 많으시네."

그리고 주변에 서 있는 내시와 상궁들에게 인사한 뒤 안으로 들어섰다. 난데없는 운의 공치사에 서 있던 이들이 모두 당황해 어쩔 줄을 몰랐다.

"세자저하 드셨사옵니다."

"들라."

무거운 걸음으로 운이 들어서자 편전엔 왕과 국환이 앉아 있었다.

있는 줄 몰랐던 국환의 모습에 운은 순간 불편해졌다. 그러나 내색하지 않고 왕에게 절했다.

"소신, 전하께 인사 올리옵니다. 그동안 강녕하셨습니까."

"그래, 너 역시 무탈했느냐."

"예."

"어찌 이리 빨리 돌아왔느냐?"

"그것이 긴히 드릴 말씀이 있어 왔습니다."

"어쨌거나 잘 왔다. 안 그래도 마침 영상과 계룡산에 있는 역당의 무리에 대해 말하고 있었다."

"예?"

돌아오는 대답이 너무 뜬금없어 운이 애써 유지했던 평정심이 모두 무너졌다. 계룡산에 있는 역당의 무리라니, 대체 이게 무슨 말인지 이해할 수 없었다.

왕이 미처 무어라 말하기도 전에 마음이 급한 운이 서둘러 가까이 다가갔다.

"그것이 무슨 말씀이십니까? 계룡산에 있는 역당의 무리라니요?"

"그곳에 있다 왔으면서 너는 정녕 아무것도 모르는 것이냐?"

"거기 역당의 무리 같은 건 없습니다. 그저 관리의 혹독한 수탈을 피해 화전이라도 일구러 산으로 쫓겨 들어온 불쌍한 백성들뿐이옵니다."

"어허! 세상을 알라고 사가에서 지내는 것을 허락했거늘, 아무것도 배운 것이 없구나. 이리 순진해서 어이할꼬! 거기 비결서를 중심으로 모여드는 이들이 있다는 것을 네 정녕 모른단 말이냐?

박감사가 가지고 있기만 해도 죄를 묻겠다 방까지 붙였다고 하는데!"

"그 이야기는 들었사오나, 그것은 흉흉한 소문이 돌아 민심이 어지럽혀지는 것을 방지하기 위해 박감사가 미리 단속한 것일 뿐입니다."

운이 왕의 앞에 무릎을 꿇고 앉아 머리를 조아렸다.

"아바마마, 소인 사가에 나가 백성들의 처참한 생활을 보았나이다. 전란이 휩쓸고 간 피해가 아직 다 극복되지 않아 백성들은 고통 받는데 관리들은 그들을 착취하여 벼랑 끝으로 내몰고 있었습니다. 그들은 살기 위해 겨울 산에 오릅니다. 두세 살짜리 아이들이 추워서 동상에 걸려 우는데도 어미는 그 어린 것들을 독촉하여 더 깊은 산으로 들어갔습니다. 그들이 거기서 미륵을 기다린다 한들, 그것이 어찌 그 가난하고 주린 백성들의 탓이겠습니까. 그리 끝으로 그들을 내몬 나라의 탓이지요. 비결서가 나도는 것은 물론 천인공노할 일이나, 무조건 그것에 화를 내고 잡아 가두는 것이 능사는 아닙니다. 원인을 파악하여 그것을 없앤다면, 비결서와 같은 잡설은 금세 사라지고 말 것입니다. 현실의 왕이 자신들을 지켜준다면 그들은 더 이상 존재하지 않는 미륵을 기다리지 않을 테니까요. 실재하는 왕이 힘이 없기에 그들은 있는지 없는지도 모를 신에게 자신들의 일생을 의탁하려 하는 것 아니겠습니까. 그것은 슬픈 일이지, 분노할 일이 아닙니다."

푹푹 발이 꺼지는 눈 속을 걸어가던 어린아이의 모습이 눈에 선했다. 그들이 역당의 무리로 몰려 다치길 원치 않았다. 운은 절박한 심정으로 왕에게 매달렸다. 그런 운을 보는 왕의 표정이 복잡했다.

운의 말은 하나도 틀린 것이 없었다. 헌데 묘하게 불편했다. 대체 이게 어떤 감정인지 모를 일이었다. 왕이 헛기침을 하며 고개를 돌렸다. 그때 밖에서 소란스러운 기척이 들렸다.

"전하, 석천군 마마 드셨사옵니다."

"석천군이? 들라 하라."

정치는 제 일이 아니라며 편전엔 코빼기도 비치지 않는 강이었다. 헌데 갑자기 편전까지 왔다니 놀라운 일이었다.

대체 뭐가 그리 급해 여기까지 걸음 한 것인지 궁금했다. 또 운이 꺼낸 이야기를 당장 나누기보단 뒤로 미루고 싶어서 뜬금없는 강의 방문이 반갑기도 했다.

"네 여기까지 어인 일이냐?"

왕이 부러 목소리를 높이며 강을 반겼다. 강이 얌전히 들어와 인사한 뒤 꿇어앉았다.

"전하, 소인 하도 흉측한 사실을 알게 되어 이리 버선발로 뛰어왔사옵니다."

"흉측한 것이라니?"

강이 품안에서 책 한 권을 꺼낸 뒤 왕에게 바쳤다.

무심히 그것을 들었던 왕이 책을 펼쳐 내용을 보더니 이내 온몸을 부들부들 떨었다.

"이게 무엇이냐! 네가 어찌 이것을 가지고 있는 게야?"

왕이 분을 못 이겨 책을 집어던졌다. 아래로 내팽개쳐진 책을 국환이 얼른 집어 들었다.

"아니, 이것은 그 비결서 아닙니까. 이것을 어찌 석천군 마마께서 가지고 있단 말입니까?"

국환의 말에 눈이 휘둥그레진 운이 고개를 돌려 그것을 보았다.

"그것은 소인의 것이 아닙니다."

"네 것이 아니면? 누가 감히 네게 이러한 것을 바쳤단 말이냐?"

"저는 이것을……."

강이 잠시 말을 멈춘 채 숨을 들이켰다. 그리고 이내 몸을 숙였다.

"저는 이것을 형님의 방에서 발견했습니다."

"뭐라? 세자가 이것을 가지고 있었다고?"

"예, 형님이 오랜만에 궐에 오셨단 소리에 반가워서 방에 갔다가 벗어놓은 옷더미 속에 있는 이것을 보았습니다. 사사로운 형제의 정으로 하자면 숨겨야 마땅했으나, 국가의 일이라 고하지 않을 수 없었습니다."

왕이 자리에서 펄쩍 뛰며 분개했다. 운이 기막힌 얼굴로 강을 돌아보았다. 운과 강의 시선이 마주쳤다. 허나 강은 아무런 표정의 변화가 없었다.

"말해보라, 세자! 이게 정녕 네 것이란 말이냐?"

얼굴이 새빨개진 왕이 온몸을 들썩이며 고함쳤다. 아닌데, 아니라고 해야 하는데, 하도 기가 차고 어이가 없으니 대체 어디서부터 어떻게 말해야 할지 감이 오지 않았다. 그 순간 운의 머릿속에 해명이 떠올랐다.

'내 씨앗이 이것이었단 말인가.'

저도 모르게 헛웃음이 터졌다. 소리 없이 웃는 운을 보고 왕이 더 분노했다.

"네 지금 웃는 것이냐!"

운이 고개를 들어 왕을 보았다. 이상하리만치 차분한 시선이었다. 그 눈을 보자 왕은 오히려 분노가 가라앉았다. 무언가 잘못되었다. 자신이 모르는 뭔가가 있었다. 어쩌면 이 모든 게 함정일지도 모른다는 생각이 불현듯 머릿속을 스치는 순간, 운이 입을 열었다.

"예, 제 것입니다. 제가 역모의 주동자입니다."

체념한 듯 낮은 운의 목소리가 편전을 가득 채웠다.

뒤에 서 있던 유내관이 털썩 자리에 주저앉았다. 예상치 못한 운의 수긍에 오히려 국환과 강이 놀라 서로 눈빛을 주고받았다.

왕은 완전히 넋이 나가서 멍하니 운을 보았다.

"소인이 주동자입니다. 허니 소인을 벌하시고 다른 죄 없고 힘없는 백성들은 살려주시옵소서."

돌아가지 못할 줄 알았다면, 마지막 인사라도 제대로 할 것을.

운이 해명을 떠올리며 눈을 감았다. 그래도 덧없이 죽기 직전 좋은 일 하나 정도는 했으니 세상에 나온 면목이 섰다. 어느새 운의 두 볼을 타고 뜨거운 눈물이 흐르고 있었다.

10장

사주와 팔자

산에 크게 불길이 일었다. 대피하지 못한 사람들이 화염에 사로잡혀 고통스러운 고함을 질러댔다.

점점 번져가는 불길이 헌복까지 삼키려 할 때 갑자기 천둥번개가 치더니 하늘에서 소나기가 내리기 시작했다.

그 차가운 빗방울이 헌복의 얼굴에 닿는 순간, 헌복이 눈을 번쩍 떴다.

꿈이었다. 자리에서 몸을 일으킨 헌복이 두 손으로 얼굴을 비볐다.

"뭔 놈의 꿈자리가 이리 사납다냐."

눈을 대여섯 번 깜빡이자 어둠이 익숙해져 방 안의 풍경이 제 모습을 드러냈다.

손을 더듬거려 불을 켠 헌복이 자리에서 일어나 대충 벗어놓았던 옷을 걸치고 방을 나섰다.

아직 닭도 울기 전의 이른 새벽이라 밖은 칠흑같이 어두웠다.

마루에 앉자 그 차가움에 온몸이 부르르 떨렸다. 그대로 몸을 조금 끌어 해명의 방문 앞에 앉았다.

"자냐?"

문고리를 잡고 서너 번쯤 흔들자 문이 빼꼼 열리더니 눈도 제대로 뜨지 못한 해명이 고개를 내밀었다.

"무슨 일이십니까?"

"짐을 싸라. 여길 떠야겠다."

잠이 덜 깨 무슨 말인지 알아듣지 못한 해명이 고개를 주억거리다가 뒤늦게 정신을 차리고 눈을 번쩍 떴다.

"그게 무슨 말씀이십니까? 짐을 싸라니요?"

"간단히 싸라. 날 밝기 전에 이곳을 떠날 것이다."

입을 딱 벌린 해명이 멍하니 헌복을 보았다. 바로 그때 사람 발걸음 소리가 멀리서 들려왔다. 해명이 몸을 굳힌 채 긴장했다.

"안에 들어가 있거라. 무슨 일이 생기더라도 절대 나오면 안 된다."

"스승님."

"어서!"

그것은 헌복을 만난 이후 처음 보는 단호한 얼굴이었다. 해명이 문을 닫았다. 잠시 후 발걸음 소리가 더 커지더니 이내 헐떡거리는 사람의 숨소리가 들려왔다.

"아이고, 일어나 계셨네요!"

용이었다. 익숙한 목소리에 해명이 안도하며 방문을 열었다. 용이 허리를 굽힌 채 숨을 고르고 있었다. 헌복이 가까이 다가갔다.

“무슨 일이냐?”

“얼른 피하십시오. 곧 이곳으로 관군이 들이닥칠 것입니다.”

“관군이? 왜?”

해명이 놀라 소리치며 자리에서 벌떡 일어났다.

“이곳에 세자와 한패인 역당의 무리가 있다고 하여 그들을 잡으러 온다고 합니다. 헌데 그게 아무래도 어르신이랑 도련님인 거 같습니다.”

도무지 이해할 수 없는 말이었다. 따져 묻고 싶은 말이 한가득인데 헌복이 손을 들어 해명을 저지했다.

“너는 어찌 빠져 나왔냐?”

“자고 있는데 밖에서 웅성거리는 소리를 들었습니다. 그래서 곧장 뒷담을 넘어 이리로 왔습니다. 이제 곧 그들이 올 것입니다. 어서 피하십시오.”

“알았다. 혹여나 네가 자리에 없는 걸 그들이 알게 되면 화를 입을 것이니 얼른 돌아가거라.”

헌복은 마치 이런 일이 일어날 줄 안 사람처럼 매우 침착했다. 다급하게 달려온 용이가 오히려 놀랄 정도였다.

“아셨습니까?”

용이의 물음에 헌복이 고개를 끄덕였다.

“돌아가거라. 내 필요하면 널 찾으마. 그때 한솥밥 먹은 인연 잊지 말고 도와다오. 위험한 일은 시키지 않으마.”

용이가 인사한 뒤 몸을 돌렸다.

용이가 완전히 시야에서 사라진 뒤에야 헌복이 해명을 보았다.

"몸을 피할 만한 곳으로 쓸 만한 데가 있느냐? 산을 며칠이나 돌아다녔는데 하나쯤은 알겠지."

"그, 은선폭포 근처에 동굴이 하나 있긴 합니다만."

"그럼 너는 곧장 짐을 챙겨 거기로 가거라."

"스승님은요?"

"산 사람들에게 피하라고 말해줘야지. 화를 입으면 안 되지 않느냐."

헌복이 순식간에 옷을 갖춰 입고 방에서 나왔다.

"서둘러라. 거기서 보자."

그러더니 축지법이라도 쓰는 건지 눈 깜짝할 사이에 사라졌다. 어둠 속에 홀로 남게 되자 그제야 정신이 번쩍 든 해명이 몸을 일으켰다.

이게 대체 어찌된 일인지 궁금한 것 투성이었으나 지금은 누구도 그 의문에 답해줄 수 없었다. 일단은 재게 몸을 놀려 이곳을 빠져나가는 게 우선이었다.

***

"박감사는 동궁과 가까운 이인데, 박감사에게 역당의 무리를 소탕하라는 일을 맡긴 것이 아무리 생각해도 찝찝해."

왕이 도무지 이해가 가지 않는다는 듯 툴툴거렸다. 통상적이지 않은 일이긴 했다. 운은 박감사의 근처에 있는 동안 역모를 꾸몄다. 그러하다면 의당 박감사 역시 역모의 주동자로 함께 고신을 받는 게 당연한 일이었다.

"전하, 세자께서는 오로지 혼자 한 것이고 박감사와 아무 상관이 없다고 주장하고 있습니다. 박감사는 충청도인들에게 덕망이 높을 뿐 아니라 신료들 사이에서도 신의가 깊은 자입니다. 만약 증좌 없이 박감사를 잡아들여 고신하였다가 박감사가 정말로 세자저하와 무관하다는 것이 밝혀지면, 세자저하의 역모마저도 신료들 사이에선 오해가 아닐까, 하는 말이 나올 수 있습니다. 허니 박감사를 잡아들이는 일은 신중해야 합니다."

"아무리 그래도 근신을 해야 할 자에게 역당의 무리를 잡아오라 하는 것은 너무 과하지 않은가?"

"박감사에게 역당의 무리를 잡아오라고 하는 것은 어떻게 해도 이득입니다. 첫째, 만약 박감사가 세자와 관계 있다면 이번 기회를 통해 그자는 세자저하를 도우려 할 것이니, 그때 잡아 들여도 늦지 않습니다. 둘째, 만약 박감사가 세자와 관계 있는데 전하께서 자신을 의심하지 않는다고 생각한다면 그자는 역모로 몰리지 않기 위해 자신의 무죄를 입증하려고 더 철저하게 역당의 무리를 잡아들일 것입니다. 이는 곧 이이제이(以夷制夷)라 할 수 있지요. 셋째, 만약 그가 정말 세자와 관련이 없다면, 그는 이 일을 맡는 것이 마땅한 좋은 신료입니다. 그는 그 누구보다 최선을 다하여 역당의 무리를 성실히 잡을 적임자입니다. 박감사가 무관함이 분명하다면 그는 전하께서 경솔히 자신을 의심하지 않는 것에 대해 고마워할 테니 전하께서는 충성스러운 신하를 얻게 될 것이고, 엄한 고신을 통해 훌륭한 신료를 잃지 않게 되는 것입니다. 이 얼마나 좋은 일입니까. 허니 박감사가 세자저하와 무관하든 무관하지 않든, 박감사에게 역당의 무리를 토벌하라 시켜야 하는 것입니다.

왕은 그제야 이해간다는 듯 고개를 끄덕였다. 국환이 안도했다. 물론 이 모든 것은 그럴싸한 핑계일 뿐, 진짜 국환이 문열에게 역당의 토벌을 맡긴 이유는 따로 있었다.

국환은 당연히 운이 자신은 역모를 꾸미지 않았다고 억울하다고 할 줄 알았다. 운의 평소 성정을 생각해보면, 억울한 누명을 썼을 때 얼마나 거세게 반발할지 충분히 짐작 가능했다. 그래서 국환은 이미 그 산에 있는 이들 중 일부를 미리 사람을 시켜 잡아들여놓았다. 운이 거세게 반발하면 곧장 그들을 불러들여 고신하여 그들의 입에서 운과 문열의 이름이 나오게 할 예정이었다. 원래 아니 땐 굴뚝에 연기가 더 크게 나기도 하는 법이다. 운과 문열이 아니라고 거세게 반발하면 할수록 기라는 인물이 나타났을 때 파장이 더 커질 것이다. 그리 되면 오히려 더 빼도 박도 못하는 결과가 되어 그들을 역모의 주동자로 만들 수 있었다.

헌데 지금 운은 제가 역모를 꾸몄다고 자백했다. 운의 자백은 너무나 의외고 뜻밖이라 모두를 당황시켰다. 그러자 이젠 그 자백을 의심하는 이들이 생겨났다. 이런 상황에서 백성을 고신하여 문열을 공모자로 만든다면 문열은 어떻게든 자신과 운이 역모를 꾸미지 않았다는 증좌를 찾기 위해 고군분투할 것이다.

운은 맞다고 하는데 문열은 아니라고 한다면 신료들은 혼란을 느끼고 우왕좌왕하며 각기 제가 믿는 것을 맞다고 주장하기 위해 제각각 증좌를 찾으려 노력할 것이다.

만약 그 상태에서 지지부진하게 시간을 끌게 된다면 이제 사람들의 관심은 왜 운이 자백을 했나, 강이 왜 운을 고발했나 등등의 중심이 아닌 주변의 이야기들로 번져갈 게 분명했다. 그러다 재수 없으면 강과 수진까지 주목받게 될 수도 있다.

상황이 그 정도 되면 이 사건의 내막을 유추하는 이들이 나오지 않으리란 법이 없었다. 이런 종류의 일은 판이 벌어졌을 때, 빨리 처리하는 게 상책이었다. 오래 끌면 끌수록 국환에겐 불리했다.

그러기 위해서 지금 문열을 역모죄로 끌고 와선 절대 안 될 일이었다. 대신 문열에게 역당의 무리를 소탕하는 일을 시킨다면, 문열은 운의 결백을 증명하기 위해 그들의 소탕에 열을 올릴 것이다. 분명 문열은 운과 함께 있었던 해명과 우도사가 모든 일의 원흉이라 믿고 그들을 잡으려 모든 노력을 다 할 것이다.

우도사와 해명이 잡힌다면, 비결서를 우도사와 엮고 해명이 여장을 한 채 그 곁에 머무른 것을 역심 때문이라 엮을 수 있다. 우도사와 해명은 존재만으로도 충분히 의심스러운 자들이니 나타나기만 한다면 문제 삼는 것은 어려운 일이 아니었다.

그리된다면 운과 함께 해명과 우도사까지 처리할 수 있었다. 제가 벌인 일을 조용하고 깨끗이 끝내기 위해서 국환에게 문열이 아직은 필요했다. 여우사냥이 끝나면 사냥개는 죽임을 당할 테지만, 아직은 사냥이 끝나지 않았으니 살려둬야 했다. 그것이 국환이 생각하는 문열의 쓰임이었다.

"전하, 중전마마이시옵니다."

"내 교태전에서 꼼짝도 하지 말라 일렀거늘!"

중전이 왔단 소리에 왕이 펄쩍 뛰며 분노했다. 어제 운이 제 입으로 역모를 꾸몄다고 자백한 이후로 궐은 말 그대로 발칵 뒤집어졌다.

소식을 들은 중전은 혼절했고 왕은 운을 곧장 감옥에 가두려 했다. 신료들이 모두 달려와 시시비비를 가린 뒤에 절차대로 일을 행해도 늦지 않다고 말리지 않았다면 운은 당장 폐세자가 되어 옥살이를 했을 것이다.

신료들이 나서서 말리는 바람에 왕은 운에게 동궁전에서 꼼짝하지 말 것을 명한 뒤 군사들로 하여금 그곳에 개미 새끼 한 마리 얼씬하지 못하게 지키도록 했다.

뒤늦게 정신을 차리고 달려온 중전 역시 교태전에서 근신하도록 어명을 내린 뒤 군사를 보내 주변을 에워쌌다. 헌데 중전이 끝내 그 삼엄한 경비를 뚫은 모양이다. 하긴 운이야 대역죄인이라 쳐도 중전은 여전히 위엄 있는 나라의 국모였다. 그러니 교태전 밖을 나간다는 중전의 앞을 군사들이 끝까지 가로막기는 어려웠을 것이다.

"놔라! 전하! 신첩이옵니다! 신첩을 들여보내 주시옵소서!"

밖에서 중전과 내시, 궁녀들이 몸싸움을 하는 소리가 선명히 들려왔다. 고개를 모로 꼰 채 모른 척하던 왕이 끝내 자리를 박차고 일어났다.

"전하."

국환이 말렸으나 이미 씩씩거리며 걸어 나가는 왕의 걸음엔 거침이 없었다. 왕이 벌컥 문을 열자 복도에서 상궁과 내시들에게 붙잡힌 중전이 보였다.

왕을 보자마자 중전이 자리에 쓰러지며 울부짖었다.

"전하! 어찌 세자가 역모를 꾸몄다고 믿으신단 말입니까? 세자가 그리 말한 데는 다른 이유가 있을 것입니다. 어찌 아들이 아비에게 칼을 들겠습니까! 그럴 세자가 아니란 것을 누구보다 잘 아시지 않습니까!"

"열 길 물속은 알아도 한 길 사람 속은 모르는 것이라 했거늘! 세자가 어떤 생각을 했는지 내가 어찌 알겠소?"

"전하!"

"권력은 피붙이라 해도 나누는 게 아니라 했으니! 세자가 내 권력을 탐했을지도 모르는 일이지요! 세자가 나를 아비가 아닌 왕으로 보았다면 나 역시 아비가 아닌 왕으로서 국법에 따라 처리할 밖에요!"

"그럼 죽이기라도 하시려구요? 의심뿐 아무 증거도 없는데, 전하의 눈앞에서 칼을 들이민 것도 아닌데 자식을! 자식을! 죽이시렵니까?"

바닥에 중전의 눈물이 쉼 없이 뚝뚝 떨어졌다. 둘러선 상궁들이 모두 얼굴을 돌린 채 입을 가렸다. 왕이 먼 곳을 보며 숨을 고른 뒤 입을 열었다.

"못할 것도 없지요. 선례도 있는 것을. 중전은 내가 어찌하여 왕이 되었는지 잊으셨습니까."

"전하!"

"그런 일을 기억하셨으면 하나밖에 없는 아들을 좀 자중시켰어야지요, 중전."

왕이 냉혹한 얼굴로 중전의 곁을 스쳐지나갔다. 온몸을 내던진 중전이 가슴을 쥐어뜯으며 오열했다. 중전의 울음소리가 오랫동안 편전 밖으로 흘러나왔다.

***

헌복이 동굴로 돌아온 것은 정오가 되었을 때쯤이었다.

반나절 동안 해명은 동굴에서 심장이 옥죄는 것을 느끼며 헌복을 기다렸다. 바람 소리에도 마음을 졸였던 해명은 헌복이 나타나자 눈물을 찔끔 흘렸다. 그 모습을 보고 헌복이 혀를 찼다.

"얼씨구? 누가 죽었냐?"

"혹시나 오는 길에 변을 당하신 건 아닐까 얼마나 걱정했는지 아십니까?"

"죽긴 내가 왜 죽어? 내 명은 아직 길다. 그나저나 너는 앞길이 구만리인데 고작 이거 가지고 눈물을 보여서야 어찌 다 겪어내겠느냐?"

"이보다 더 험한 일이 있습니까?"

헌복의 말에 놀란 해명이 크게 놀랐다. 사가에서의 인생이 고달파서 큰 맘 먹고 출가를 했는데 출가 후가 더 첩첩산중이라니, 뭐 이런 팔자가 다 있나 싶었다.

"원래 삶은 고(苦)이니 사는 게 다 그런 거지 뭐. 생로병사라지 않느냐. 태어난 순간부터 늙고 병들고 죽을 일밖에 안 남은 게 인생이니, 좋은 날 기대하고 사는 게 어리석은 게야. 여튼 그런 얘긴 나중에 하고, 내 지금부터 너에게 묻는 말에 하나도 빼지 말고 다 답하거라. 알겠느냐?"

"예."

동굴 안쪽에 헌복이 양반다리를 하고 앉았다. 해명이 긴장하여 그 앞에 무릎을 꿇었다.

"편히 앉어. 말이 길어질 테니."

"예."

"너 그놈, 그 키 멀대 같은 운인가 하는 놈."

갑자기 여기서 운의 얘기는 왜 나오는 건지 의아했다. 해명이 고개를 갸웃하였으나 헌복의 표정은 웃음기 없이 매우 진지했다.

"그놈이랑 처음 만났을 때부터 헤어질 때까지 있었던 일들을 하나도 빼지 말고 다 말해봐라. 네가 했던 말, 그놈이 했던 말, 둘 사이에 있었던 일, 단 하나도 빼지 말고 말이다."

"그것을 왜 물으십니까?"

정말로 도무지 모르겠다는 해명의 얼굴을 보고 헌복이 혀를 끌끌 찼다.

"이건 똑똑한 줄 알았는데 순 맹탕일세?"

"예?"

점점 더 모를 말이었다. 깊이 생각하느라 잔뜩 구겨진 해명의 이마를 손으로 펴며 헌복이 말을 이었다.

"생각해보아라. 웬 사내놈이 있다가 갑자기 사라졌다. 그러더니 세자가 이곳에서 있다 역모를 꾸몄다고 한다. 그럼 그 사내놈이 누구겠느냐?"

잔뜩 찌푸려졌던 해명의 미간이 서서히 펴지더니 이내 두 눈이 경악으로 물들었다.

동굴에서 헌복을 기다리면서 이 상황이 어찌된 것인가, 수백 수천 번 생각했다. 어찌 세자가 역모로 몰렸을까, 왜 한양 궁궐 안에 사는 세자와 역모를 꾸민 패거리가 이 계룡산에 있다는 걸까, 그 무리가 계룡산에 있을 수 있다고는 쳐도 왜 거기에 자신들까지 엮인 걸까, 수백 수천 번을 생각해도 답이 없었다. 헌데 헌복의 말대로 운이 세자라면, 그 모든 질문에 대한 답이 간단히 해결된다.

그런데 어찌 세자가 운이란 말인가. 허면 운이 떠나기 전에 했던 말들은 다 무엇이었을까.

온갖 생각에 멍해진 해명의 눈앞에 헌복이 손가락을 흔들었다.

"네 생각은 이따 하고, 일단 이야기부터 다 털어놓아라."

"짐작하시는 게 있습니까?"

"있다. 헌데 좀 비어. 그러니까 네가 그 빈 곳을 채워줘야겠다."

여전히 머릿속이 복잡하고 하고 싶은 질문들이 가득했으나 어차피 저는 아무리 애써도 답을 찾지 못할 의문들이었다. 마음을 다잡은 해명이 숨을 내쉰 뒤 이야기를 시작했다.

"처음엔 어떻게 만났느냐면 말입니다."

마음이 너무 앞선 까닭에 이야기는 영 어지럽고 두서가 없었으나 헌복은 한 번 되묻지도 않고 묵묵히 듣기만 할 뿐이었다. 그 침착한 태도에 어느새 해명의 흥분도 가라앉아 점점 물 흐르듯 이야기가 매끄럽게 이어졌다.

해명을 동굴로 보내놓고 사람들을 대피시키기 위해 산을 넘어가면서 헌복은 상황을 머릿속으로 정리했다.

운이 사라진 뒤 세자가 이곳에서 역모를 꾸몄다며 관군들이 들이닥쳤다. 그렇다면 당연히 운이 세자였다.

운은 이곳에 머물면서 역모를 꾸미지 않았다. 헌데 운이 역모를 꾸몄다고 누군가가 주장한다. 그 말은 운이 이곳에 머무르는 동안 '역모'라고 표현될 만한 어떤 변화가 운에게 생겼다는 뜻이다. 그리고 그 변화를 내켜하지 않는, 그래서 운이 역모를 꾸민다고 몰고 싶어 하는 누군가가 있다.

심지어 그들은 운을 빌미삼아 운뿐만 아니라 해명과 헌복 그리고 이 산에 사는 사람들까지 역모로 몰아 모두 죽이려고 하고 있었다. 그게 현재 헌복이 파악한 현실이었다.

헌데 이야기의 중간 중간이 삐그덕거렸다. 운이 대체 '역모'라고 표현될 만한 어떤 변화를 겪었던 말인가? 운을 누가 죽이고 싶어 하는가? 운을 죽이고 싶어 하는 자가 어찌 해명과 헌복까지 안단 말인가? 운과 동시에 해명과 헌복까지 죽어야 하는 이유는 무엇인가?

아무리 고민해봐도 헌복이 아는 한도 내에서는 그 질문에 대한 답이 안 나왔다. 천하의 우헌복이 아무리 머리를 굴려도 모를 일이었다. 어디서 어떻게 답을 찾아야 하나, 고민하던 헌복은 동굴 안에 오도카니 앉아 있는 해명을 보고나서야 비로소 깨달았다.

처음 관악산에 해명과 운은 함께 왔다. 그리고 계룡산에 운이 온 이유는 해명과 함께 머물기 위해서였다. 그리고 이곳에서 해명과 운은 쭉 함께 다녔다. 그렇다면 운의 변화를 이끌어낸 것은 해명이었다. 허니 답은 해명이 가지고 있을 것이다. 헌복은 제 이야기의 빈 구석을 해명에게서 찾기로 했다.

"이게 다입니다. 다시 돌아오겠다고 하고 떠났습니다. 떠날 때까지도, 떠난 후에도 그가 세자일 거라곤 생각도 하지 못했습니다."

긴 이야기가 끝났을 때는 어느덧 느지막한 오후였다. 있었던 일을 차례로 다 말하면서도 해명은 대체 이게 무슨 상황인지 여전히 알 수 없었다. 눈을 지그시 감은 헌복은 이야기를 듣고 있는 건 졸고 있는 건지 모를 일이었다.

"그리되었구나."

눈을 뜨며 헌복이 중얼거렸다. 해명은 설명을 기다리며 몸을 바싹 당겨 앉았으나 헌복은 혼자 고개를 주억거리며 같은 말을 반복해서 읊조릴 뿐이었다.

"그리된 거였어. 그리된 거야."

"뭐가 말입니까."

결국 기다리다 답답해진 해명이 헌복을 채근했다. 헌복이 고개를 돌려 해명을 보았다.

"붓이랑 종이 챙겨 왔나?"

"예."

해명이 봇짐 속에서 가져온 벼루와 붓, 종이를 꺼냈다. 헌복이 붓을 쥐더니 종이에 이름을 써내려가기 시작했다.

"벼슬아치들 이름은 왜 적으십니까?"

헌복이 놀라 흠칫하며 해명을 보았다.

"이자들이 벼슬아치들이라는 것을 네가 어찌 아느냐?"

그들이 모두 지금 어느 자리에 있는지 다 알지는 못했으나 벼슬을 하는 자들의 이름과 사주를 헌복은 거의 다 알고 있었다. 당연했다. 벼슬에 있는 자들은 본인이 직접 오든, 아니면 가족이나 측근이 오든 적어도 한 번쯤은 헌복에게 사주를 보러 왔다.

본래 장사치보다 사주에 집착하는 것이 관직에 있는 자들이었다. 과전불납리(瓜田不納履) 하고 이하부정관(李下不整冠)[2] 해야 하는 것이 벼슬아치들의 숙명이니 사주를 보고 언제 나아갈지 언제 물러날지 아는 것은 그들에게 매우 중요한 일이었기 때문이다.

"이자는 병판이고, 이자는 호판이고, 이자는 도승지 아닙니까."

"맞다. 헌데 네가 그것을 어찌 아는 게냐?"

"아버지가 귀양을 가게 되었을 때 도움을 청하기 위해 쫓아다닌 적이 있습니다. 그 이후 벼슬아치들 이름과 관직을 외웁니다. 해가 바뀔 때마다 혹시나 아버지에게 도움 되는 자가 높은 자리에 앉게 되면 도움을 청하려구요."

헌복이 해명에게 붇과 종이를 건넸다.

---

2) 문선(文選) '군자행(君子行)' 중 오이밭에서는 신발끈을 고쳐매지 말고 오얏나무 아래서 갓끈을 고쳐매지 말라는 뜻으로, 오해받거나 의심받을 짓을 하지 않도록 항시 몸가짐을 조심하라는 뜻

"그럼 네가 영상부터 시작해서 벼슬아치들 이름을 아는 대로 다 써보아라."

"왜요?"

저와 운의 이야기를 물을 땐 언제고 이젠 또 웬 난데없이 벼슬아치들인지 이해가 가지 않았다.

"너랑 세자가 역모를 꾸몄느냐?"

"아니오!"

세상 억울한 표정으로 해명이 고개를 저었다.

"허면 세자가 역모를 꾸몄다는 건 누명이겠지. 그럼 누가 그 누명을 뒤집어 씌웠는지 알아야 그자의 목적이 무언지를 알 것이고, 목적을 알아야 대책을 세우지."

진심을 오해받기 쉬운 것이 정치였다. 특히 풍문 탄핵처럼 소문만으로도 벼슬에서 쫓겨나기 쉬운 판에 역모라는 누명을 썼다면 단순히 '오해다'라는 주장만으로는 부족했다. 제 아버지의 사건을 똑똑히 기억하고 있는 해명은 두 번 묻지도 않고 종이에 이름을 써내려가기 시작했다.

"잠깐만, 이자가 영상이냐?"

"예."

김국환이라는 이름을 헌복이 손가락으로 가리켰다.

"나이도 젊은데 언제 영상이 되었대?"

"몇 년 되었습니다. 아시는 자입니까?"

"아는 자이긴 한데 영상이 된 줄은 몰랐지. 이자의 사주를 물으러 온 이가 없으니. 잘 나갈 줄은 알았는데 이리 빨리 영상 자리까지 올랐을 줄은 몰랐네.”

“젊어서 심양에서 지금의 왕을 잘 보필하셨다고 합니다. 그 덕에 빠른 출세를 하게 되었다고 들었습니다.”

“심양에서 지금의 왕과 이자가 함께 있었다?”

헌복이 무릎을 쳤다. 비로소 삐거덕거리며 맞지 않았던 몇 군데의 이야기들이 딱 맞아 떨어졌다.

처음부터 헌복은 운의 사주가 토일 거라고 생각하지 않았다. 운은 전형적인 화의 성격과 외양을 가지고 있었다. 그런데 운이 너무나 확신에 차서 자신은 사주를 잘못 알 리가 없는 가문의 자손이라고 하기에 영 이상했다. 헌데 운이 세자고, 근처에 국환이 있었다면 운에 제 사주를 잘못 안 게 어떤 연유에서 그리되었는지 짐작이 갔다. 아마도 국환은 불로 태어난 운의 사주가 왕실에 좋지 않다고 판단했을 거다.

국환은 그런 자였다. 일생을 양반가의 두터운 돌 담 안에서만 자라 똑똑하고 영민하긴 하나 결코 세상의 흐름을 보는 눈은 가질 수 없는 자였다. 그의 성실함에 첫 제자로 삼긴 했으나 한계가 너무 명확해 그 이상을 가르칠 순 없었다.

그 이상 실수하지 않기를 바라며 하늘을 읽을 수만 있을 뿐, 만들지는 말라고 그토록 얘기했는데 끝내 그는 스스로의 함정에 빠지고 말았다. 그는 불을 토로 만들려고 했다. 그게 충심이라 믿었을 거다.

“무엇입니까, 스승님!”

헌복은 한눈에 해명과 운이 서로 정반대의 기질을 가졌으나 그렇기에 서로에게 필요한 존재라는 것을 알았다. 헌복의 예상대로 운은 해명을 만나 변했다. 그것이 사주의 오묘한 아름다움이다.

사주는 결코 정해져 있는 것도, 영원한 것도 아니다. 사주는 생명체와 같다. 내가 가진 성향과 자질은 누굴 만나느냐, 어디에 있느냐에 따라 변화한다. 운은 해명을 만나 변했고, 그것을 국환이 알아차렸다. 국환은 위기에 처한 거다. 아직 하나 남은 의문인 것은 운에게 역모 죄까지 뒤집어 씌워야 할 정도로 국환이 절박했던 것이 무엇 때문인가 하는 것이었다.

"너는 이 길로 곧장 내려가 박감사를 만나라."

무언가 자세한 설명을 기다렸던 해명은 뜬금없는 헌복의 지시를 이해하기 어려웠다.

"박감사를 만나라구요?"

역당의 무리로 몰리고 있는 판에 역당을 쫓는 감사를 만나라는 건 죽으러 가라는 것이었다. 경악을 금치 못하는 해명을 보며 헌복이 싱긋 웃었다.

"너는 어찌 용이가 우리를 구하러 올 수 있었다고 생각하느냐?"

사주보다 더 어려운 선문답이 하루 종일 계속되고 있었다. 너무 빠르게 돌아가는 판 위에서 서 있기조차 어려워 머리가 지끈거렸다.

"용이는 유일하게 우리의 위치와 얼굴을 정확히 아는 자다. 정말로 박감사가 우리를 잡아들일 생각이었다면 이른 새벽에 자는 용이를 깨워 들이닥쳤을 게다. 용이가 사라지도록 내버려둘 리가 없어. 헌데 용이는 아무 제제 없이 관찰사를 빠져나왔다. 박감사가 과연 몰랐을까?"

"허면 부러 우리를 살려줬다는 것입니까?"

헌복이 고개를 끄덕였다.

"아마 박감사는 세자 쪽 사람일 게다. 그러니 세자 곁에 용이를 붙여뒀을 거고 말이다. 박감사는 아마 역모가 말도 안 된다고 생각하고 있을 게야. 그러니 공적으로 자신이 우리를 잡기 전에 사적으로 만나고 싶을 게다. 그래서 용이를 우리에게 보낸 게야. 그는 너를 기다리고 있을 거다. 허니 가서 박감사를 만나. 너와 운이 어떤 사이인지 설명해. 그리고 궐로 널 데려가 달라고 해라. 운을 만나게 해달라고 하면 박감사는 원하는 대로 모두 해줄게다."

박감사가 운의 사람이라는 것도, 용이가 부러 자신들을 도망치게 내버려뒀다는 것도 이해가 갔다. 허나 거기엔 치명적인 오류가 하나 있었다.

"박감사가 운의 사람인데 어찌 박감사에게 역당을 토벌하라는 임무를 맡겼단 말입니까?"

"이이제이라, 적으로 적을 모두 잡으려는 속셈인 게지. 박감사에게 함정을 판 거야. 그들은 박감사가 세자 쪽 사람이니 어떻게든 세자를 도울 거라고 믿는 게지. 박감사가 세자의 결백을 증명하기 위해 우리를 끌고 궐에 들어가는 순간, 모두 역모로 몰아 한번에 다 잡아넣을 셈인 게지."

"헌데 그 함정을 알면서도 빠지라는 것입니까? 왜요?"

"범굴에 들어가지 않고 어찌 범을 잡겠는가! 그리 간이 작아서야 어찌 큰일을 해?"

그때 멀리서 호통소리가 들려왔다.

소스라치게 놀란 해명이 잔뜩 경계하는 몸짓으로 주위를 두리번거렸다.

"스승님?"

그때 헌복이 자리에서 벌떡 일어나 앞으로 걸어 나갔다. 멀리서 한 승려가 걸어오고 있었다.

"스승님!"

놀란 헌복이 땅에 주저앉았다. 가까이 다가온 진무대사가 온화하게 미소 지었다.

"삼십 년 만이구나. 잘 지냈느냐?"

"어찌, 어찌 된 것입니까?"

"할 일이 있어 왔지. 저 아이냐?"

진무가 해명을 가리켰다.

범상치 않은 기세에 놀란 해명이 저도 모르게 꿇어앉아 절했다.

"박감사에게 나도 같이 가자."

"예?"

뜻밖의 말에 해명이 놀랐다. 허나 헌복은 아무런 동요 없이 침착한 얼굴로 다음 말을 기다릴 뿐이었다.

"우리가 박감사와 만날 수 있게 손을 쓴 뒤 곧장 나라에 곧 토사곽란이 일어날 거라고 소문을 퍼뜨리거라."

"토사곽란이라……."

잠시 입속으로 말을 읊조리던 헌복이 싱긋 웃었다. 그 의미를 파악한 것이다.

"내 너의 첫제자가 그놈일 때부터 이런 일이 날 줄 알았지. 너 때문에 나까지 이게 무슨 고생이냐."

"제가 아직 많이 부족한 탓이지요. 부끄럽습니다."

"넌 도사되긴 글렀다. 그러고 받은 다음 제자는 계집이라니, 영 글렀어."

헌복이 머쓱해하며 웃었다. 한눈에 제 정체를 들킨 것에 놀란 해명이 목을 움츠렸다.

"토사곽란이 무슨 뜻입니까?"

그러다 용기를 내어 겨우 두 사람 사이에 끼어들었다. 진무가 흘끔 해명을 쳐다보았다.

"설명해 무엇하리. 알아들을 놈만 알아들으면 되는 것을."

무심히 대답한 진무가 돌아섰다. 헌복이 해명에게 얼른 눈짓했다.

"뫼시거라."

"스승님."

"시키는 대로 하고 기다려라. 조만간 자세한 설명을 해주마."

더 이상 차마 되물을 수 없어 해명이 고개를 숙여 인사한 뒤 곧장 진무의 뒤를 따랐다.

산을 내려가는 두 사람의 뒷모습이 더 이상 보이지 않을 때까지 그 자리에서 배웅하던 헌복이 곧장 뒤돌아섰다. 시키는 일을 하려면 바삐 움직여야 했다.

***

늦은 밤, 문열과 해명, 진무가 암자에서 만났다. 용이가 밖에서 보초를 서고 있었다.

해명이 자초지종을 모두 설명할 때까지 문열은 고개를 숙인 채 묵묵히 듣기만 했다. 모든 이야기가 끝난 뒤에야 문열이 해명을 보았다.

"세자께서 그대의 이야기를 많이 하시었소."

"소신은 부족하여 그분이 세자인 것을 이제야 알았습니다."

고개를 숙이는 해명을 문열이 찬찬히 훑어보았다. 고요하고 차분해 보이는 이목구비가 불빛에 빛났다.

"그대의 말은 충분히 알아들었소. 나 역시 그대와 세자저하가 여기서 역모를 꾀했다고 생각하지 않소. 헌데 말이오. 세자께서 자백을 하셨다 하오."

"예?"

그건 미처 몰랐던 사실이었다. 해명이 놀라 진무를 보았다. 허나 두 눈을 감은 진무는 조금의 미동도 없었다.

"저하께서 역모를 꾸몄다고 자백을 하셨다 하오. 대체 왜 그랬는지 모르겠소만 본인이 자백을 하셨답니다."

"말도 안 됩니다. 역모를 꾸미지 않았는데 자백을 할 게 무어가 있단 말입니까? 무언가 잘못된 것입니다. 분명 잘못된 것이에요."

"용이가 이 만남을 주선할 때 내가 두 말 없이 따른 것은 그대에게 부탁하기 위해서였소. 제발 저하와 지낸 정이 있다면 가서 고신을 받더라도 끝까지 아니라고 해주시오. 고신이 두려워 그대가 저하와 같이 역모를 꾸몄다고 해버리면 세자께선 어찌될지 장담할 수 없소. 제발 부탁하오."

결국 어쩔 수 없이 해명을 잡아가야 하는 운명 앞에서 문열은 그의 인간적인 성품에 기대를 할 수 밖에 없었다. 제 손으로 세자와 역모를 함께 꾸몄다는 이를 잡아야 하는 얄궂은 운명에 처했다. 끝내 잡아가지 못하다며 다른 인물이 내려올 것이고, 그럼 더 나쁜 상황이 벌어질 수 있다. 그러니 직접 잡되, 잡힌 그에게 제발 버텨 달라는 부탁을 하는 수밖에 없었다. 그래서 용이를 이용했다.

해명이 이렇게 나타나 주었을 때, 그래도 운이 사람 하나는 잘 봤다고 하늘에 몇 번이나 감사했는지 모른다.

"나를 잡아가시오."

묵직한 진무의 말이 방 안을 울렸다. 해명이 놀라 진무를 쳐다보았다.

"내가 세자를 현혹케 한 중놈이라고 하고 잡아가시오. 나만 해도 충분할 게요. 그리고 이이는 그대의 병사로 둔갑시켜 궐에 데려가시오."

문열이 불안한 눈으로 진무를 보았다. 한눈에 봐도 진무는 일개 중이 아니었다. 그런 자가 대체 무슨 속셈으로 이러는 것인지 의중을 알기 어려웠다.

"가면 죽을 수도 있습니다."

"역모는 친국을 하지 않소? 난 전하를 뵙고 싶소. 일개 중놈이 전하를 뵈려면, 이 정도 사고는 쳐야지. 아니 그렇소?"

왕을 만나고 싶어 할 줄은 몰랐다. 해명과 문열이 걱정 어린 시선을 교환했다.

문열은 해명이 도와주길 기대하는 듯했으나 해명 역시 오늘 진무를 처음 본지라 뭘 어찌해야 할지 당황스럽기만 할 뿐이었다.

"그리고 이자는 꼭 세자와 독대시키시오. 그럼 그대가 원하는 것을 이룰 수 있을 거요."

"대체 그게 무슨 소립니까?"

결국 참다못한 문열이 고함을 질렀다. 가슴이 답답해 죽겠는데, 운이 당장이라도 사약을 받으면 어쩌나 걱정이 되어 피가 마를 지경인데, 태연히 앉아서는 무슨 말인지도 모를 소리를 늘어놓는 진무가 곱게 보일 리가 없었다.

"아니 앞으로 벼슬이 높이 올라갈 분이, 이리 아무것도 몰라서야 어찌 큰일을 하시겠소?"

진무가 낮은 목소리로 호통을 쳤다. 그 위엄에 해명도 문열도 숨이 막혀 더 이상 뭐라 말하지 못하고 눈치만 살폈다.

"그들은 세자와 우리를 죽이려 하고 있소. 오로지 죽이기 위해 모든 단계를 설정해서 순서대로 우릴 조이고 있단 말이오. 그런 자들에게 어설프게 반박해서는 아무것도 얻을 수가 없어요. 허면 어찌해야 하냐, 그들이 원하는 대로 죽어줘야지요."

"예?"

"그들이 원하는 대로 그들이 정해놓은 길을 밟아 죽으러 가야 한단 말입니다. 그래야 우리는 끝내 살아 나올 수 있을 게요."

끝까지 해명과 문열은 그 깊은 속내를 짐작할 수 없는 말이었다. 허나 더 따질 수가 없어 둘은 입을 다물고 말았다.

***

"전하, 박감사가 죄수들을 데리고 곧 도착한다고 합니다."

"내 친히 친국을 할 것이다! 준비하도록 하라!"

"예."

명을 받은 호판이 곧 물러났다. 국환이 초조한 기색을 감추기 위해 고개를 숙였다. 문열이 잡아오는 이는 중이라고 했다. 사람을 보내 알아본 결과 우도사는 아니었다. 해명도 없었다. 뜬금없이 등장한 제3의 인물은 국환을 긴장시키고 있었다.

"영상, 무슨 생각을 그리 하시오?"

"전하, 좋지 않은 말이 많이 나올 터인데 꼭 친국을 하셔야겠습니까. 마음이 상하실까 저어되옵니다."

"대체 어떤 땡중놈이 무슨 헛소리를 했는지 직접 들어볼 거요. 영상 말대로 박감사에게 일을 시키길 잘했어. 이리 빨리 해결하다니 기특하군."

"예."

그 순간 국환의 머릿속에 기가 막힌 생각이 떠올랐다.

"전하, 박감사가 큰일을 했으니 따로 불러 공을 치하하심이 어떻습니까. 박감사는 세자의 스승이었던 자입니다. 그런 자가 사사로운 감정을 베어내고 나라에 대한 충심을 보였으니 의당 칭찬받아 마땅하다고 생각됩니다."

고민하던 왕이 고개를 끄덕였다. 곱씹어보면 씁쓸하긴 하나 이 상황에선 매우 맞는 말이었다.

"친국이 끝나고 내 박감사를 따로 부르지."

"그리 전하겠습니다. 다만 다른 이들은 어찌 볼지 모르니 조용히 부르시지요."

"그리하지."

"그럼 소신은 이만 물러가 친국 준비가 잘 되고 있나 살펴보겠습니다."

"그리하게."

편전에서 물러나온 국환이 주위를 둘러보았다. 고요했다. 따르는 이가 아무도 없는 것을 확인한 국환이 걸음을 빨리 해 강의 처소로 향했다.

***

"궐 안에서 이리 만나는 것은 아직 너무 위험하지 않습니까."

강은 국환의 등장을 반가워하지 않았다. 그도 그럴 것이 둘 다 몸을 사려야 하는 입장이었다. 특히 운의 역모를 고변한 것이 강이라는 것이 밝혀지면서 강을 주목하는 시선이 부쩍 늘어난 터였다.

일생을 고요히 살아온 강은 그러한 관심이 부담스럽고 불편해서 심기가 편치 않았다.

"급한 일이라 어쩔 수 없었습니다."

"무엇입니까."

"곧 친국이 시작될 것입니다. 친국이 끝나면 전하께서 박감사를 조용히 따로 부르실 것입니다."

"그런데요?"

시큰둥하게 강이 되물었다. 문열이 운의 사람이라는 건 누구나 다 아는 사실이었다. 그를 왕이 따로 부르는 것이 저와 무슨 상관인가 싶었다.

"그때 마마께서는 병판께 달려가서 군사를 내어 달라 하세요."

"그게 무슨 말입니까?"

"박감사가 저하의 사주를 받고 전하를 뵈러 간다고 하세요. 전하의 목숨이 위험하다고 하세요."

"뭐요? 그건 사실이 아니지 않습니까!"

"사실로 만들어야지요."

국환을 쳐다보는 강의 시선에 서서히 공포가 서렸다.

"무슨 생각을 하시는 겝니까?"

"수진이를 국모로 만들어주신다고 하셨잖습니까. 그러려면 제가 마마를 왕으로 만들어드려야 하지 않겠습니까."

국환의 말에 강은 더 이상 따질 수가 없었다. 어떤 일이 벌어질지 알지만 모른 척할 수밖에 없었다. 강이 마른 침을 삼키며 고개를 돌렸다. 어느덧 해가 저물어 밖은 어둑했다.

***

문열이 미리 연통을 넣은 까닭에 유내관이 영춘문 밖에 나와 기다리고 있었다.

"저분이네. 저분을 따라가시면 저하를 뵐 수 있네."

유내관은 누구냐 묻지도 않고 꾸벅 고개를 숙여 해명에게 인사했다.

"뫼시고 가게. 저하께서 아마 지금 가장 보고 싶어 하는 분일 걸세."

"나으리의 부탁이니 들어드리는 겝니다."

며칠 사이 마음고생을 한 탓인지 유내관은 십 년은 늙어 보였다. 문열이 유내관의 손을 붙잡고 위로했다.

"조만간 웃으며 볼 날이 올 걸세. 걱정 마시게."

"나으리만 믿습니다."

울컥한 유내관이 문열의 손에 이마를 댄 채 울음을 삼켰다.

"이만 가보시게."

유내관이 고개를 끄덕이며 문열에게 인사한 뒤 해명을 안내했다. 해명 역시 문열에게 인사한 뒤 유내관의 뒤를 따랐다.

처음 궐에 들어오는 해명은 바싹 긴장하여 유내관의 발뒤꿈치만 보며 따라갔다. 혹시나 지나가는 누군가와 실수로라도 눈이 마주치면, 그럴 리 없다는 걸 알면서도 제 정체를 들킬까 봐 두려웠다.

"이곳입니다."

유내관이 걸음을 늦추며 낮게 읊조리는 소리에 비로소 해명이 고개를 들었다. 동궁전 앞이었다. 그곳에는 군사들이 주위를 둘러싼 채 가득 서 있었다.

그들 중 몇이 유내관의 뒤에 선 해명을 의심스런 눈으로 쳐다보았다.

"박감사께서 역당의 무리를 잡아오시어 곧 친국이 벌어질 예정이다. 친국을 하기 전 저하께서 따로 더 하실 말씀이 없으신지 여쭙기 위해 사람을 보내신 것이다."

군사들이 서로 눈치를 살피다 길을 열었다. 따로 자백서를 받을 생각이거나 자결을 권하기 위함이라고 판단한 듯했다.

유내관을 따라 신발을 벗고 긴 복도를 따라가자 끝에 불이 켜진 방이 나왔다.

"저하."

"다 들었다. 뫼셔라."

유내관이 뒤를 돌아 해명에게 눈짓한 뒤 물러섰다.

"멀리 떨어져 있겠습니다. 사담 나누십시오."

"감사합니다."

유내관에게 인사한 뒤 열린 문 안으로 들어갔다. 방 가운데 운이 눈을 감은 채 앉아 있었다. 흰 소복만을 걸친 운은 그사이 살이라도 빠진 건지 얼굴이 해쓱했다.

그 모습을 보자 해명은 가슴이 저릿해서 아무것도 할 수가 없었다. 땅에 몸이 박힌 듯 그 자리에 선 채 한 없이 운을 보기만 했다.

들어온 이가 아무 기척이 없는 게 이상했던지 운이 눈을 떴다. 그리고 해명을 본 뒤 다시 눈을 감으며 피식 웃었다.

"헛것이 보이는군."

"헛것이 아닙니다."

기다렸다는 듯 해명이 곧장 대답했다. 운이 다시 눈을 떴다. 이번엔 크게 부릅떴다. 그리고 도무지 믿기지 않는다는 얼굴로 해명을 위아래로 찬찬히 살폈다.

"그대가 어찌?"

해명이 가까이 다가가 운의 앞에 무릎을 꿇고 앉았다. 무릎 위에 놓인 운의 손이 바르작거렸다. 손을 뻗어 만지고 싶은 마음과 만지면 사라질까 봐 두려워 그러지도 못하는 마음이 치열하게 싸우고 있었다.

"저하."

해명이 무릎을 끌어 좀 더 가까이 다가갔다. 운의 불안한 시선이 해명의 얼굴을 더듬었다. 그러다 용기를 내어 손을 뻗었다. 해명이 얼른 그 손을 잡았다.

"저하."

"아아……."

운이 낮게 신음했다. 온기가 돌았다. 사람이 맞았다. 귀신도 환영도 아니었다. 그제야 안도한 운이 손에 힘을 주어 해명을 제 쪽으로 끌어당겼다. 마른 몸은 저항 없이 끌려와 운의 품에 안겼다.

"다시 보게 될 줄은 몰랐는데, 정말 몰랐는데……."

운의 떨리는 손이 해명의 어깨와 등허리를 쉼 없이 스쳐 지나갔다. 제가 안고 있으면서도 믿기지 않는다는 듯 몇 번이나 고개를 떼어 해명의 얼굴을 확인했다가 다시 숨 막히게 안는 것을 반복했다.

그의 떨림과 흥분이 고스란히 전해져 해명의 가슴이 아려왔다. 이리 온몸으로 감정을 드러내는 사내를 앞에 두고도 지금까지 아무것도 몰랐다니 헌복의 말대로 둔하기 짝이 없었다.

조금 일찍 운에게 솔직했더라면 이런 사달이 없었을 텐데, 싶어 미안했다.

“저하, 가서 역모를 하지 않았다고 하십시오. 역모 같은 건 전혀 도모하지 않으셨으면서 왜 억울한 죽음을 당하려 하십니까?”

운이 몸을 떼고 해명을 보았다. 절절한 애원을 들은 얼굴이 아니라 무언가 대단히 신기한 것을 본 표정이었다.

“그대가 내게 말을 높이니 이상하다. 예전처럼 대해주게.”

운은 웃었다. 허나 그것은 이전에 보았던 개구지고 힘찬 웃음이 아니었다. 기운이 다 빠진 이의 마지막 미소였다. 해명은 울컥했다.

“칼을 잡고 나와 억울한 사실을 제대로 밝히시오! 왜 죄인으로 죽으려 하는 거요? 역모 같은 건 꾸미지 않았잖소!”

“나는 죄인이오.”

“그대가 왜 죄인이오? 대체 무에가 죄인이란 거요? 대체 무얼 잘못했다고! 이건 누명을 쓴 억울한 개죽음이오. 개죽음을 당하지 말고 칼을 잡고 일어서시오. 자신의 결백함을 밝히시오. 도망쳐 나오란 말이오!”

제게 매달린 해명을 물끄러미 보는 얼굴이 금방이라도 울 것처럼 일그러졌다. 운이 고개를 돌려 해명을 외면했다.

"죽기 전에 얼굴을 한 번 보았으니 됐소. 길게 있으면 그대도 위험해질 수 있으니 그만 돌아가시오. 나는 결백하지 않소."

"밖에 호응해줄 이들도 있소. 도와줄 이들이 와 있단 말이오. 그대만 칼을 들면 되오. 제발!"

운이 단호히 고개를 저었다.

"애먼 목숨들을 나 때문에 희생시킬 필요 없소. 나는 그럴 마음이 없으니 모두 돌아가라 이르시오. 그대도 어서 이곳을 빠져나가시오."

정말 죽을 작정이었다. 운의 결연한 태도에서 확고한 의지가 느껴졌다. 그가 이대로 죽어버리면 자신은 어째야 하나, 생각만 해도 끔찍했다. 어떻게든 설득해야만 했다. 해명이 다시 한 번 그의 무릎에 매달렸다.

"돌아온다고 했잖소."

어느새 해명의 목 끝에 울음이 가득 차 있었다.

"해줄 말이 있다고 했잖소. 기다리라고 하지 않았소? 그런데 이게 뭐요? 이대로 죽겠다는 거요? 그대가 기대하던 씨앗이 아니라서 그냥 죽어버리겠다는 거요? 죄인으로 몰려 죽어도 아무 상관없단 거요?"

운의 눈 역시 어느새 붉게 충혈되어 있었다. 바르르 입술을 떨며 꽤 원망스런 시선으로 허공을 노려보던 운이 그대로 손을 뻗어 해명을 끌어당겼다. 곧 해명의 입술에 운의 마른 입술이 닿았다. 더운 숨이 얼굴 위로 흩어졌다.

놀라서 크게 떠졌던 해명의 눈이 서서히 감겼다. 어쩔 줄 몰라 하던 해명의 손이 운의 어깨 위로 내려앉았다. 그 순간 운이 더 세게 해명을 끌어당겨 품에 안았다. 숨이 막힐 때쯤이 되어서야 운이 해명에게서 떨어졌다. 둘 다 입술이 부풀고 얼굴이 붉게 상기되어 있었다.

"됐소? 이래서 내가 죄인이라는 거요. 이래서 결백하지 않단 거요! 그래서 죽으려는 거요. 내게 주어진 건 저주의 씨앗이니까 내가 다 끊어버리려고!"

해명이 멍한 얼굴로 운을 보았다.

"돌아와서는 내게 고백할 셈이었소?"

더듬거리며 어렵게 꺼낸 질문에 운이 입을 꾹 다물었다. 운의 눈에 순식간에 눈물이 그득 찼다. 꼭 이 말까지 하게 하느냐는 원망 가득한 눈으로 해명을 노려보던 운이 버럭 고함을 질렀다.

"그렇소! 그럴 작정이었지. 그대 말을 듣고 혹시나, 하는 마지막 기대를 했거든. 다 던지고, 세자고 뭐고 다 포기하고 그대 곁으로 가서 고백이라도 해볼까, 그런 미친 생각을 잠시 했었소! 됐소? 허나 올라오니 나더러 역적의 소굴에 있다 온 자라 하더오. 그래, 어차피 이 모양 이 꼴이 된 거, 역적이랑 별반 다를 바도 없으니 역적으로 몰려 죽는 것도 나쁘지 않잖소? 그래서 역적이 되기로 한 거요. 그 덕분에 내가 다른 이들을 살릴 수 있다면 그나마 쓸모 있는 목숨일 테니 말이오. 허니 돌아가시오. 내 마음은 아니 변할 거요."

운이 매몰차게 해명에게 등을 돌렸다. 너른 등이 외로워 보여 위로해주고 싶었으나 애써 뻗은 손은 운에게 닿지 않았다. 해명이 조용히 자리에서 일어섰다.

"그대가 얼마나 고통스러웠을지 내 짐작하지 못하는 바는 아니나……."

해명이 숨을 들이마셨다.

"그래도 이리 죽는 건 아니오. 씨앗이 싹트는 건 봐야지, 혹여나 그대의 생각과 다른 나무에게서 핀 꽃이 세상에서 가장 아름다울지도 모르는데……."

조용히 읊조린 해명이 방을 나섰다. 복도로 나오자 안에서 억눌린 울음소리가 터져 나왔다.

어미 잃은 짐승처럼 낮게 울부짖는 소리를 뒤로 한 채 해명이 복도를 걸었다. 복도 끝에는 울었는지 눈가가 발갛게 된 유내관이 서 있었다.

"친국은 시작되었습니까?"

"예."

"부탁드릴 게 있습니다."

"말씀하십시오."

"여인의 옷을, 구해주실 수 있습니까."

의아한 눈빛으로 유내관이 해명을 보았다. 서서히 유내관의 눈이 커졌다.

"설마……."

"아직 세자저하께는 아무 말씀 마십시오."

해명이 고개 숙여 절했다. 유내관이 홀린 듯이 고개를 끄덕였다.

***

도승지가 도포자락을 휘날리며 바쁘게 걸어왔다.

"영상대감, 이것을 보셨습니까?"

"이게 뭔가?"

"사대문 벽에 이러한 벽서가 붙었다 합니다."

도승지가 떨리는 손으로 벽서를 내밀었다. 거기엔 언문으로 '토사곽란'이라고 적혀 있었다.

"토사곽란이라……."

"역병이라도 돈다는 것일까요? 어떤 못된 놈이 이러한 벽서로 민심을 흉흉하게 하는지, 원. 이것을 본 백성들이 크게 두려워해 집 밖으로 나가는 것조차 삼간다고 합니다. 그저 장난질이겠지요? 설마 정말 역병의 위험을 경고한 글귀는 아니겠지요? 전하께 이것을 말씀 드려야 할까요? 안 그래도 심란하실 텐데 이런 말도 안 되는 벽보까지 돌아다니다니, 정말 전하를 뵐 면목이 없습니다."

도승지가 한숨을 푹푹 쉬며 넋두리를 늘어놓았다. 그러거나 말거나 국환은 홀로 깊은 생각에 잠겨있었다.

"토사곽란, 토사, 곽란."

"왜 그러십니까?"

그제야 심상치 않은 국환의 기세를 눈치 채고는 도승지가 조심스레 물었다. 그러나 국환은 아랑곳하지 않고 계속해서 토사곽란이라는 말만 중얼거렸다. 그러다 갑자기 무릎을 쳤다.

"그렇구나! 토사곽란!"

"예?"

국환이 왜 이러는 건지 도무지 알 수 없었다. 의아해하는 도승지를 세워둔 채 국환이 자리에서 벌떡 일어났다.

"친국 준비는 다 끝났는가?"

"예, 전하께서 곧 납실 것입니다."

"이 얘기는 내가 전하께 하겠네."

자리에서 일어난 국환이 나는 듯이 빈청을 나갔다.

"대체 뭐가 저리 좋으신가?"

저리 기뻐하는 영상의 모습은 참으로 오랜만인 것 같다고 생각하며 도승지도 서둘러 밖으로 나갔다.

***

친국장엔 시원임대신, 의금부 당상관, 사헌부, 사간원의 모든 관원, 좌우포도대장, 육방승지가 일제히 모이는 것이 관례였다. 근처엔 고신을 위한 도구들이 그득했다.

대부분의 사람들은 장소와 모인 사람들이 주는 위엄에 질려서 끌려와 자리에 앉는 순간 이미 잔뜩 겁을 먹은 얼굴을 하곤 했다. 허나 진무는 마치 제 집 안방에 앉은 것 마냥 편안해 보였다. 그 범상치 않은 기세에 대신들이 오히려 그를 마주 보지 못하고 고개를 돌려 피할 정도였다.

"주상전하 납시오."

대신들이 도열한 가운데 왕이 들어와 자리했다. 국환이 뒤따라와 곁에 섰다. 왕은 제 앞에 앉은 죄인을 노려보았다.

"전하, 친국을 시작하기 전에 아뢸 것이 있사옵니다."

국환이 허리를 굽히며 고했다.

"아무래도 이 일과 관련이 있는 듯합니다."

"무엇인가?"

"사대문 안에 토사곽란이라는 벽보가 붙었다 합니다."

"토사곽란이라……. 역병이 도는 것도 아닌데 그런 벽보가 붙다니 민심을 뒤흔들려는 자가 있는 게로군."

"예, 헌데 제 생각엔 그 토사곽란이 저희가 알던 뜻이 아닌 듯합니다."

"알던 뜻이 아니라니?"

"제 생각엔 토사(土死), 즉 흙이 죽으면……."

"곽란(爀爛), 밝게 빛난다는 것이니, 곧 전하가 죽으면 밝게 빛나는 세상이 온다는 의미이지요."

국환의 말을 끊으며 태연히 진무가 이어 대답했다.

"네 이놈!"

자리에서 벌떡 일어난 왕이 추상 같은 고함을 질렀다.

"이 늙은 중놈이 감히 누구 앞에서 함부로 떠드는 것이냐!"

"네 이놈! 너는 어찌 젊은 날의 네 모습은 모두 버리고 늙어 권력만을 탐하는 개가 되었느냐! 삼전도로 피난을 가게 되었을 때,

도망치는 백성들을 수습하며 네 무어라 지껄였더냐! 나아갈 때와 물러날 때를 아는 사람이 되겠다고, 추하게 늙어 자신만의 안위를 위해 모두를 불행케 하는 인간은 되지 않겠다고 했던 것을 잊었느냐!"

친국장이 쩌렁쩌렁 울릴 만큼 큰 소리였다. 서 있는 사람들 모두 감히 숨조차 쉬지 못했다. 한참을 멍하니 서 있던 왕이 비척비척 걸어 진무 앞으로 갔다.

진무가 눈을 부릅뜬 채 다시 한 번 크게 호령했다.

"내 눈을 똑바로 보아라, 이놈! 내가 기억나지 않느냐?"

"네가, 누구냐?"

묻는 왕의 목소리가 떨리고 있었다.

"내가 진무다! 네 정녕 나를 모른단 말이냐?"

진무는 서상대사와 함께 공부를 한 친구였다. 허나 전쟁이 터졌을 때 두 친구의 선택은 달랐다. 한 친구는 나라를 위해 칼을 들었으나 진무는 백성들 속으로 들어가 그들과 함께 전쟁을 치르며 민심을 달랬다.

그는 술을 먹고 여색을 가까이 해도 반야의 지혜가 방해받지 않는다고 말하며, 여자를 품고 있다가 홍시가 떨어지면 홍시를 주우러 가는 괴짜로도 유명했다. 잘 모르는 이가 보면 한없이 천박해 보이지만 실은 그 경박해 보이는 행동 안에 그만의 도가 있었다. 그는 민초들 속에서 그들과 함께 호흡하는 석가모니였다. 가장 낮은 곳에서, 가장 하찮은 행동을 하면서도 그는 수행을 게을리 하지 않았다. 진흙속에 핀 연꽃이란 곧 그를 뜻함이었다.

"네가 진무라고?"

"그렇다! 내가 진무다!"

왕이 금창대군이던 시절, 난을 수습하던 와중 두 사람은 만났다. 왕은 진무를 만나면서 사주에 대해 진지한 관심을 가지게 되었다.

"사람은 물러날 때와 나아갈 때를 알아야 한다고, 사주는 그러한 것을 알기 위함이라고 말했던 것을 잊었단 말이냐! 지금 네가 자식을 위해 물러날 때라는 것을 모른단 말이냐! 너는 권력을 얻기 위해서가 아니라 나라를 바로잡기 위해, 필요하다면 권력을 얻고 싶다고 했다. 네 자식이 너보다 잘나서 너를 밟고 일어서는 한이 있더라도 그것이 더 나은 세상을 위해서라면 기꺼이 너는 희생될 수 있다고 하였다. 헌데 지금의 너를 보거라! 너는 네 자식이 지금 얼마나 자랐는지, 자질이 있는지, 알아볼 생각도 하지 않고 그저 네게 칼을 들었단 이유만으로 분노하고 있다. 네 권력을 나누기 싫다고 발악하고 있어. 그것이 과연 진정한 왕이더냐? 네가 바란 네 말년이 이런 모습이었단 말이냐? 네 이놈! 내 눈을 똑바로 보아라! 내 눈에 비치는 네 모습이 부끄럽지 않단 말이냐!"

진무의 앞에 선 왕이 온몸을 부들부들 떨었다. 그러다 끝내 분을 이기지 못하고 곁에 선 병사의 육모방망이를 빼앗아 마구 휘둘렀다.

진무는 윽, 소리 한 번 내지 않고 왕의 매질을 고스란히 받았다. 금세 진무의 몸에서 피가 튀었다.

"전하, 전하, 고정하시옵소서."

국환이 달려 나와 왕을 부둥켜안고 말렸다. 왕의 눈이 제대로 돌아왔다. 눈앞에 진무가 의자에 묶인 채 피투성이가 되어 혼절해 있었다. 제 손에 묻은 피를 본 왕이 흠칫하며 저도 모르게 뒷걸음질 쳤다.

"이자를, 가두어라. 나중에 다시 하겠다."

왕이 황급히 자리를 빠져나갔다. 국환이 얼른 그 뒤를 따라가며 다른 이들로 하여금 쫓아오지 못하게 손짓했다.

"전하, 전하!"

"혼자 있겠다!"

왕이 가다 멈춘 채 다시 한 번 크게 소리쳤다.

"누구도 따르지 말라! 혼자 있겠다!"

"전하!"

"혼자 있겠다!"

거듭되는 말에 국환이 결국 뒤로 물러섰다.

왕의 걸음이 바빴다. 왕이 저 멀리 사라지자마자, 국환이 주위를 둘러보았다. 커다란 나무 아래 문상궁이 서 있었다. 국환이 고개를 끄덕여 신호를 보냈다. 문상궁이 재빨리 어둠 속으로 사라졌다.

***

사내에게 자식은 관이라, 아비를 극하는 게 곧 자식이라고 했다. 진무는 그 말이 세대의 교체를 의미하는 거라고 설명했다.

'낙엽이 떨어져야 새싹이 돋는 것처럼, 사내에게 자식 역시 그러한 것입니다. 허니 잘 물러나주는 것이 어른이 할 일이지요. 어른이 물러나야 할 때 물러나지 못하고 움켜쥐고 있는 것은 노욕이요, 늙은이가 노욕을 부릴수록 새 싹은 자라날 공간을 얻을 수 없으니, 그것은 곧 우리 모두의 공멸을 뜻합니다.'

'자식을 낳아 길러, 그 자식에게 배신당하는 것이 사람의 인생이란 말입니까.'

'배신이라니, 당치도 않은 소리! 자연을 보세요. 모든 생명체는 자연스레 그러한 과정을 겪어냅니다. 그것을 그들은 배신이라고 생각하지 않아요. 사주는 곧 자연을 설명한 것입니다. 자연에 존재하는 모든 생명체들은 나아갈 때와 물러날 때를 압니다. 오직 인간만이 그러한 흐름을 잊은 존재지요. 그래서 우리는 사주를 알아야 합니다. 언제 물러나고 나아갈지를 알아야 자연에 해를 끼치지 않으며 살 수 있기 때문이지요. 호랑이는 죽어 가죽을 남기고 사람은 죽어 이름을 남기는 거라지요. 허면 인간이 어떤 이름을 남길 때 가장 뜻 깊은 줄 아십니까?'

'언제입니까.'

'바로 뛰어난 자식을 낳아 그 자식 덕분에 내 이름이 높아질 때입니다. 호랑이의 아비가 개일 리 없지요. 범 같은 자식을 낳는다면 나도 범이 되는 겝니다. 나보다 더 나은 자식을 자연 속에 내어놓고 죽을 때, 진정 이 세상에 사람 할 도리를 다한 것 아니겠습니까.'

'허면 스님은 자식이 없으니, 할 도리를 안 한 겝니까?'

'아닙니다. 나는 이런 말들을 전파하며 돌아다니니, 내 말을 듣고 그대로 사는 이들이 생기지 않습니까. 넓게 보면 그들도 자식이지요. 허니 나도 내 나름대로 세상에 최선을 다하는 겝니다.'

'우문현답이었습니다. 좋은 자식을 낳아야겠습니다.'

'그래야지요. 지금 우리보다 더 뛰어난 새로운 이들이 많이 나와야 이 난세가 극복되지 않겠습니까. 우리가 기대할 것은 시간의 흐름과 새로운 생명의 힘뿐이에요. 조만간 기후의 변화가 올 것입니다. 어쩌면 전쟁보다 더 큰 혼란이 올 수도 있어요. 그때 제대로 된 왕이 나오지 않는다면, 백성들의 삶은 더 고달파질 겝니다.'

그 말을 늘 되새기며 살았다. 제 아비가 끝내 형을 죽였을 때, 자신만큼은 그리되지 말자 수백, 수천 번 마음속으로 맹세했다. 비겁했지만 아비에게 더 반발하여 나서지 못한 것은 나라를 위함이라고 스스로를 변명했다.

제 형의 억울한 죽음을 헛되이 하지 않기 위해서라도 좋은 왕이 되어야 했다. 제 아들은 좋은 왕재여야 했다. 그러기 위해 최선을 다해서 부끄러움 없이 살았다.

"노욕이었던가. 그랬단 말인가."

운이 역모를 꾀했다고 자백했을 때 피가 거꾸로 솟는 기분이었다. 사주 따위는 순간 모두 잊어버리고 아들에게 배신당했다고 생각했다. 저를 죽여 왕좌를 차지하려 했다는 사실에 분노했다.

그러나 진무의 말대로 이제 정말 제가 필요 없어진 거라면, 이제 아들의 시대가 되어야 할 때라면, 토는 죽고 태양이 나서야 할 때라면, 모두가 그것을 기다리고 있고, 아들이 이제 자격을 갖추었다면, 물러나 주는 것이 어른으로서 할 일이었다.

그런데 그 흐름을 알지 못한 채 자신이 과욕을 부리는 거라면 이 얼마나 부끄러운 일인가.

제 손으로 제가 아들을 죽이려 한 게 얼마나 어리석은 일인가.

운은 그때 분명 변화하고 있었다. 어쩌면 왕이 가장 기다려온 변화였다.

헌데 그 변화를 반기지 못하고 제가 물러날 때를 모르고, 왕위를 탐한다며 분노했다. 왜 그리되었던 걸까. 무엇이 제 눈을 가렸던 것인가.

"전하, 어의가 약을 가져왔사옵니다."

"들라."

조용히 들어온 어의가 약그릇을 올렸다.

오늘따라 유독 그릇이 흔들렸다. 그릇 속에 담긴 약이 제가 평소에 먹던 것과 달라 보이는 것 같기도 했다. 기분 탓인가. 왕이 물끄러미 어의를 쳐다보았다.

"어의."

"예."

두 사람의 눈이 마주쳤다. 어의의 눈을 유심히 보던 왕이 허탈하게 웃었다.

***

"그리 입으니 영락없는 계집인 것을, 같이 오래 지내면서도 저하께서 조금도 눈치 채지 못하셨다니."

편전으로 향하며 문열이 혀를 내둘렀다.

해명이 어색하게 미소 지었다. 오랜만에 입는 여인의 복색이 스스로도 어색했다. 댕기머리가 목 뒤에서 흔들거리는 것 역시 익숙지 않았다.

"들어가지."

"예."

사람을 물리라 말해둔 탓인지 편전 주위가 고요했다.

잘 모르는 해명은 그러려니 했으나, 문열은 고개를 갸웃했다. 아무리 그래도 밖을 지키는 내관조차 없는 것이 이상했다.

"전하, 박감사이옵니다. 안에 계시옵니까?"

안에선 대꾸가 없었다. 문열이 밖에서 서너 번 더 불렀다.

"아니 계신 것 아니옵니까?"

"글쎄."

문열이 망설임 끝에 닫힌 문을 열었다. 방 안엔 사람의 기척 없이 고요했다. 그때였다.

"멈추어라!"

순식간에 환한 불빛이 주위를 에워싸더니 사람들이 물밀 듯이 밀려들어왔다. 모두 검을 든 군사들이었다.

그 기세에 놀라 해명이 하얗게 질린 얼굴로 주춤하며 문열의 뒤에 몸을 숨겼다. 문열은 긴장을 숨기고 의연한 얼굴로 주변에 선 이들을 둘러보았다.

"이게 무슨 일이오?"

"역당의 무리가 전하를 해하려 한다는 말을 듣고 이리 온 것이오!"

"역당이라니! 어찌 함부로 입을 놀리시는 게요?"

"전하를 어쩐 것이냐, 네 이놈!"

병판이 문열을 보며 크게 호통쳤다. 그때 그들 사이를 헤치고 어의가 안으로 들어갔다. 그러더니 이내 곡소리가 터져 나왔다.

"전하께서 승하하셨습니다."

기절할 노릇이었다. 해명이 비틀거리는 몸을 바로하기 위해 문열을 붙잡았다.

문열 역시 놀랐는지 믿기지 않는다는 얼굴로 주위를 두리번거렸다.

"승하라니, 전하께서 승하하셨다니!"

"네 이놈! 네가 전하를 죽였구나! 네놈이었어! 여봐라, 이 연놈들을 포박하라!"

순식간에 머리 위로 몽둥이세례가 쏟아졌다. 문열이 얼른 해명을 감쌌다. 한동안의 난리가 지나간 뒤 이내 두 팔이 뒤로 꺾이더니 밧줄이 팔을 휘감았다. 해명이 고개를 들어 문열을 보았을 때 그의 몰골은 이미 엉망진창이었다.

"이자들을 추국장으로 끌고 가라!"

***

유내관이 구르듯이 달려와 고하지도 않고 문을 벌컥 연 뒤 운의 앞에 쓰러졌다.

"저하, 전하께서 승하하셨다 하옵니다!"

멍하니 앉아 있던 운이 놀라서 유내관을 보았다.

"그게 무슨 소리냐? 아바마마께서 돌아가셨다니?"

"전하를 죽인 자가 박감사와 민해명이라고 합니다. 둘 다 현장에서 붙잡혀 추국장으로 끌려가고 있답니다."

멍하니 있던 운이 튀듯이 자리에서 일어나 유내관의 멱살을 움켜쥐었다.

"다시 말해보거라. 누가 아바마마를 죽였다고?"

"아마 저들은 저하께서 박감사를 사주하여 전하를 죽였다고 몰고 갈 것 같습니다. 저하, 이 일을 어쩌며 좋습니까!"

"똑바로 말하라! 민해명, 민해명이라 했느냐?"

유내관이 기운 없이 운의 손에 흔들리며 체념한 얼굴로 고개를 끄덕였다.

운이 유내관을 버려두고 자리에서 벌떡 일어났다. 바닥에 쓰러진 유내관이 흐느꼈다.

"이리 억울할 데가 어디 있습니까. 역모도 억울한데 전하의 죽음을 사주했다니, 누명도 이런 누명이 어디 있단 말입니까!"

주위를 두리번거리던 운이 벽에 걸린 장도(長刀)를 내렸다.

"나는 아바마마를 죽이지 않았다. 죽길 바라지 않았어."

"아무렴요!"

유내관이 울며 고함쳤다.

"아바마마께서 역모로 날 벌하신다면, 아바마마의 손에는 죽어

드릴 수 있다. 허나 다른 이에게 아바마마를 살해했다는 누명을 쓰고 죽을 수는 없다. 이름을 남기진 못하더라도 이름을 더럽히며 죽진 않을 것이다. 나 때문에 억울한 이가 죽게도 할 순 없다!"

칼을 손에 쥔 운이 밖으로 뛰쳐나갔다. 유내관이 그제야 울음을 멈추었다.

***

떠나기 전날 밤, 헌복은 감영의 담을 넘어 해명을 만나러 왔다.

"준비는 끝났느냐?"

"예, 대사님은 이미 옥에 갇히셨습니다."

"알고 있다. 스승님을 뵈러 온 것이 아니다. 아무래도 고집 센 네가 설명되지 않는 일에 혹여나 협조하지 않을까 봐 그것이 염려되어 왔다."

퉁명스러운 말투였으나 실은 해명을 걱정하여 굳이 찾아온 것이다. 그 배려가 고마웠다.

"스승님께는 토사곽란을 이미 다 퍼뜨렸다고 전해라. 곧 한양 사대문 안엔 벽서가 붙을 것이다. 나머지 것은 차차 설명하기로 하고, 일단 네가 지금 가장 궁금한 게 무엇이냐?"

"운이, 아니 세자께서 본인이 역모를 꾸몄다고 자백했다고 합니다. 어찌 그런 거짓 자백을 한 것입니까? 그리고 왜 저는 따로 저하와 독대하라고 자꾸 그러시는 겁니까? 만나면 무슨 말을 하라구요?"

세자의 자백이라는 새로운 내용이 있으니 조금이라도 놀랄 줄 알았으나 헌복은 시큰둥했다.

그러고 보니 아까 진무도 그 말을 듣고 조금도 반응하지 않았다. 이쯤 되니 오히려 해명이 당황스러웠다.

"당연히 자백일 줄 알았다. 어느 누가 이 산기슭에 관심이 있어 그런 쓸데없는 것을 고변하겠느냐? 누군가 필요에 의해 모함을 했는데 세자가 응했으니 이 사달이 났지. 아니면 너와 나까지 엮일 이유가 없지 않느냐."

"모함을 당했는데 왜 바로잡지 아니 하고 뒤집어썼단 말입니까?"

도무지 이해할 수 없었다. 왜 스스로 죽을 것을 자청한단 말인가.

"너와 했던 대화들을 떠올려보거라. 그래도 모르겠느냐?"

애써 해명은 둘이 나누었던 여러 대화들을 생각해보았으나 그 어디에 역모와 관련된 내용이 있는지 알 수 없었다. 혹여나 제가 역모를 꾸미는 것 같은 이야기를 했다고 오해하여 그가 자신을 보호하기 위해 그런 자백을 했나, 라는 생각까지도 해보았으나 자신이 한 이야기 그 어디에도 역모의 씨앗이 될 만한 내용은 없었다.

해명이 하도 답답하여 저도 모르게 가슴을 두드리자 헌복이 헛웃음을 터뜨렸다.

"너도 참 둔하다."

"예?"

미치고 팔짝 뛸 노릇이었다. 해명이 무어라 항변하려는 순간 헌복이 손을 들어 그것을 막았다.

"시간이 없으니 내가 그냥 알려주마. 그놈은 널 좋아한 게다. 허나 그놈도 둔해빠져서는 네가 계집인 것을 끝까지 눈치 채지 못했지. 사내가 사내를 좋아하게 되었으니, 그것도 일국의 세자가 그리되었으니 얼마나 하늘이 무너지고 땅이 꺼지는 심정이었겠느냐! 게다가 네가 말한 대로 자신만의 규율이 스스로에게 엄격한 자는 더더욱 좌절했겠지. 처음엔 아마 조용히 죽으려 했을 게다."

"아……."

그제야 해명은 운과 나누었던 이야기들의 빈 곳을 완벽히 메울 수 있었다. 자신은 살 자격이 없다고 했던 게 무슨 뜻인지 알 것 같았다.

"그럼 씨앗 이야기 후에 돌아오겠다고 했던 것은?"

"죽으려고 했다가 네 이야기를 듣고 거기서 희망을 본 게지. 그래서 폐세자가 된 뒤 돌아와 네 곁에 머물 작정을 한 게야. 헌데 궐에 와보니 뭔가 상황이 여의치 않았던 거 같아. 그것까지는 뭔지 내가 알 순 없으나 여튼 곱게 폐세자를 당하고 물러날 상황은 아니었던 거지. 그래서 그냥 제가 역모를 했다, 자백한 게다. 죽으려고. 역모는 대역죄이니 죽기에 이보다 더 좋은 죄가 어디 있느냐? 그놈은 죽으려고 하는 게다. 그러니 네가 만나라는 게야. 만나 살아야 한다고 설득하거라. 칼을 들라고, 도망치라고. 결국은 그 자가 스스로 움직여야 이 모든 일은 해결될 수 있어."

무슨 말인지 알 것 같았다. 해명이 수긍하여 고개를 끄덕였다.

"허면 가서 제가 계집이라고 밝히면 되는 것입니까?"

"아니. 일단은 가서 밖에서 호응해줄 이가 있으니 차라리 칼을 잡고 일어서라고만 해라."

"말을 듣지 않을 텐데요."

"당연하지. 거기서 말을 들을 리 있나. 고집불통인 성격인데."

"허면요?"

설득해봤자 듣지도 않을 텐데 왜 가서 그런 말만 하라는 건지 모를 일이었다. 의아해하는 해명을 보며 헌복이 씩 웃었다.

"설명해주실 거면 시원하게 해주십시오. 설득해봤자 듣지도 않을 말을 왜 하라는 것입니까? 왜 제가 여인인 건 밝히지 말라는 거구요?"

"한 번 마음을 돌려 세우기 위해선 세 번, 네 번 흔들려야 한다. 사람이란 그래. 자신은 단호히 결정했다고 하지만 그 전에 이미 수백, 수천 번 망설이다 한 번 결심을 한 것일 뿐이다. 아마 네가 나타나기 전까지 세자는 칼을 든다는 건 머릿속에 아예 있지도 않았을 게다. 너는 가서 그에게 칼을 들라는 말만 하면 된다. 그 말을 듣는 것만으로도 그에겐 할 수 있는 행동이 늘어난 것이야. 네가 떠나고 나면 그는 수백, 수천 번 망설일 것이다. 그리고 어떤 순간이 오면 결국 칼을 들 게다. 그 순간이 왔을 때 그가 망설이지 않도록, 너는 그 전에 그를 흔들러 가는 것이다."

"세자가 칼을 들기만 하면 해결이 되는 것인데 어찌 영상이 움직인 판 위에서만 놀아야 합니까? 판을 우리 쪽으로 끌어와야 세자의 움직임이 더 용이하지 않겠습니까?"

"너는 자만하다라는 말을 아느냐?"

뜬금없는 질문이었다. 갑갑했으나 답하지 않으면 말이 길어질 거라서 해명은 얼른 머리를 굴렸다.

"그것은 겸손함이 없고 방자하다는 뜻 아닙니까."

"한자가 어찌 되는지 아느냐?"

"스스로 자(自)에."

"게으를 만(慢)이지. 즉 스스로를 자신하여 게을러지는 것이 자만이다. 인간은 자신감이 과하면 게을러져. 그게 사람이 흔히 하는 실수지. 나는 영상이 자만했으면 한다. 자만해지게 만들기 위해서 모든 게 뜻대로 흘러가게 두려는 게야. 가는 길에 아주 작은 것이라도 돌이 여럿 놓여 있으면 사람은 걸으면서 넘어지지 않기 위해 경계하지. 경계하여 주위를 둘러보면 실수가 없어. 허나 길가에 작은 돌조차 하나 없다고 생각해보거라. 가는데 거침이 없으면 경계심이 줄어들고 게을러져. 게을러지면 곧 자만하기 쉽지. 아무 장애물 없이 모든 것이 뜻대로 되면 인간은 제가 하늘의 뜻대로 움직이고 있다고 착각하거든. 하늘의 뜻이 무언지도 모르면서 말이다."

"영상이 하늘의 뜻이 자신에게 있다고 착각하게 하려는 것입니까?"

"그렇지. 허니 영상이 가는 길에 조금의 방해물도 없어야 한다. 있다면 우리가 나서서 치워줘야 해. 그럼 그는 자만할 것이다. 어차피 전세는 단 한 번에 역전돼. 수백 수천 번 고민해봐야 단 한 번의 결심이 없다면 아무것도 아니듯이, 상황을 반전시킬 수 있는 기회는 단 한 번 뿐이다. 헌데 만약 우리가 작은 시도를 계속하면 영상의 경계가 삼엄해질 것이고 끝내 우린 큰 시도를 할 기회조차 얻을 수 없어. 허니 아무런 시도도 하지 않고 모든 게 영상의 뜻대로 이루어지게 두는 것이다. 인간이 자만하여 경계가 느슨해지도록 말이다. 우린 그때를 노릴 거야."

무슨 말인지 알 것 같았다. 헌데 마지막까지 해소되지 않는 의문이 하나 있었다.

"그는 그렇다 쳐도, 마지막에 끝내 세자께서 각성하리라는 것은 어찌 그리 장담하십니까?"

운의 질문에 헌복이 미소 지었다.

"슬프지만, 부모를 위해 목숨을 거는 자식은 없다. 허나 사내는 계집 때문에 목숨을 바치지. 네가 위험에 처한 것을 안다면 세자는 칼을 잡을 것이다. 모르겠느냐? 세자는 널 위해 죽으려고 했어. 헌데 널 살리려고 무슨 짓인들 못할까?"

무슨 의미인지 이해한 순간 얼굴에 열이 올랐다. 순식간에 목덜미까지 붉어진 해명을 보며 헌복이 껄껄 웃었다.

***

무릎을 꿇은 채 포박된 해명은 헌복이 했던 말을 떠올렸다. 모든 것이 끝내 그의 예상대로 흘러가고 있는 것이 놀라웠다.

"옥에 가둔 진무라는 중이 사라졌습니다!"

그는 어떻게 사라졌을까. 놀란 해명과 문열이 시선을 교환했다. 그 순간 국환이 고함을 질렀다.

"네놈들은 전하를 죽였고, 진무란 중놈까지 도망치게 했다! 말하라! 진무는 어디 있느냐? 전하는 어찌 돌아가시게 한 게야?"

"나는 모르오. 모르는 일이외다! 억울하오!"

문열이 발악하듯 고함질렀다.

"이놈들이 정신을 못 차렸구나! 여봐라, 이놈들을 형틀에 묶어라."

그때였다. 갑자기 밖이 소란스러워지더니 칼이 맞부딪치는 소리가 들려왔다. 모여 있던 신료들이 당황하여 웅성거렸다. 이내 닫혀있던 문이 활짝 열렸다.

열린 문 뒤로 군사들이 피를 흘리며 쓰러져 있는 것이 보였다. 그리고 흰 소복이 붉게 물든 운이 한 손에 칼을 든 채 천천히 걸어오고 있었다.

풀어헤쳐진 머리에 옷은 온통 피투성이라 꼭 지옥에서 살아온 야차와 같은 모습이었다. 그 모습이 더욱 더 다른 이들을 무섭게 했다. 해명이 몸을 움직여 문열의 뒤에 저를 숨겼다. 운이 아직은 제 본모습을 봐선 안 되었다.

"영상!"

걸어오며 운이 크게 고함쳤다. 나뭇가지에 앉아 있던 새가 놀라서 날아갈 정도로, 온 궐 안이 쩌렁쩌렁 울리는 큰 소리였다. 서 있던 신료들이 기가 질려 모두 고개를 돌린 채 외면했다.

"나는 아바마마를 죽이지 않았소. 누명을 씌우지 마시오."

"저하는 아직 누명을 벗지 못한 죄인입니다. 동궁전에서 자중하라는 명이니 돌아가세요!"

"나는 죽음이 두렵지 않으나 언제 죽더라도 그런 더러운 누명을 쓰고는 못 죽소. 이들도 아무 상관없는 자들이오. 풀어주시오."

운이 성큼성큼 걸어 앞으로 향하자 서 있던 신료들이 뒤로 물러나며 몸을 웅크렸다. 국환이 눈짓하자 군사들이 운의 앞을 가로막았다. 운이 칼을 고쳐 쥐었다.

"나는 이들을 다 벨 수도 있소. 내 칼솜씨는 그대들이 더 잘 알겠지. 왕위에 욕심은 없소. 허나 내 이름 앞에 붙은 더러운 누명은 벗어야겠소."

운의 눈에서 빛이 번쩍하더니 순식간에 칼이 허공을 갈랐다. 이내 운의 흰 옷에 피가 튀며 앞에 서 있던 병사가 목이 기울어진 채 바닥에 쓰러졌다. 다른 병사들이 겁에 질려 운에게서 뒷걸음질 쳤다.

"이게 뭐하는 짓이냐?"

강의 고함소리였다. 운이 고개를 돌리자 멀리서 강이 군사들을 이끌고 달려오고 있었다. 강을 보자 운의 눈빛이 다소 가라앉았다.

"왔느냐? 잘 왔다. 네가 정리하거라. 나는 아바마마를 죽이지 않았다. 이자들도 무고하다. 모두 풀어줘라. 나 역시 세자 자리를 내어놓고 산으로 갈 것이다."

운은 차분히 상황을 설명했으나 강은 들으려고도 하지 않고 눈을 부라리며 손가락질했다.

"다들 무엇하는 것이냐! 죄인을 포박하지 않고!"

칼을 쥔 운의 손에 푸른 핏줄이 솟았다. 제게 있지도 않은 비결서를 내밀 때만 해도 설마 했다. 제 상황이 버거워 강의 배신까지 진지하게 고민할 여력이 없었다. 허나 이제는 확실히 알았다. 강은 이미 제 동생이 아니었다. 운이 강을 노려보며 이를 아득 갈았다.

"너였구나."

군사들이 운에게 달려왔으나 운이 한 발 빨랐다. 순식간에 제 앞의 사람들을 쳐낸 운이 재빨리 강에게 향했다.

뒤늦게 군사들이 운과 강의 주위를 에워쌌으나 이미 그땐 운의 칼끝이 강의 목에 닿은 뒤였다.

"손 하나 까딱해보아라. 이 목에서 피가 튀어나오는 것을 보게 해줄 테니."

낮고 음산한 목소리였다. 운의 성정을 아는 이들이 차마 더 나아가지 못하고 머뭇거렸다. 국환 역시 선불리 무어라 명할 수 없어 발을 동동 구를 뿐이었다.

"무엇이 그리 탐나 이런 짓을 저지른 게냐?"

"네가 역모를 꾀하여……."

운의 칼끝이 강의 목을 지그시 눌렀다. 피가 새어 나오기 시작했다.

"너를 내가 못 죽일 것 같으냐! 내가 하고자 하는 바를 못하는 인물이더냐! 이미 너는 나를 배신했다. 네가 먼저 혈연을 끊은 덕분에 이제 나는 네 목에 칼을 박는 것에 망설일 필요가 없어졌지."

싸늘한 목소리엔 이미 조금의 온기도 없었다.

운이 칼을 쥔 손에 좀 더 힘을 주었다. 목에 닿은 차디찬 칼의 느낌이 선명해졌다. 등 뒤로 소름이 돋았다. 강이 다급히 소리쳤다.

"국모가 되어야 하는 계집이 있었소! 내가 그 곁에 있고 싶었소."

"고작 계집 때문에 이런 일을 꾸몄더냐?"

"형님도 고작 계집을 살리자고 이리 달려온 것 아니오? 나와 무에가 그리 다르오?"

강이 냉소 지으며 고갯짓했다. 강의 시선을 따라 고개를 돌린 운이 놀라 눈을 크게 부릅떴다. 거기엔 여인의 모습을 한 해명이 앉아 있었다.

"저 계집애를 살리자고 달려온 거잖소?"

순간 해명의 모습에 넋을 잃은 운이 손에서 칼을 놓쳤다. 그때를 놓치지 않고 군사들이 운에게 달려들었다.

군사들에게 둘러싸여 매를 맞으면서도 운은 고개를 꼿꼿이 들어 해명을 보려 애를 썼다. 얼굴이 터지고 피투성이가 되어가는 그를 더 볼 수 없어 해명이 고개를 돌렸다.

"잠시 자다 깼더니 난리도 아니군."

그 순간 멀리서 낮은 목소리가 들려왔다. 익숙한 말투에 모두가 고개를 돌렸다. 분명 죽었다고 한 왕이 뒷짐을 진 채 걸어오고 있었다.

신료들이 모두 놀라 입을 딱 벌렸다. 국환조차 말문이 막혀 멍하니 왕의 얼굴을 보고 또 보았다. 왕의 뒤로 훈련대장과 훈련도감의 정예요원들이 달려오고 있었다.

"전하, 이게 어찌, 어찌 된 일이옵니까?"

국환이 뛰어가 왕의 앞에 머리를 조아렸다.

"왜? 죽어야 하는 자가 살아와서 놀랐는가?"

되물으며 씩 웃는 왕의 표정이 싸늘했다. 국환이 오싹하여 고개를 숙였다.

"약이라도 바꿨어야지. 죽은 빈궁의 마지막 날, 그대가 지어 보낸 약과 똑같은 색이었는데 내가 그걸 마실 줄 알았나. 불쌍한 어의가 어찌나 떨던지 안쓰러울 지경이었네."

"전하!"

국환이 바닥에 쓰러지며 왕의 발아래 매달렸다.

"나는 그대에게 하늘의 뜻을 읽어 달랬지, 하늘을 만들어 달라 한 적이 없네. 내가 언제 물러나야 할지 궁금했던 것이지 그대에게 새 왕을 만들어 달라 한 적이 없어!"

"전하, 오해이옵니다."

"오해든 아니든, 이젠 나와 상관없는 일이지."

냉정하게 국환의 손을 뿌리친 왕이 걸어서 운의 앞으로 갔다. 찬 바닥에 무릎을 꿇고 앉은 운을 일으켜 세운 뒤 그의 손에 다시 칼을 쥐어주었다.

"이제 네가 할 몫이다. 내가 아니라 네가 할 일이야."

운이 믿기지 않는다는 듯 왕을 보았다.

"토사곽란이라, 내 시대는 갔다. 네 시대를 빛나게 만들어라.

나는 늘 물러날 때를 아는 어른이 되고 싶었다. 물러날 때 가장 자격 있는 이에게 내 자리를 물려주고 싶어 안달을 냈던 게지, 내가 앉은 자리를 탐한 것이 아니야. 믿어다오."

두어 번 운의 손을 토닥인 왕이 돌아섰다.

"훈련대장은 세자를 도와 일을 처리토록 하라."

"예, 전하!"

운이 멍하니 피 묻은 제 손에 들린 칼을 보다 고개를 돌렸다. 그 순간 운과 해명의 눈이 마주쳤다. 운의 두 눈이 갈피를 잡지 못하고 흔들렸다. 그리고 누가 먼저랄 것도 없이 두 사람이 동시에 눈을 돌렸다. 차가운 밤바람이 그들 모두를 스치며 지나갔다.

뒷 이야기

귀양 생활을 끝내고 집으로 돌아온 항수는 사당에 인사를 한 뒤 곧장 별당으로 향했다.

"아버지!"

아침 내내 후원에서 서성이던 해명이 버선발로 달려 나왔다.

마음 같아서는 대문으로 마중을 나가고 싶었지만, 별당에서 한 발짝도 나가지 말라며 오라비가 근신을 명했기에 그리할 수 없었다.

"잘 지냈느냐?"

항수의 옷깃에 매달린 해명의 두 눈엔 어느새 눈물이 가득했다.

항수가 웃으며 해명의 어깨를 어루만졌다.

"나이는 더 먹었을 터인데 어찌 울보가 되었누?"

"어서, 어서 들어가시어요. 절 받으셔야죠."

항수의 손을 끌고 해명이 안으로 들어갔다. 방 가운데 반듯하게 서서 절을 올리는 해명을 항수가 새삼 뿌듯한 표정으로 바라보았다.

"이리 가까이 오거라."

"아버지!"

응석받이 어린아이처럼 해명이 다시 항수의 품에 안겼다.

아들보다 더 듬직하던 딸이 이러는 것을 보니, 그동안의 마음고생이 짐작되어 항수는 가슴이 아팠다. 한참을 품에 안은 채 해명을 위로하던 항수가 천천히 입을 열었다.

"궐에 갔다가 박감사를 만났다. 오늘부로 도승지가 되었다고 하더구나."

해명이 놀라 품에서 떨어져 나오며 항수를 보았다.

"네 이야기를 다 들었다."

"망극합니다. 못난 것이 가문에 누를 끼쳐……."

"너답지 않은 말 하지 마라. 실은 그리 생각지도 않으면서."

장난스럽게 말을 툭 던진 항수가 이내 호쾌하게 웃었다. 그제야 비로소 한결 마음이 놓인 해명이 좀 더 가벼워진 얼굴로 항수를 보았다.

"갇힌 내내, 아무 소식도 못 들었지?"

항수가 말하는 '소식'이 무엇인지 굳이 묻지 않아도 알고 있었다. 보름 내 별당에 갇혀 있는 동안 궁금해 어쩔 줄 몰라 하며 맘 졸였던 '소식'이었다. 헌데 부친이 묻는 말에 냉큼 그렇다고 하기가 영 면목이 없어서 해명이 선뜻 대답하지 못하고 망설였다.

허나 이미 다 알고 있다는 듯 항수는 굳이 해명의 대답을 기다리지 않고 이야기를 시작했다.

"대리청정을 수행 중이시다. 원래 전하께서는 양위를 하려 하셨으나 신료들이 말리고 세자께서도 아직 준비 되지 않았다며 물려 달라고 간곡히 말씀하셔서 대리청정으로 바꾸셨다고 들었다."

운이 대리청정을 시작하자마자 가장 먼저 한 일은 팔도에 암행어사를 파견하는 것이었다. 암행어사는 젊은 관리들 위주로 선발하였으며, 아주 은밀히 일을 처리하여 누가 파견되었는지 철저히 비밀로 부쳤다.

두 번째로는 민생의 안정을 위해 충청도와 전라도 곡창지대까지 대동법을 확대했다.

"신료들이 반대하진 않았습니까?"

"왜 반대를 안 했겠느냐! 반대하는 신료들에게 저하께서 그대들 밥그릇에서 한 술씩만 덜면 누군가는 죽지 않고 살 수 있다고 호통을 치셨다고 하더라. 당장 본인부터 밥그릇에서 한 술을 덜겠다고 하시면서 말이다. 그러시니 더 할 말이 어디 있었겠느냐."

항수가 뿌듯한 미소를 지었다. 해명 역시 조용한 웃음을 머금었다.

걱정한 것이 무색할 정도로 운은 잘해내고 있는 듯했다. 그것에 안도하면서도 동시에 마치 아무 일도 없었던 것 마냥 너무 멀쩡한 것이 은근히 서운했다. 해명이 애써 자꾸만 허해지려는 마음을 다잡았다.

"내일 김대감에게 사약이 내려진다고 하더라."

"사약이요?"

"그래, 이번 역모뿐 아니라 이전 빈궁 마마의 죽음과도 관계 되었으니……. 가문이 아주 풍비박산 났다고 하더라."

어의의 자백으로 국환이 빈궁의 죽음을 도모한 것이 드러났다. 처음엔 체질에 맞지 않는 약을 지어 올려 몸을 약하게 한 뒤 끝내는 약에 독을 타 죽음에 이르도록 한 것이다.

거기다 왕을 사사하기 위해 또다시 어의에게 독이 든 탕재를 올리도록 겁박했으니 죄질이 아주 무거웠다.

국환의 일가는 모두 귀양을 가거나 죽임을 당했고, 사돈의 팔촌까지도 모두 몸을 사려 사직서를 내고 낙향했다. 기세등등하던 일문이 내려앉는 것은 순식간이었다.

"헌데 역모를 꾀한 석천군에 대해선 아직 아무런 말씀이 없으셔서 신료들이 다들 당황하고 있다고 하더라."

신료들은 모두 국환이 처벌을 받을 때 강과 수진 역시 엄한 벌을 내려야 한다고 상소를 올렸으나 운은 유독 그것만큼은 묵묵부답이었다. 의중을 알 수 없는 운의 긴 침묵에 신료들 사이에선 온갖 말이 다 쏟아지는 중이었다.

그것을 모르지 않을 텐데, 그럼에도 운은 강과 수진에게 각자의 처소에서 꼼짝도 못하도록 근신을 명했을 뿐 그 이상 어떠한 지시도 내리지 않고 있었다.

"김대감의 여식이 예뻐서 저하께서 다른 마음을 품고 계신 거 아니냐는 소리도 나오는 모양이던데……."

말을 길게 끌며 항수가 흘깃 해명의 눈치를 살폈다.

어느새 다소곳이 앉은 해명은 별다른 표정 변화 없이 항수의 말을 묵묵히 듣기만 할 뿐이었다.

"아비 잃고 가문의 배경조차 없어진 계집 하나, 후궁으로 둔다 한들, 뭐 그리 큰 문제긴 하겠냐만……."

***

보름 동안 수진은 꼼짝없이 별당에 갇혀 있어야 했다. 일이 무언가 잘못되었다는 것을 어렴풋이 깨달았으나 누구도 수진에게 이야기해주지 않았고, 누구에게 물을 수조차 없는 처지였다.

이제 갓 궐에 들어온 듯한 생각시 하나가 늘 곁에 있긴 했으나 모든 것이 너무나 서툴러서 그 아이에겐 아무것도 기대할 수가 없었다. 그저 한없이 가슴을 치며 하루하루를 보낼 따름이었다.

"따라오시지요."

그리고 대체 얼마나 시간이 흘렀는지, 열 손가락으로 세다 지쳐 포기했을 때쯤 유내관이 찾아왔다. 늦은 밤이었다.

다른 배종하는 이는 아무도 없이, 유내관 혼자였다. 호롱을 든 채 허리를 숙인 그 태도는 깍듯했으나 분위기는 싸늘했다. 수진이 헛헛한 마음을 감추기 위해 치마를 움켜쥔 채 그의 뒤를 따라나섰다.

유내관은 수진이 단 한 번도 가본 적 없는 궐 안 깊숙한 곳으로 안내했다.

한참을 걷자 저 멀리 불이 켜진 작은 전각이 보였다. 작고 소담한 것이 침전이나 내전은 아닌 듯했다. 허면 혹시 강일까? 갑작스런 기대감에 수진의 심장이 뛰기 시작했다.

"마마, 뫼시고 왔사옵니다."

"들라."

허나 안에서 들리는 목소리는 강의 것이 아니었다. 저도 모르게 실망한 수진이 고개를 떨구었다. 문이 열리고, 커다란 병풍 앞에 장승처럼 앉은 운이 모습을 드러냈다.

두어 걸음 걸어 안으로 들어간 수진은 누가 시키지도 않았는데 다소곳하게 절을 올렸다. 그 모습을 보며 운이 가볍게 웃었다.

"내가 너를 이곳으로 왜 불렀는지 아느냐."

알 것도 같고, 모를 것도 같았다. 허나 아직은 뭐가 뭔지 확신할 수 없었다. 수진이 조용히 고개를 저었다.

"네 아비는 역모를 꾀했다. 곧 사약을 받고 죽을 테지. 네 어미는 국법에 따라 노비가 되었다. 어느 양반가에 팔려갔다는데, 어디로 갔는지는 알 길이 없지."

꼿꼿이 앉은 수진의 중심축이 순식간에 무너졌다. 결국 일이 그리 되었구나. 갑자기 군사들이 몰려와 저가 머무는 곳을 에워쌌을 때, 문상궁이 끌려갔을 때, 일이 뜻대로 풀리지 않았으리라 직감했다.

허나 이리 최악일 줄은 몰랐다. 어느새 수진의 눈에서 눈물이 흘러내렸다. 운이 무심히 그것을 보았다.

"네 가문의 사내들은 모두 죽거나 귀양을 갔고, 먼 친척들조차 몸을 사리기 위해 벼슬을 버리고 낙향했다. 너와 석천군이 함께 일을 도모한 사실이 드러났기에 계집임에도 너를 죽이라는 상소가 매일같이 빗발치고 있다."

놀란 수진이 고개를 들어 운을 보았다. 어느새 눈물이 맺은 눈엔 공포가 가득했다. 제 아비가 죽는다는 것은 슬픈 일이었으나 제가 죽는다는 것은 무서운 일이었다. 죽음은 살면서 단 한 번도 생각해본 적이 없었다. 죽는다는 게 무엇인지, 어떤 의미인지 조금도 몰랐다. 다만 분명한 것은 그건 대단히 끔찍한 일이라는 것이었다.

"허나 나는 너를 죽이고 싶지 않다. 그래서 아직까지 너를 살려둔 것이다."

어느새 운의 목소리가 낮고 은근해졌다. 수진이 멍해졌다. 느리게 돌아가는 머릿속으로 운의 말이 어떤 의미인지 알아차리기까지는 꽤 오랜 시간이 걸렸다. 그래도 재촉하지 않고 운은 그 시간을 기다려주었다.

뒤늦게 수진의 양 볼이 붉게 달아올랐다. 운이 그제야 은은한 미소를 지으며 말을 이었다.

"중전이 되기엔 이미 글렀으나, 후궁이 될 기회는 아직 있다. 네 기꺼이 내게 안긴다면 말이다. 나는 울면서 내게 오는 계집은 질색이라서 억지로 취하고 싶지는 않은데……."

그 말이 끝나기 무섭게 두 손으로 눈물 젖은 얼굴을 닦은 수진이 자리에서 일어났다. 그리고 은근한 시선으로 운을 바라보며 저고리와 치마를 벗었다. 속치마와 속저고리조차 벗고 속살이 드러나려는 순간, 운이 자리에서 벌떡 일어났다.

수진은 제게 오는 줄 알고 수줍게 고개를 숙였으나, 자리에서 일어난 운은 몸을 돌려 뒤에 놓인 병풍을 쓰러뜨렸다.

"보았느냐? 이게 네 사랑의 실체다."

거기엔 강이 있었다.

"악!"

수진이 제 몸을 감싼 채 자리에 쓰러졌다. 강은 도무지 믿기지 않는다는 얼굴로 고개를 저었다. 다시 수진이 울기 시작했다. 운이 냉혹한 시선으로 그런 수진을 노려보았다.

"너는 고작 이런 계집 때문에 아바마마와 내게 칼을 든 것이다. 사랑이라고? 이런 서 푼어치 만도 못한 게 어찌 사랑이더냐! 아무것도 희생하지 않고, 아무것도 내어주지 않는 것은 사랑이 아니다. 그저 좋은 것만 갖는 것은 사랑이라 할 수 없어. 네 얼마나 어리석은 짓을 했는지 네 두 눈으로 똑똑히 보거라. 제 목숨만 건질 수 있다면 어느 사내 앞에서든 치마끈을 푸는 계집에게 넌 대체 뭘 바치려 한 게냐?"

운의 힐난에 강이 몸을 부들부들 떨기 시작했다. 그것은 수진 역시 마찬가지였다. 이보다 더 치욕스러울 수 없었다.

"여봐라!"

"예!"

운이 고함을 지르는 순간, 군사들이 들이닥쳤다. 수진이 황급히 벗어둔 옷으로 제 몸을 감쌌다. 강이 고개를 돌려 아프게 그 모습을 외면했다.

"이 계집을 끌고 가 죽여라. 그리고 석천군은 신분을 천민으로 강등하고 탐라로 귀양 보내도록 하라."

"예!"

군졸들이 수진의 양팔을 붙잡았다.

"마마!"

끌려 나가면서 수진이 뒤를 돌아보며 소리쳤다. 강은 끝까지 고개를 돌려 그 모습을 외면했다.

***

운은 가마를 창덕궁의 비원으로 향하게 했다.

호랑이가 내려온다는 이야기가 있을 만큼, 비원은 깊은 산세에 걸쳐 있었다. 어두운 밤, 그곳에 간다는 말에 유내관은 펄쩍 뛰며 말렸지만, 운의 고집을 꺾을 순 없었다.

갑작스런 운의 방문에 내관들이 서둘러 비원에 등을 달았으나 그럼에도 어둠을 모두 몰아내긴 무리였다.

뒷짐을 진 운이 하염없이 후원을 서성였다. 아마 사람들의 눈을 피해 홀로 고요히 생각에 잠길 곳이 필요했던 모양이다. 오늘따라 유독 외로워 보이는 운의 너른 어깨를 보며 유내관이 한숨을 내쉬었다.

"언제부터 여기 계신 겐가?"

멀리서 문열이 숨을 헐떡이며 달려왔다.

그 모습을 보자 유내관은 반가워서 눈물이라도 날 것 같았다. 문열은 현재 운에게 가장 큰 버팀목이 되는 이였고, 유내관이 유일하게 운에 대해 의논할 수 있는 인물이었다.

"이미 일각이 훌쩍 지났을 것입니다."

"이런, 날이 아직 찬데 고뿔이라도 드시면 어쩌시려고."

문열이 혀를 찼다. 인기척 소리에 운이 인상을 쓰며 돌아보았다.

"저하, 밤이 깊었습니다. 침소로 드시지요. 기침이라도 하실까 봐 염려스럽습니다."

"안 그래도 목이 간질간질했습니다."

"거 보세요. 어서 안으로 드시지요."

"잠시, 잠깐만 더 있다가요. 가슴이 하 답답해서 여기까지 나왔습니다. 이곳은 궁궐 중 산과 가장 가깝지 않습니까."

문열이 물끄러미 운을 보았다. 달빛에 비치는 옆얼굴이 쓸쓸했다.

"산이 그리우신 게 아니라 보고 싶은 사람이 있어 이러시는 것 아니십니까."

나지막한 문열의 말에 운의 어깨가 움찔했다. 운이 못 들은 척하며 시선을 멀리 옮긴 채 딴청을 피웠다.

"그러고 보니 산에선 어찌 고뿔에 한 번 안 걸렸나 모르겠습니다. 조금만 춥게 지내면 기침을 하곤 했는데 산에선 눈밭에 굴렀는데도 멀쩡했으니 신기한 노릇이지요."

"그것 역시 같이 있었던 사람 덕분 아니겠습니까. 그분이 수다하다면서요. 물이 불기운을 꺼뜨렸으니, 저하의 건강이 달라졌……."

"도승지!"

결국 운이 버럭 고함을 질렀다. 허나 문열은 눈 하나 깜짝하지 않았다.

"아, 참. 그러고 보니 중전마마께서 저하의 혼례를 위해 가례청을 설치하라고 하시던데, 어찌할까요? 금혼령을 내리고 사주단자를 받을까요? 아님 이전에 받았던 사주단자 중 괜찮은 것을 다시 추릴까요? 이젠 저하의 사주를 온전히 알게 되었으니 관상감에서 능히 일을 제대로 해낼 것입니다."

아주 작정이라도 한 것처럼 문열은 운을 긁고 있었다.

점점 운의 얼굴에 열이 오르고 있었다. 멀리서 지켜보는 유내관이 다 초조해서 어쩔 줄을 몰라 했다.

"석천군께는 그리 사랑에 대해 훈계를 하셨으면서도 정작 본인은 사랑이 뭔지 모르시니, 중이 제 머리를 못 깎는다는 말이 바로 이럴 때 쓰는 것 아니겠습니까."

"무슨 말씀을 하시는 겝니까?"

되묻는 운의 말투가 싸늘했다. 더 이상 일그러질 수 없을 정도로 구겨진 운을 문열이 빤히 쳐다보았다.

"사내인 줄 알았던 정인이 계집이면 의당 좋아하며 데려오는 것이 옳거늘 어찌하여 내버려 두고 계신 겝니까?"

이리 대놓고 물을 줄은 몰라서 순간 말문이 막힌 운이 문열에게서 몸을 돌렸다. 잠시 숨을 고르던 운이 악다문 이 사이로 씹듯이 말을 내뱉었다.

"아무것도 모르면서 함부로 말하지 마세요. 아무리 도승지라 해도 용서치 않을 것입니다."

"제가 무엇을 모른다는 것입니까? 저하께선 그분을 귀애하시어 목숨을 걸지 않으셨습니까? 헌데 이제 와서 대체 뭘 망설이시는 겝니까? 설마 다른 사내와 사주단자를 주고받은 사이라는 것이 뒤늦게 걸리시는 겁니까?"

"내가 그리 속 좁은 사내로 보입니까?"

운이 버럭 고함을 지르며 문열을 노려보았다.

"허면 무엇이 문제란 말입니까?"

"나는 목숨을 걸었습니다. 아십니까? 세자 자리고 뭐고 다 내놓을 작정을 했을 뿐 아니라 하나뿐인 목숨까지 걸었어요. 헌데 그 사람은 내게 끝까지 자신이 여인이라는 사실을 숨겼습니다. 끝까지요! 나는 죽을 작정을 하고 모든 것을 다 털어놓았는데, 그 사람은 그 순간까지도 나를 기만했습니다. 그래서 용서할 수가 없어요!"

어느새 운의 두 눈에 눈물이 어렸다. 문열이 웃으며 가까이 다가섰다.

"그것 때문에 지금껏 서운해서 망설이신 겝니까. 그럼 진즉 저에게 하문하셨으면 되었을 것을요."

문열의 얼굴에 미소가 만연했다. 그 모습이 얄미워서 운이 눈살을 찌푸렸다.

"그분 역시 저하를 위해 목숨을 걸었습니다."

단호한 문열의 말에 운의 두 눈이 흔들렸다.

"저도 나중에 들었습니다만, 우도사는 이미 편전에 김국환이 짜놓은 덫이 있을 거라고 그분에겐 알려주었다고 합니다. 김국환

그자가 애초에 그분을 죽이려고 판 함정이니, 조금만 저하께서 늦게 도착하셨다면 분명 목숨을 부지할 수 없으셨을 겝니다. 그것을 다 알고도 간 것입니다. 자신이 다치거나 죽어서라도 저하께 칼을 들게 할 수 있다면, 아무 상관없다고 위험을 무릅쓰고 간 길입니다. 저하가 저를 보고 놀랄까 봐, 석천군이 가리키기 전까지 제 뒤에서 필사적으로 몸을 숨기더이다. 어찌 두 사람의 마음이 달랐으리라 오해하신 겝니까. 그분의 마음은 저하와 결코 다르지 않습니다."

생각지 못한 이야기에 운의 표정이 순간 멍해졌다.

"혹시나 자신이 계집이라는 것을 미리 알렸다가, 그것에 혼란을 느낀 저하께서 주춤하시느라 제때 칼을 못 드실까 봐, 그래서 끝까지 숨기신 겝니다. 저하를 기만하려던 게 아니라 저하를 위해서였다구요."

"하!"

운이 참았던 숨을 내쉬었다. 해명이 계집인 것이 운에겐 커다란 충격이었다. 내도록 속았다는 것이, 속였다는 것이, 그것도 모르고 혼자서 그토록 괴롭게 고민했다는 것이 모두 다 너무나 감당하기 어려웠다. 그래서 외면했다. 등 돌렸다. 제가 느낀 서운함을 일방적으로 해명에게 쏟아냈다.

누구도 해명에 대해서는 입도 뻥긋 못하게 했다. 억울한 누명을 쓴 항수를 귀양에서 풀어줬으면서도 그의 인사를 끝까지 받지 않았다. 자신이 치사하고 치졸하다는 걸 알고 있었다. 그것을 깨달을 때마다 스스로 더 괴로웠다. 그 괴로움으로 인한 원망은 다시 해명에게 향했다. 악순환이었다. 보름 동안 운의 마음은 지옥이었다.

"별당에 갇혀 있다고 들었습니다. 만나러 가보았지만, 그 집 오라비에게 거절당해 저 역시 발길을 돌릴 수밖에 없었습니다. 남장을 하고 산을 타던 이가 담 안에서 꼼짝을 못하는 신세가 되었으니 오죽 답답할 것이며, 아무 소식도 듣지 못하고 있을 테니 지금 얼마나 마음을 졸이고 있겠습니까."

심지어 저도 찾지 않은 주제에, 저를 다시 찾지 않는다고 말도 안 되는 비난을 해명에게 쏟아내기까지 했다. 모든 전말이 드러난 뒤에도 강과 수진에 대한 처벌을 오랫동안 끈 것은, 어쩌면 그들을 벌하는 데 자신의 정리되지 않은 사사로운 감정이 개입될까 봐 두려운 까닭도 있었다. 만약 그들이 정말 사랑이라면, 그 꼴을 보고 질투해서 폭주할 스스로가 두려웠던 것이다.

그리고 오늘, 배신당한 수진을 보며 넋을 놓은 강의 모습이 꼭 저 같아서, 마음을 다잡을 수가 없었다. 그래서 멀리 이곳까지 왔다. 아무리 바람이 분다 해도 치솟는 불길을 꺼뜨릴 수는 없다는 걸 알면서도 찬 공기를 마시면 속에서 들끓는 열불이 좀 가라앉지 않을까 기대했다.

"여기서 민대감의 집이 멀지 않습니다. 저하께서 계속 비원에 머물렀다고 제가 보증해 드리겠습니다. 사복을 입고 잠행을 다녀오세요."

가늘게 떨리는 운의 손을 문열이 잡았다. 어느새 가까이 다가온 유내관의 손엔 평복이 들려 있었다. 긴장해서 숨도 제대로 쉬지 못하는 운을 보며 유내관과 문열이 흐뭇한 미소를 지었다.

***

"으아아악!"

가슴을 움켜쥔 국환이 감옥소 바닥을 벌벌 기었다. 자식을 잃은 슬픔은 단장이 끊어질 정도의 고통이라고 했다. 그 말의 의미를 국환은 온몸으로 느끼고 있었다. 가문이 몰락했다는 말을 들었을 때도, 부인이 노비가 되어 어느 대갓집에 끌려갔다는 소식에도 의연했다. 하지만 수진의 죽음에는 천하의 김국환도 무너졌다.

숨조차 제대로 쉬지 못하고 껵껵거리며 국환은 고통스럽게 울부짖었다.

"많이 아프냐."

그때 익숙한 목소리가 머리 위에서 들려왔다. 국환이 고개를 들자 옥사 밖에 우도사 헌복이 그를 물끄러미 쳐다보고 있었다. 그것이 실재인지 허상인지 구분되지 않았다. 순간 멍해진 국환의 얼굴을 보며 헌복이 혀를 찼다.

"맛이 갔네, 갔어."

"여긴 왜 온 거요?"

"궁금한 게 많을 거 같아서, 죽기 전에 알려주러 왔는데 영 날을 잘못 잡았나 보네."

"뭐를, 대체 뭘 알려준단 거요?"

"궁금하지 않느냐? 네가 왜 이리되었는지, 왜 여기 갇혀 있는 건지, 어디서부터 어떻게 잘못된 건지 말이다."

궁금했다. 하지만 갇혀 있는 내내 생각하고 또 생각해도 끝내 답을 찾지 못한 질문들이었다. 어느새 국환은 울음을 그친 지 오래였다. 헌 나무 창살을 사이에 둔 채 두 사람이 마주보고 앉았다.

"일단 네 욕심이 이 모든 일을 그르친 첫 번째 문제라는 것은 잘 알겠지."

"욕심이 아니었소. 내겐 다른 선택의 여지가 없었소!"

"아니, 네겐 선택의 순간이 아주 많았다. 하늘은 네게 바로잡을 수 있는 기회를 수없이 주었어. 네가 눈이 어두워 그것을 못 본 게야. 하늘을 읽어야 하는 자가, 하늘을 만들려 했으니, 잘못될 수밖에. 너는 애초에 나라를 바르게 세우기 위해 좋은 왕재를 얻고 싶어 입태일과 출태일을 받았다. 허나 아이는 예정대로 태어나지 않았지. 그때 네가 진정 나라를 원했다면 대군에게 이것 역시 운명이니 마음을 접어라, 권했을 것이다. 네가 대군의 눈 밖에 나더라도 그리했을 게야. 헌데 너는 어찌했느냐. 네가 살기 위해 아이의 출생을 고치도록 대군에게 권유했다. 이미 거기서부터 네 사욕이 들어간 게야. 그러니 너는 그때부터 이미 하늘을 잘못 읽기 시작한 게다. 하늘을 진정으로 읽고 싶은 자는 사욕이 없어야 한다. 헌데 너는 사욕으로 하늘의 뜻을 거슬렀고, 거기서 더 나아가 네 출세를 위해 그것을 왜곡하기까지 했다. 그래도 하늘은 네게 여러 번의 기회를 주었지. 심지어 해명이 네 앞에 나타나기까지 하지 않았느냐? 네가 제대로 정신을 차렸다면 그 사주를 가지고 왕에게 달려갔어야 했다. 그랬더라면 너는 만고의 충신으로 오랫동안 기록되었을 것이다. 헌데 너는 또 그리하지 않았지. 거기다 네 말을 증명하기 위해 어린 빈궁을 죽음에 이르도록 했으니, 어찌 네 죄가 가볍겠느냐?"

헌복의 말이 끝나기 무섭게 국환이 미친 사람처럼 도리질을 쳤다.

"억울하오! 나는 정말 억울하오! 사주 따윈 하나도 맞지 않다. 그대의 사주대로라면 어찌 내가 여기 있단 말인가! 내 딸이 왜 오늘 죽었어야 했단 말인가! 내 딸은 정경부인도 부족한 사주를 타고 났는데, 대체 왜!"

"어리석은 것!"

헌복이 발을 구르며 크게 호통 쳤다.

"네가 이리된 것은 네가 잘못 살았기 때문이다. 사주 탓이 아니야! 네 사주는 좋아. 허나 너는 잘못 살았다. 그러니 어찌 그 좋은 사주가 빛을 발하겠느냐! 네 딸년도 마찬가지! 타고난 사주를 가지고 운명을 만들어가는 것이 인간이 해야 할 몫이거늘 너는 그러지 못했으니 이런 결과를 맞은 것 아니겠느냐! 사주를 배웠다는 놈이 사주에 대해 제대로 알지도 못한 채 오만했으니 응당 당연한 일 아니겠느냐!"

국환을 비웃으며 헌복이 자리에서 일어났다. 그리고 눈 깜짝할 사이, 헌복은 사라졌다. 어느새 텅 빈 옥사 밖을 보며 국환이 미친 사람처럼 고함을 질렀다.

***

잠이 오지 않았다. 한없이 뒤척이던 해명이 결국 갑갑증을 이기지 못하고 밖으로 나왔다.

마루에 앉아 숨을 크게 들이마시자 차가운 밤공기가 가슴 깊이 들어왔다. 순간 추워서 몸이 부르르 떨렸지만, 덕분에 정신이 좀 드는 것이 살 것 같았다.

"겁도 없이, 계집이 속곳차림으로 방 밖에 나오다니."

그 순간 들리는 목소리에 해명이 화들짝 놀라 고개를 돌렸다.

후원 담벼락에 덩치가 커다란 사내가 앉아 있었다. 어둠에 휩싸여 아무것도 보이지 않았지만, 그가 운이라는 것을 본능적으로 알 수 있었다.

놀라서 순간 몸을 웅크렸던 해명이 당당히 가슴을 펴고 자리에서 일어섰다. 지기 싫었다.

"무례하게, 사내가 별당의 담을 넘다니."

앙칼진 해명의 말에 운이 웃음을 터뜨렸다. 풀쩍 담에서 뛰어내린 운이 성큼성큼 걸어 가까이 다가왔다. 가슴이 쿵쿵 뛰었다.

해명이 고개를 꼿꼿이 세운 채 다가오는 운을 노려보았다. 한 뼘도 채 남기지 않고 마주 서자, 그제야 비로소 서로의 얼굴이 또렷이 보였다. 흔들리는 운의 두 눈이 해명의 얼굴을 더듬어 내려갔다. 민망함에 해명이 고개를 돌리려는 순간, 운의 손이 턱을 움켜쥐었다.

"이리 계집인데, 몰라봤다니."

신음소리와 함께 짓씹으며 운이 중얼거렸다.

오기가 생긴 해명이 보란듯이 턱을 치켜들었다. 한참 동안 해명을 보던 운이 손을 뗀 뒤 뒤로 물러났다. 그제야 비로소 해명이 마룻바닥에 주저앉았다. 다리가 후들거리는 것을 감추기 위해 해명이 치맛단을 끌어당겼다.

그렇게 서로에게서 떨어진 두 사람은 한동안 아무 말이 없었다. 긴 침묵이었다. 무슨 말을 어떻게 꺼내야 할지, 서로 망설이는 까닭이었다. 한참의 시간이 흐른 뒤 운이 먼저 입을 열었다.

"그 도사 놈은?"

"산에서 떠나온 이후로 보지 못했습니다. 찾으려고 사람을 보내봤습니다만, 이미 어딘가로 사라졌다고 하더이다."

운이 고개를 끄덕였다.

"존댓말을 하는군."

"세자저하인 걸 알았고, 제가 누군지 들켰는데 어찌 더 이상 하대를 하오리까?"

그리고 다시 긴 침묵이었다. 그 순간, 바람이 불었다. 바람에 새하얀 박주가리 씨앗이 날렸다. 운이 재빨리 손을 뻗어 그것을 움켜쥐었다. 커다란 운의 손엔 씨앗이 두 개 잡혀 있었다. 운이 해명에게 성큼성큼 걸어갔다.

"아무리 생각해봐도 그대 말에 모순이 있어 따지러 왔다."

그게 뭐냐는 듯 해명이 운을 보았다.

운이 씨앗 하나를 해명에게 내밀었다.

"이건 같은 씨앗이지."

운이 씨앗 중 하나를 해명의 손에 쥐어주었다.

"그대 말대로 사주팔자가 씨앗과 같은 거라면, 어찌하여 같은 씨앗인 데도 다른 열매가 맺히는 걸까? 나와 같은 사주를 타고 난 이가 어딘가는 있을 터인데, 그치가 나와 똑같은 삶을 사는 건 아니지 않은가. 타고 난대로 사는 것인데 어찌 이리 세상의 삶은 다양하냔 말이다."

"어찌 그리 쉬운 것을 물으십니까?"

"쉽다?"

운이 미간을 찌푸렸다.

해명이 싱긋 웃으며 자리에서 일어났다. 그리고 제 손에 든 씨앗을 마루 밑 응달진 곳에 떨어뜨렸다.

"같은 씨앗이라도 진땅에 심어지느냐, 마른 땅에 심어지느냐에 따라 의당 달라지지 않겠습니까. 또 경작하는 주인이 부지런한가, 게으른가에 따라 달라지겠고요. 양지냐, 응달이냐에 따라서 또 다르겠지요."

"허면 아무리 같은 씨앗을 가졌다 한들 환경에 따라 어떤 것은 전혀 꽃피지 못할 수도 있겠군."

"예, 또 어떤 것은 만개할 수도 있구요."

고개를 끄덕이던 해명이 물끄러미 운을 보았다.

"저하께서 백성들에게 어떤 왕이 필요한가 궁금하여 산에 왔다고 들었습니다. 이 씨앗이, 방금 저하에게 그 답을 충분히 주었으리라 생각합니다."

"무슨 말인가?"

"왕이 해야 할 일은 어떤 일이 있어도 씨앗이 꽃필 수 있게 최소한의 환경을 마련해주는 것이란 겁니다. 저하가 그토록이나 궁금해 하셨던, 진짜 왕 노릇은 바로 이런 겁니다. 어느 백성이라도, 세상 가장 미천한 곳에 존재하는 이라도 애초에 가지고 태어난 씨앗이 꽃필 수 있도록 최소한의 삶을 영위할 수 있게 해주는 것, 그게 바로 나라가 할 일이며 백성들에게 왕이 필요한 이유 아니겠습니까. 그리하신다면 저하의 씨앗에서도 꽃이 만개하지 않겠습니까."

운이 울컥하여 해명을 보았다.

"그대 생각엔 내가 잘할 수 있을 것 같은가?"

"누구보다 잘하실 것입니다. 이미 깨달음을 얻으셨지 않습니까."

"나는 자신이 없다. 많이 부족해. 실수할지도 모르고 화가 나 내 꽃밭을 스스로 짓밟을 수도 있어. 어쩌면 나뿐 아니라 남의 화원까지 망칠지도 모르지. 나는 불같은 사내니까, 어찌 폭주할지 알 수 없는 무서운 불씨를 가진 자니까."

"아닙니다. 저하께서는 잘해내실 것입니다. 제가 가까이서 뵌 저하는 현명하고 덕 있는 분이셨습니다."

가만히 해명을 보던 운이 가까이 다가가 손을 잡았다. 해명이 몸을 가늘게 떨었다. 운이 천천히 해명의 손을 어루만지다, 조심스럽게 끌어당겨 품에 안았다.

"혹시 그대의 씨앗이 사주쟁이가 아니라 국모일 수는 없을까?"

어느새 운의 목소리가 떨리고 있었다. 세상에서 가장 자신 있었던 사내가, 그 어떤 순간에도 누구에게도 고개를 숙이지 않았던 사내가 긴장해 온몸을 떨고 있었다.

"나는 그대의 꽃이 내 곁에서 만개했으면 한다."

"저는 현모양처감이 아닙니다."

"그런 것은 기대하지도 않아."

"잔소리가 많은 몹쓸 악처가 될 수도 있어요."

"다른 사람보단 그대에게 혼이 나는 게 낫지."

"궐이 제게 갑갑하지 않겠습니까."

"……그럴 수 있지. 구중궁궐은 그대처럼 자유로운 여인에겐 아마 감옥소 같겠지."

해명의 허리를 잡고 있던 운의 손이 아래로 툭, 떨어졌다. 그 순간 해명이 운의 도포 끝을 그러쥐었다.

"허면 가끔은, 말을 타는 것을 허락해주시렵니까?"

놀란 운이 몸을 떼고 해명의 얼굴을 보았다. 해명이 환하게 미소 짓고 있었다. 기쁨에 겨운 운이 숨이 막힐 정도로 해명을 꽉 껴안았다.

"아무렴, 얼마든지. 얼마든지 허락해주겠소, 빈궁."

***

역대 가장 조용히, 그리고 빠르게 치러진 왕실의 혼례였다.

중전은 해명의 과거가 썩 내키지 않았으나 왕은 두 팔을 벌려 며느리를 환영했다.

다소 수군거리는 신료들이 있었지만 관상감에서 해명과 운의 사주를 은근히 흘리는 순간 그러한 불만은 사라졌다. 덕분에 결과적으로 드물게 뒷말이 나오지 않은 왕실의 혼례로 기록되었다.

정신없는 하루가 지나가고, 신방에 마주앉은 운과 해명은 온몸이 피곤하여 서로를 의식할 정신력조차 남아있지 않았다.

상궁들이 대례복을 벗기고 밖으로 나가자마자 해명은 그대로 바닥에 털썩 드러눕고 말았다. 운 역시 사지를 뻗고 그 옆에 나란히 누웠다.

"마마, 빈궁마마의 옷고름을……."

"시끄럽다. 썩 사라지거라. 어서!"

"허나 마마."

"어서 나가래도!"

운의 고함소리에 금방 주위가 고요해졌다. 정신을 차리고 나자, 해명은 여기가 신방이고 운과 저가 첫날밤을 지내야 한다는 것을 깨달았다. 그제야 비로소 방금 상궁이 무엇을 지시하려 했던 것인지 알 것 같았다. 뒤늦게 얼굴이 붉게 달아올랐다.

"이보시오."

"네?"

그저 부른 말인데, 긴장해 있던 해명은 지나치게 화들짝 놀라고 말았다.

운이 눈을 동그랗게 뜨고 해명을 쳐다보았다.

"왜 그러오?"

"아니, 아닙니다."

그제야 운은 해명이 긴장해 있음을 알아차렸다. 운이 능글맞게 웃으며 해명의 허리를 끌어당겼다.

"왜 이리 굳은 게요?"

귓가에 낮게 속삭이는 목소리에 해명이 목을 움츠렸다. 어느새 해명은 목까지 새빨갰다. 작은 새처럼 떠는 해명을 보던 운이 다정한 손길로 어깨와 등허리를 쓸어내렸다.

"그대가 싫으면 아무것도 안 할 터이니, 놀라지 마시오."

어린아이 달래듯, 다정한 손길이었다. 해명이 그제야 비로소 자연스레 운의 품에 몸을 기댔다. 운의 심장 뛰는 소리가 귓가에 선명했다.

"우리 사이좋게 잘 살아봅시다."

운의 말에 해명이 웃음을 터뜨렸다.

"어떤 남편이 되어주시렵니까?"

"그대가 원하는 남편이 되겠소. 어떤 남편을 원하시오?"

"후궁을 들이지 마라시면, 아니 들이시겠습니까?"

"난 원래 계집을 탐하는 성격은 아니오."

"허면 사내는 탐하시려구요?"

"이 사람이!"

완전히 긴장이 풀린 해명이 농을 건넸다. 눈이 마주치자 누가 먼저랄 것도 없이 두 사람은 웃고 말았다.

"제가 가끔 버릇없게 굴어도 화내지 마세요."

"노력하지."

"제가 낳는 자식은 일국의 세손이지만 동시에 저의 아들이기도 합니다. 교육시킬 때 어미인 제 의견도 존중해주세요."

"그리하리다. 또?"

"음."

해명이 잠시 고민에 빠졌다. 사실 좋은 남편이나 행복한 혼인 생활 같은 건 애초에 해명의 관심사가 아니었기에 무엇을 더 바라야 할지 알 수 없었다. 상상해본 적이 없으니 기대할 것도 없었다. 한동안 눈을 굴리며 고민하던 해명이 장난스런 미소를 지었다.

"어떤 왕이 되고 싶으십니까?"

"뭐?"

"저하께서 어떤 왕이 되느냐에 따라 제가 어떤 중전이 될지도 정할 수 있을 것 아니겠습니까. 어떤 왕이 되시고 싶으십니까? 어찌 기록되길 바라세요? 후세가 어떻게 기억해주었으면 하십니까?"

"글쎄……."

운은 쉬이 대답하지 못했다. 긴 고민에 빠진 듯 이마엔 주름이 깊게 생겼다. 해명은 침착하게 기다려주었다. 한참의 시간이 지난 뒤 운이 빙긋이 웃었다.

"나는 기억되지 않았으면 하오."

"네?"

놀란 해명이 되물었다. 화려하고 돋보이는 것을 좋아하는 운에게서 이런 말이 나오다니 참으로 뜻밖이었기 때문이다.

"나라의 기반이 무너진 이때, 내가 공을 욕심낸다면 어딘가는 그만큼이나 그늘이 생길 수밖에 없을 거요. 나는 그러기 싫소. 빛이 밝으면 어둠이 깊지. 나는 어디 하나 빼놓지 않고 은은히 모든 곳을 비추고 싶어. 후대에서 나에 대해 딱히 할 말이 없었으면 좋겠소. 그저 무난히 치국하였다고, 그리 기록되었으면 하오. 생각해보면 무난한 게 제일 어려운 법이거든. 사주에서도 가장 좋게 치는 것인 오행이 치우치지 않고 여덟 자가 자연스럽게 순행하는 구조로 이루어진 것 아닌가. 나 역시 그런 왕이 되고 싶소. 치우치지 않고, 자연스레, 물 흐르듯이. 요순시대에 백성들은 왕의 이름도 몰랐던 것처럼, 나 역시 백성들이 내 이름을 알길 원치 않아. 있는 듯 없는 듯, 허나 욕할 것도 없고 불편함도 없는, 그런 존재가 되고 싶소."

그의 소원이 마음에 들었다. 해명이 잔잔히 미소 지었다.

"저하, 사주에서 왜 사람과 사람의 만남이 가장 중요한지 아십니까?"

해명의 질문에 운이 고개를 가로 저었다.

"오행은 다섯 개, 십신은 열 개인데 사주는 팔자라, 태생부터 인간이란 무언가는 하나 부족할 수밖에 없고, 치우칠 수밖에 없기 때문이지요. 즉 인간은 애초에 미완의 존재로 태어난다는 것입니다. 허나 두 사람이 만나면 팔자와 팔자가 더해져 열여섯 자가 되니, 좋은 만남일수록 치우침을 줄게 하고 부족함을 보완해주게 되지요. 그래서 사주에서는 만남을 가장 중요하게 여기는 것입니다."

"그럼 나는 그대를 만났으니 잘된 것이군."

해명이 웃으며 운을 껴안았다.

“저희가 만났으니, 이미 제게 저하는 최고의 남편이십니다. 훌륭한 남편, 좋은 남편이 되려 애쓰시지 않으셔도 됩니다. 무난한 남편이 되어주세요. 그것으로 충분합니다.”

다정한 해명의 말에 운이 웃음을 터뜨렸다. 말간 해명의 얼굴을 보던 운이 입을 맞추었다.

잠시 놀랐던 해명은 이내 눈을 감고 운의 옷깃을 붙잡았다. 바르작거리며 옷이 스치는 소리만이 방 안을 울렸다. 운이 더듬거리는 손으로 촛불을 끈 뒤 이불로 해명의 몸을 감쌌다.

***

“잘 살겠지요?

인왕산에서 방금 불이 꺼진 전각을 바라보며 헌복이 진무에게 말을 건넸다.

“서로 좋아 만났으니 어찌 아니 잘 살겠느냐.”

무심히 말을 던진 진무가 몸을 돌려 산을 오르기 시작했다. 헌복이 얼른 뒤를 따랐다.

“헌데 스승님은 삼십여 년 전에 이런 일이 있을 줄 어찌 아셨습니까?”

“그게 뭔 소리냐? 삼십 년 전에 이런 일이 있을 줄 내가 알았다니?”

“때가 되면 만나자고 하신 것이, 이 일이 아니십니까?”

“헛소리! 내가 무당이냐, 삼십 년이 다 되어 가는 그 옛날에 이런 일이 있을 줄 알았게? 때가 되어 내려와보니 사달이 났기에 수습하는 걸 도와줬을 뿐이야.”

코웃음 치는 진무의 대꾸에 헌복이 순간 멍해졌다.

“허면 스승님이 말씀하신 때란 무엇입니까?”

걸음을 멈춘 진무가 세상 다시 없을 멍청한 놈을 보는 듯한 표정으로 돌아보며 혀를 찼다.

“한심한 놈. 삼십 년 동안 속세에서 구르면 공부가 깊어질까 하여 내버려둔 것인데 하나 나아진 게 없구나! 모르겠느냐? 오래전부터 네게 기후가 변하고 있다고 말하지 않았더냐. 전쟁보다 더 큰 난리가 올 거라고! 조만간 크게 기근이 들 게다. 머지않았어. 지금이 그때란 말이다! 때가 될 때까지 각자가 할 수 있는 일을 찾기 위해 잠시 떨어져 있는 게 좋겠다 싶어서 내버려두었는데 쓸데없는 짓만 하더니 중요한 일은 다 까먹고. 어이구, 멍청한 놈! 너는 내가 고작 저런 사사로운 일 때문에 모습을 드러낸 줄 알았더냐?”

“아…….”

입을 헤 벌린 헌복이 고개를 끄덕였다. 천하의 우헌복도 진무대사 앞에서는 세 살배기 아이나 다를 것이 없었다. 진무가 다시 산을 오르기 시작했다. 멍청하게 서 있던 헌복이 뒤늦게 걸음을 옮겼다.

“허면 저를 구하려고 내키지 않는 일을 도우신 것입니까?”

“그것도 그렇고, 보아하니 저놈이 왕이 되면 다른 놈이 되는 것보단 낫겠구나 싶어서 그랬다."

"커다란 기근을 과연 저 사람이 모두 감당할 수 있을까요?"

"자연의 변화를 어찌 미물인 한 인간이 감당할 수 있겠느냐! 다 같이 몸을 낮추고 무사히 지나가기만을 기다려야지. 저 이는 저이가 할 수 있는 일을 할 것이고 우린 우리가 할 일을 찾아야지, 그게 하늘을 읽는 우리의 몫 아니겠느냐? 이놈아! 말 시키지 마라. 걸음이 느려지지 않느냐!"

호통을 친 진무가 발걸음을 빨리했다. 헌복 역시 숨을 들이켜며 얼른 쫓아갔다. 눈 깜짝할 사이, 헌복과 진무가 산속으로 사라졌다.

***

헌조 이운은 단 한 명의 후궁도 두지 않은 유일한 왕이다. 그는 오로지 중전 민씨에게만 충실했다. 헌조와 민씨는 슬하에 일남일녀를 두었으며 일생 사이가 좋았다.

헌조는 재위 기간 내내 딱히 두드러지는 큰 치적은 없었으나, 그가 재위하는 동안 정국은 크게 안정되어 전쟁 이전 수준까지 곡물의 생산량이 증가하였다. 아주 온화한 성품이었다고 알려져 있다.

(끝)

| 작가의 말 |

내게 명리학을 배워보라 권한 이는 온갖 영역의 덕질을 모두 섭렵한 친구였다.

그 녀석이 단언했다. 명리학은 자신이 지금까지 한 덕질 중 가장 보람차며, 절대 후회하지 않는 덕질 중 하나라고.

현대 문화 산업을 움직이는 가장 큰 힘은 각 분야의 덕후들이라 생각하고 있었기에 덕후 중 상덕후인 절친한 친구의 충고는 나를 구미 당기게 했다. 그래서 명리학을 공부해보았다. 그리고 이젠 나 역시도 내가 한 공부 중 가장 보람차며 인생에서 그 무엇보다 유익한 공부가 명리학이었노라, 말하고 다니게 되었다.

많은 분들이 명리학에 대해 가지고 있던 기존의 편견을 이 책이 조금이나마 깨뜨릴 수 있다면 좋겠다.

사실 가장 원하는 것은, 이 책을 읽은 분들이 사주에 대해 관심을 가지고 명리학을 공부하는 것이다. 그래서 더 많은 사람들이 인생에서 가장 가치 있고 보람찬 덕질을 할 수 있기를, 자신의 명(命)을 스스로 운(運)해서 모두 행복하시기를 소원한다.

서자영

참고서적

강헌 『명리』

조용헌 『소설』, 『사주명리학 이야기』, 『담화』, 『사찰기행』

강의

bunker1 특강 강헌의 '좌파명리학'

http://www.bunker1.net